Gena Showalter
CORAZÓN de DRAGÓN

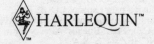

HARLEQUIN™

Editado por HARLEQUIN IBÉRICA, S.A.
Núñez de Balboa, 56
28001 Madrid

I.S.B.N.: 978-84-671-7861-6
Depósito legal: B-46297-2009
Editor responsable: Luis Pugni
Impresión y encuadernación: LITOGRAFÍA ROSÉS, S.A.
C/ Energía, 11. 08850 Gavá (Barcelona)
Imágenes de cubierta:
Mujer: BLIZNETSOW/DREAMSTIME.COM
Paisaje: VITELLE/DREAMSTIME.COM
Fecha impresión Argentina: 31.7.10
Distribuidor para México: CODIPLYRSA
Distribuidor exclusivo para España: LOGISTA
Distribuidores para Argentina: interior, BERTRAN, S.A.C. Vélez
Sársfield, 1950. Cap. Fed./ Buenos Aires y Gran Buenos Aires,
VACCARO SÁNCHEZ y Cía, S.A.
Distribuidor para Chile: DISTRIBUIDORA ALFA, S.A.

Prólogo

Atlantis

—¿La sientes, chico? ¿Sientes cómo se acerca la niebla?

Darius Kragin cerró los ojos con fuerza, con las palabras de su mentor resonando en su cerebro. ¿Que si sentía la niebla? Por todos los dioses, claro que sí. Aunque sólo tenía ocho estaciones de edad, la sentía. Podía sentir cómo el vello se le erizaba de frío, la nauseabunda oleada de ácido en la garganta conforme la niebla empezaba a envolverlo. Incluso sentía correr por sus venas una esencia engañosamente dulce que no era la suya.

Luchando contra el impulso de salir de la cueva y volver al palacio, tensó los músculos y apretó los puños.

«Tengo que quedarme. Tengo que hacerlo».

Lentamente, se obligó a abrir los ojos. Al encontrarse con la mirada de Javar, soltó el aliento que había estado conteniendo. La fantasmal neblina velaba la figura de su mentor, con la sombría pared de la cueva a su espalda.

—Esto es lo que sentirás cada vez que la niebla te llame, porque esto querrá decir que un viajero anda cerca —dijo Javar—. Nunca te alejes demasiado de este lugar. Vivirás arriba, con los demás, pero siempre deberás volver aquí cuando se te llame.

—No me gusta estar aquí —le tembló la voz—. El frío me debilita.

—A otros dragones les debilita el frío, pero a ti no. Ya no. La niebla pasará a formar parte de ti, el frío será tu compañero más querido. Y ahora escucha —le ordenó en tono suave—. Escucha con atención.

Al principio, Darius no oyó nada. Pero luego empezó a registrar un silbido bajo, que iba haciéndose cada vez más agudo: un sonido que reverberaba en sus oídos como los gemidos de un muerto. «No es más que el viento», intentó decirse. De repente se levantó una brisa, cada vez más fuerte. Su olfato reconoció el olor de la desesperación, de la destrucción y la soledad, acercándose por momentos mientras se preparaba para el impacto...

Pero no hubo ningún impacto: lo que sintió fue más bien una caricia. El medallón de pedrería que llevaba al cuello empezó a zumbar como si estuviera vivo, encendiendo al rojo vivo el dibujo del dragón que se había tatuado apenas esa misma mañana.

Su tutor contuvo el aliento con gesto reverente y abrió los brazos.

—Por esto vivirás, chico: éste será tu destino. Por esto matarás.

—Yo no quiero que mi destino sea privar de la vida a los demás —replicó Darius.

Javar se tensó: una furia feroz ardía en las profundidades de sus ojos azules como el hielo, tan distintos de los de Darius o de los de cualquier otro dragón. Excepto Javar, todos los dragones tenían los ojos dorados.

—Tú estás destinado a ser un Guardián de la Niebla, un rey de guerreros. Deberías sentirte agradecido de que te haya escogido de entre los demás para esta tarea.

Darius tragó saliva. ¿Agradecido? Sí, debería haberse sentido agradecido. Pero, en lugar de ello, se sentía extrañamente… perdido. Solo. Tan solo y tan inseguro… ¿Qué era lo que realmente quería? ¿Era ésa la vida que buscaba para sí? Dejó vagar la mirada. Unas pocas sillas rotas estaban desperdigadas por el suelo. Las paredes eran negras, desnudas. No había calor alguno, sino una fría y torva realidad y la persistente sombra de la desesperanza. Convertirse en Guardián significaba encadenar su existencia, su misma alma a aquella caverna.

Entrecerrando los ojos, Javar cerró la distancia que los separaba: el taconeo de sus botas parecía armonizar con el goteo del agua que caía del techo de la cueva. Frunciendo los labios, lo agarró de los hombros con fuerza.

—Tus padres fueron masacrados. Tus hermanas fueron violadas y degolladas. Si el último de los Guardianes hubiera cumplido con su deber, tu familia aún estaría viva.

El dolor fue tan intenso que Darius a punto estuvo de arrancarse los ojos para no ver las odiosas imágenes que lo acosaban. Su madre yaciendo en el río bermellón de su propia sangre. Los profundos tajos en la espalda de su padre. Sus tres hermanas… Le tembló la barbilla, y parpadeó varias veces para contener las lágrimas. No lloraría. Ni ahora ni nunca.

Apenas unos días atrás, había regresado de una cacería para encontrarse con toda su familia asesinada. No había llorado en aquel entonces. Ni había derramado una sola lágrima cuando los invasores que acabaron con su familia fueron masacrados en venganza. Llorar significaba demostrar debilidad. Cuadró los hombros y alzó la barbilla.

—Eso es —dijo Javar, observándolo con un brillo de orgullo en los ojos—. Niega tus lágrimas y guárdate tu dolor. Úsalo contra aquellos que pretenden entrar en tu tierra. Mátalos con él.

—Quiero hacer todo lo que me dices —desvió la mirada—, pero…

—Matar viajeros es tu obligación —lo interrumpió Javar—. Tu privilegio.

—¿Y qué pasa con las mujeres y niños inocentes que pueden perecer accidentalmente? —el pensamiento de destruir una pureza semejante, como la de sus hermanas, le hacía aborrecer el monstruo en que quería convertirlo Javar… aunque no lo suficiente como para que se opusiera a su destino. Por proteger a sus amigos, haría lo que fuera. Nadie más le quedaba en el mundo—. ¿Podré respetar sus vidas?

—No podrás.

—¿Qué daño pueden hacer unos niños a nuestra gente?

—Se llevarán consigo el secreto de la niebla, incluso serán capaces de guiar a un ejército hasta aquí —sacudió la cabeza—. ¿Lo comprendes ahora? ¿Comprendes lo que debes hacer y por qué debes hacerlo?

—Sí —respondió en voz baja. Bajó la mirada al arroyo de aguas azulencas que corría bajo sus botas lenta, serenamente. Ojalá hubiera podido sentir esa misma serenidad en su interior—. Lo comprendo.

—Eres demasiado blando, chico —con un suspiro, Javar lo soltó—. Si no levantas barreras más sólidas en tu interior, tus sentimientos acarrearán tu muerte y la de todos los que te rodean.

Darius se tragó el nudo que le subía por la garganta.

—Entonces ayúdame, Javar. Ayúdame a desembarazarme de mis sentimientos para que pueda hacer todo lo que se me pide.

—Como te dije antes, sólo tienes que enterrar ese dolor dentro de ti, en alguna parte donde nadie más pueda alcanzarlo… ni siquiera tú mismo.

Parecía tan fácil… Y sin embargo, ¿cómo podía alguien enterrar un dolor tan terrible, unos recuerdos tan devastadores? ¿Cómo se podía luchar contra tan terrible agonía? Haría lo que fuera con tal de encontrar la paz.

—¿Cómo? —preguntó a su mentor.

—Tú mismo descubrirás la respuesta. Y antes de lo que te piensas.

La magia y el poder empezaron a agitarse a su alrededor, ondulando, reclamando su liberación. El aire se expandió y coaguló, dejando detrás un denso olor a oscuridad y a peligro. Un chorro de energía rebotó contra las paredes como un rayo hasta que estalló en un colorido abanico de chispas.

Darius se quedó paralizado mientras el horror, el miedo y la expectación se abrían camino en su interior.

—Un viajero entrará pronto —anunció Javar, tenso.

Con dedos temblorosos, Darius se llevó una mano a la empuñadura de su espada.

—Nada más salir, siempre experimentan una pequeña desorientación. Deberás aprovecharte de ella para acabar con ellos en ese preciso momento.

¿Podría hacerlo?

—No estoy preparado. No puedo…

—Puedes y lo harás —lo interrumpió Javar en tono helado—. Hay dos portales: el que tú tienes que custodiar aquí y el que yo vigilo al otro extremo de la ciudad. No te estoy pidiendo que hagas nada que no puedas hacer y que no haya hecho yo mismo.

En aquel preciso instante, un hombre alto apareció entre la niebla. Tenía los ojos cerrados, la cara pálida, la ropa desarreglada; el pelo salpicado de gris, y la piel bronceada surcada de arrugas. Tenía el aspecto de un profesor universitario. No parecía un guerrero, ni un malvado.

Todavía temblando, Darius desenfundó su espada. Casi se dobló sobre sí mismo bajo la fuerza de sus sentimientos encontrados. Una parte de su alma quería huir, rechazar aquella tarea, pero se obligó a quedarse donde estaba. Fueran quienes fueran, los viajeros eran sus enemigos.

Fuera cual fuera su apariencia.

—Hazlo, Darius —gruñó Javar—. Hazlo ya.

El viajero abrió los ojos. Sus miradas se encontraron: los ojos dorados del dragón contra los verdes del humano. La resolución contra el miedo. La vida contra la muerte.

Darius alzó la hoja, se detuvo sólo por un instante… y golpeó. La sangre le salpicó el pecho desnudo y los brazos como una lluvia ponzoñosa. Un gemido escapó de los labios del hombre antes de caer lentamente al suelo, inerte.

Durante varios agonizantes segundos, Darius se

quedó consternado por lo que acababa de hacer. «¿Qué he hecho?», se preguntaba, desesperado. Soltó la espada y oyó el distante sonido que hizo el metal al golpear contra el suelo, como si viniera de muy lejos.

Inclinándose hacia delante, vomitó.

Sorprendentemente, mientras vaciaba su estómago, perdió la sensación de dolor. Perdió su arrepentimiento y su tristeza. Un muro de hielo pareció cerrarle el pecho y lo poco que quedaba de su alma. Acogió con gusto aquella sensación de aturdimiento, de embrutecimiento, hasta que sintió solamente un extraño vacío. Todos sus sufrimientos habían desaparecido.

«He cumplido con mi deber», se dijo.

—Estoy orgulloso de ti, chico —Javar le dio una cariñosa palmadita en un hombro, en una de sus raras muestras de afecto—. ¿Estás preparado para juramentarte como Guardián?

—Sí. Estoy preparado —afirmó, decidido.

—Adelante entonces.

Sin vacilar, clavó una rodilla en tierra.

—En este lugar moraré, destruyendo a todos aquéllos que penetren en la niebla. A esta misión consagraré mi vida y mi muerte —mientras hablaba, una intrincada serie de símbolos rojos y negros se dibujó sobre su pecho, de un hombro a otro, como una marca a fuego—. Mi existencia no tendrá otro propósito. Yo soy el Guardián de la Niebla.

Javar se lo quedó mirando fijamente durante un buen rato. Luego asintió con gesto satisfecho:

—Tus ojos han cambiado de color, y ahora tienen el de la niebla. La niebla y tú formáis ya un solo ser. Muy bien, chico. Muy bien.

1

Trescientos años después

—No se ríe.

—No grita nunca.

—Cuando Grayley apuñaló a Darius por accidente en un muslo con una hoja de seis dientes, nuestro líder ni siquiera pestañeó.

—Yo diría que lo que necesita son unas cuantas horas de deporte de cama, pero no estoy muy seguro de que sepa para qué sirve lo que tiene entre las piernas...

El último comentario fue coreado por unas risas roncas, masculinas.

Darius Kragin entró en el amplio salón. El suelo de madera de ébano relucía en perfecto contraste con las rugosas paredes de marfil, con relieves de dragón. En los ventanales, el viento agitaba las delicadas cortinas de gasa. A través de los techos de cristal se veían las aguas tranquilas que rodeaban la gran ciudad.

Se dirigió hacia la larga mesa rectangular. El aroma de la fruta y de los postres debería haberlo tentado, pero con los años se le habían deteriorado el olfato, el gusto e incluso la visión de los colores. Solamente olía a ceniza, gustaba nada más que el aire y veía en blanco y negro. Él mismo lo había querido así: la existencia le resultaba más fácil. Sólo en muy pocas ocasiones se lamentaba de ello.

Un guerrero lo vio y se apresuró a alertar a los demás. El silencio clavó sus frías garras en la sala. Cada guerrero presente en la misma se concentró en su plato, como si la bandeja de aves asadas se hubiera convertido en pura ambrosía de los dioses. El ambiente jovial y divertido se apagó de repente.

Darius ocupó su asiento a la cabecera de la mesa sin esbozar la menor sonrisa. Sólo después de beber la tercera copa de vino animó a sus hombres a retomar la conversación, si bien prefirieron sabiamente cambiar de tema. Esa vez hablaron de las mujeres que habían disfrutado y de las guerras que habían ganado: historias exageradas, todas ellas. Un guerrero incluso fue tan lejos como para afirmar que había satisfecho a cuatro mujeres a la vez.

Darius había escuchado un millar de veces las mismas historias. Después de tragarse un bocado que no le supo a nada, le preguntó al guerrero que se sentaba a su derecha:

—¿Alguna noticia nueva?

Brand, su lugarteniente, se encogió de hombros con una triste sonrisa.

—Quizá sí. O quizá no —sacudió la cabeza, agitando sus rubias trenzas—. Los vampiros se están comportando de una manera muy extraña. Han abandonado la Ciudad Exterior y se están concentrando aquí, en la Interior.

—Rara vez vienen aquí. ¿Han dado alguna indicación de por qué?

—No puede ser nada bueno para nosotros, sea cual sea su motivo —dijo Madox, interviniendo en la conversación—. Yo digo que matemos a todos aquéllos que se aventuren a acercarse demasiado a nuestro hogar —era el dragón más corpulento y siempre estaba dispuesto al combate. Sentado al otro extremo de la mesa, se inclinó hacia delante—. Somos diez veces más fuertes y más hábiles que ellos.

—Necesitamos exterminar toda su raza —añadió el guerrero que se hallaba sentado a su izquierda. Renard era el compañero que todos los demás habrían querido a su lado en la batalla. Luchaba con una determinación que muy pocos poseían y era leal hasta la muerte. Había estudiado además la anatomía de todas las especies de Atlantis, de manera que sabía exactamente dónde golpear para provocar el mayor daño. Y el mayor dolor.

Años atrás, Renard y su esposa había sido capturados por un grupo de vampiros. Encadenado a un muro, le habían obligado a ver cómo violaban y desangraban a su mujer hasta la muerte. Cuando escapó, masacró a todos los responsables, pero ni siquiera eso había conseguido aplacar su furor. Era un hombre cambiado, que ya no reía nunca.

Lo que más detestaba Darius era que un grupo de dragones hubiera repetido aquella hazaña, haciendo lo mismo con una reina vampira, que no había sido responsable de la tragedia de Renard. La ofensa había desencadenado un conflicto entre razas.

—Tal vez podamos demandar a Zeus su aniquilación —repuso Brand.

—Hace mucho tiempo que los dioses nos han olvidado —dijo Renard, encogiéndose de hombros—. Además, Zeus es, en muchos aspectos, como Cronos. Podría aceptar, pero... ¿realmente querríamos nosotros que lo hiciera? Todos somos criaturas de los Titanes, incluidos los seres que más aborrecemos. Si Zeus aniquilara una raza... ¿qué le impediría hacer lo mismo con nosotros?

Brand apuró el resto de su vino, con mirada fiera.

—Entonces no le pidamos nada. Golpeemos directamente.

—Ha llegado el momento de que les declaremos la guerra —gruñó Madox, mostrándose de acuerdo.

La palabra «guerra» arrancó más de una sonrisa en la sala.

—Estoy de acuerdo en que los vampiros necesitan ser eliminados. Crean el caos, y solamente por eso deben morir —Darius recorrió con la mirada a todos y cada uno de sus guerreros—. Pero hay un momento para la guerra y un momento para la estrategia. Éste es el momento de la estrategia. Enviaré una patrulla a la Ciudad Interior para descubrir las verdaderas intenciones de los vampiros. Después tomaremos una decisión.

—Pero... —quiso protestar un guerrero.

Darius lo interrumpió con un gesto.

—Nuestros antepasados declararon la última guerra con los vampiros, y aunque ganamos, sufrimos muchas bajas. Numerosas familias quedaron destruidas y la sangre anegó esta tierra. Tendremos paciencia.

Un decepcionado silencio se abatió sobre los presentes. Darius llegó a preguntarse si, más que reflexionar sobre sus palabras, no estarían pensando en rebelarse.

—¿Qué te importa a ti, Darius, que las familias sean destruidas? Un tipo despiadado como tú siempre debería estar dispuesto a utilizar la violencia —el acre comentario provino de Tagart, sentado al otro extremo de la mesa—. ¿No quieres derramar más sangre? ¿Ni siquiera si esa sangre es de vampiros, que no de humanos?

Se alzó un coro de gruñidos que fue creciendo en volumen. Varios guerreros se atrevieron a mirar directamente a Darius, como esperando que lo castigara por haber expresado lo que todos estaban pensando. Tagart se limitó a reír, desafiante.

«¿Realmente me consideran un ser despiadado?», se preguntó Darius. ¿Tan despiadado como para ejecutar a un miembro de su propia raza por algo tan trivial como un insulto de palabra? Era un asesino, sí. Pero no un ser despiadado, sin corazón.

Un ser sin corazón no sentía nada, y él tenía sentimientos. Simplemente sabía controlarlos, enterrarlos en lo más profundo de su alma. Así era como prefería vivir. Los sentimientos demasiado intensos creaban agitación, y la agitación desenterraba recuerdos. Recuerdos terriblemente dolorosos… Agarró el tenedor con fuerza, pero enseguida se obligó a relajarse.

Habría preferido no sentir nada antes que revivir el tormento de su pasado: el mismo tormento que podía muy bien convertirse en presente si dejaba que un solo recuerdo echara sus venenosas raíces…

—Mi familia es Atlantis —dijo al fin, con voz sorprendentemente tranquila—. Haré todo lo necesario para protegerla. Y si eso significa esperar antes que declarar la guerra y enfrentarme por ello con todos y cada uno de mis guerreros, lo haré.

Consciente de que no podía provocar a Darius, Tagart se encogió de hombros y volvió a concentrarse en su plato.

—Tienes razón, amigo mío —sonriendo de oreja a oreja, Brand le palmeó un hombro—. La guerra sólo es divertida cuando uno se alza con la victoria. Aceptamos tu consejo de esperar.

—Tú sigue besándole el trasero —masculló Tagart— y se te gastarán los labios.

Brand dejó de sonreír. El medallón que llevaba al cuello empezó a brillar.

—¿Qué has dicho? —le preguntó sin alzar la voz.

—¿Tienes los oídos tan mal como el resto de tu cuerpo? —Tagart se levantó, apoyando las manos firmemente sobre la mesa—. He dicho que se te gastarán los labios de tanto besarle el trasero.

Con un gruñido, Brand saltó sobre la mesa, derribándolo todo mientras intentaba acometer a Tagart. En el proceso, la piel se le cubrió de escamas de reptil y unas alas incandescentes le brotaron de la espalda, rasgándole la ropa, convirtiéndolo de hombre en animal. Su aliento despedía fuego, llamaradas que lo abrasaban todo a su paso.

Idéntica transformación sufrió Tagart, y las dos bestias rodaron enzarzadas por el suelo de ébano, en una maraña de garras, colmillos y furia.

Los dragones guerreros podían transformarse a voluntad en verdaderos dragones, pero siempre que se dejaran arrastrar por un impulso o una emoción. El propio Darius no había vuelto a experimentar un cambio de ese tipo desde que su familia fue masacrada, tres siglos atrás. En realidad sospechaba que, de alguna manera, había perdido aquella capacidad.

Tagart gruñó cuando Brand lo lanzó contra la pared más cercana, quebrando el preciado marfil. Pero se recuperó rápidamente al tiempo que azotaba el rostro de Brand con su cola dentada, dejándole una profunda herida. Sus rugidos de furia resonaban en la sala. Una y otra vez se atacaron y esquivaron; tan pronto se separaban como a continuación volvían a enzarzarse.

Salvo Darius, hasta el último guerrero se levantó excitado, apresurándose a apostar.

—Ocho dracmas de oro por Brand —proclamó Grayley.

—Diez por Tagart —gritó Brittan.

—Veinte a que se matan entre sí —alzó la voz Zaeven.

—Basta ya —pronunció Darius en tono tranquilo, controlado.

Los dos combatientes se separaron como si hubiera gritado la orden, jadeando y desafiándose con la mirada.

—Sentaos —añadió Darius en el mismo tono.

Esa vez, en lugar de obedecer, se limitaron a gruñirse. Los demás sí que se sentaron. Aunque habrían preferido seguir disfrutando de la pelea y hacer sus apuestas, Darius era su líder, su rey. Y lo conocían lo suficiente como para no contrariarlo.

—La orden no os excluye a vosotros —se dirigió específicamente a Tagart y Brand—. Sentaos y tranquilizaos de una vez.

Ambos se volvieron para mirarlo. No transcurrieron más de unos segundos hasta que recuperaron su forma humana. Sus alas se plegaron para desaparecer en su espalda, mientras que las escamas volvían a transformarse en piel humana. Levantaron las sillas que habían volcado y se sentaron.

—No quiero discordias en mi palacio.

Brand se limpió la sangre de la mejilla al tiempo que fulminaba a su rival con la mirada. Tagart, por su parte, le enseñó los dientes y soltó un gruñido.

Darius se dio cuenta de que estaban a punto de metamorfosearse de nuevo,

Sus dragones estaban repartidos en cuatro escuadrones. Uno patrullaba la Ciudad Exterior, y otro la Interior. El tercero estaba autorizado para vagar libre, satisfacer a las mujeres, embriagarse con vino o dejarse arrastrar por cualquier otro vicio. El último tenía que quedarse allí, entrenándose. Cada mes, los escuadrones rotaban.

Aquellos hombres no llevaban más de dos días allí y ya estaban inquietos. Si no inventaba algo con que distraerlos, podrían acabar matándose los unos a los otros antes de que terminara su turno.

—¿Qué tal un torneo de esgrima?

Indiferentes, algunos de los hombres se encogieron de hombros.

—Otra vez no... —protestaron unos pocos.

—No —dijo Renard, sacudiendo su oscura cabeza—. Tú siempre ganas. Además, no hay trofeo que ganar.

—¿Qué os gustaría hacer, entonces?

—Mujeres —gritó uno de los hombres—. Tráenos mujeres.

Darius frunció el ceño.

—Sabéis que no se permiten mujeres dentro de palacio. Suponen una gran distracción y causan rivalidades entre vosotros. Y no me refiero a la simple escaramuza de hace un momento.

—Tengo una idea —dijo Brand. Una sonrisa asomó lentamente a sus labios—. Permíteme que proponga un nuevo concurso. No de fuerza física, sino de astucia e ingenio.

Todos lo miraron interesados. Incluso Tagart perdió su mirada de ira, expectante.

Un concurso de ingenio parecía algo perfectamente inofensivo. Darius lo animó a continuar.

La sonrisa de Brand se amplió.

—El concurso es muy sencillo. Gana el primero que le haga perder la paciencia a Darius.

—Yo no… —empezó Darius, pero Madox lo interrumpió, entusiasmado:

—¿Y qué obtendrá el ganador?

—La satisfacción de habernos vencido a todos los demás —respondió Brand—. Y una paliza de Darius, eso seguro —se recostó en los cojines de terciopelo de su sillón—. Pero os juro por los dioses que hasta el último moratón habrá merecido la pena.

Ocho pares de ojos miraban a Darius con un desconcertante interés, sopesando opciones. Especulando.

—Yo no… —intentó protestar de nuevo.

—A mí me gusta la idea —lo interrumpió Tagart—. Cuenta conmigo.

—Y conmigo.

—Y conmigo también.

Antes de que algún otro guerrero se atreviera a ignorarlo, Darius pronunció una única palabra. Simple, pero efectiva.

—No —tragó un bocado de pollo y siguió comiendo—. Y ahora, seguid contándome más cosas de los vampiros.

—¿Qué tal si le hacemos sonreír? —Madox se levantó de la mesa—. ¿Eso valdría? También es una expresión de emoción, ¿no?

—Absolutamente —aprobó Brand—. Pero tendrá que haber alguien que sea testigo de la hazaña, o no habrá campeón.

Uno a uno, todos los demás se mostraron de acuerdo.

—No quiero saber nada más de esto —Darius se preguntó cuándo había perdido el control de aquella conversación. Y de sus hombres—. Yo... —de repente se interrumpió.

Una sensación de peligro le había acelerado el pulso. Se le erizó el vello de la nuca. La niebla le advertía de la presencia de un viajero.

Resignado y decidido a la vez, se levantó. Todo el mundo guardó silencio.

—Tengo que irme —anunció en tono seco, vacío—. Ya hablaremos de ese torneo de esgrima cuando vuelva.

Se disponía a abandonar la sala cuando Tagart se levantó también para plantarse delante de él.

—¿Te reclama la niebla? —se había apoyado en el marco de la puerta y le estaba cerrando el paso.

Darius ni se inmutó.

—Apártate.

—Apártame tú.

Alguien se rió por lo bajo, a su espalda. Con o sin su aprobación, el juego que había propuesto Brand parecía haber empezado. Aquello no era propio de sus hombres. Debían de estar bastante más aburridos de lo que había pensado.

Con una actitud de total indiferencia, Darius agarró a Tagart de los hombros, lo levantó como si fuera una pluma y lo arrojó contra la pared opuesta de la sala. Cayó al suelo con un ruido sordo.

—¿Alguien más?

—Yo —respondió Madox sin vacilar—. Yo quiero detenerte. ¿Te enfada eso? ¿Te entran ganas de chillarme, de mandarme al infierno?

Un brillo diabólico asomó a los ojos de Tagart mientras se incorporaba. Cerrando la mano sobre la empuñadura de su espada, se dirigió decidido hacia Darius.

Sin detenerse a analizar la estupidez de aquella acción, acercó la hoja de su espada al cuello de su jefe.

—¿Mostrarías algo de temor si ahora mismo te dijera que pienso matarte? —le espetó, furioso.

—Eso es llevar las cosas demasiado lejos —masculló Brand, integrándose en el grupo.

Un hilillo de sangre corría por el cuello de Darius. El pequeño corte debería haberle dolido, pero no sentía nada, ni la menor sensación. Sólo aquel constante distanciamiento de la realidad más inmediata.

Nadie se dio cuenta de sus intenciones. Tan pronto estaba perfectamente inmóvil, aceptando aparentemente el ataque de Tagart, como al momento siguiente desenvainaba su espada y la acercaba al cuello de su oponente. Tagart abrió mucho los ojos.

—Baja la espada —le ordenó Darius—, o te mato aquí mismo.

Transcurrieron dos segundos hasta que Tagart, con los ojos entrecerrados, se decidió a obedecer.

Darius bajó también su espada. Su expresión era pétrea, inescrutable.

—Terminad de comer, todos, y luego id a la arena a practicar. Os ejercitaréis hasta el agotamiento, hasta que no podáis teneros en pie. Es una orden.

Y abandonó la sala consciente de que no había complacido a sus hombres exhibiendo la reacción que habían esperado de él.

Darius bajó de cuatro en cuatro los escalones de la cueva. Decidido a terminar cuanto antes para seguir comiendo en privado, se quitó la camisa negra y la arrojó a un rincón. El medallón que llevaba, así como los tatuajes del pecho, brillaban como pequeñas llamas a la espera de que renovara una vez más su juramento.

Tranquilo, con la mente perfectamente clara, desenvainó su espada y se colocó a la izquierda de la niebla… esperando.

2

Grace Carlyle siempre había soñado con morir de puro placer, haciendo el amor con su marido. Bueno, no estaba casada y nunca se había acostado con nadie. Pero aun así iba a morir.

Y no de puro placer.

¿De agotamiento por el calor? Quizá.

¿De hambre? Muy posible.

¿Por su propia estupidez? Absolutamente.

Estaba perdida y sola en la aterradora jungla amazónica.

Mientras caminaba entre árboles enormes cubiertos de enredaderas, chorros de sudor le corrían por el pecho y la espalda. De cuando en cuando, pequeños claros abiertos en la bóveda vegetal proyectaban una luz neblinosa. Los olores a vegetación putrefacta, a lluvia y a flores se mezclaban formando una extraña fragancia agridulce. Arrugó la nariz.

—Yo lo único que quería era un poco de aventura

—musitó—. Y al final he acabado perdida y atrapada en esta sauna infestada de bichos.

Para completar su descenso a los infiernos, casi esperaba que el cielo se abriera de un momento a otro para descargar un diluvio.

Lo único bueno de su circunstancia actual era que tanto andar y sudar iba a servirle para adelgazar algunos kilos. Claro que allí no iba a servirle de nada. Quizá únicamente a efectos de los titulares de prensa. Podía imaginárselos: *Neoyorquina hallada muerta en la Amazonia. Una pena. ¡Tenía una figura fantástica!*

Frunciendo el ceño, aplastó un mosquito que intentaba drenarle un brazo, y eso que se había aplicado varias capas de crema contra las picaduras. ¿Dónde diablos estaba Alex? Ya debería haber encontrado a su hermano. O haberse topado con alguna tribu indígena.

Si no hubiera pedido aquella ampliación de permiso en Air Travel, en aquel momento estaría volando en un avión, relajada, escuchando el hipnótico rumor de los motores.

—Tendría aire acondicionado —masculló mientras se abría paso entre la maleza—. Estaría tomando un refresco de cola —continuó avanzando—. Y escuchando las conversaciones de mis compañeras sobre zapatos, ropa, citas elegantes y orgasmos miserables.

«Y seguiría sintiéndome fatal», se dijo para sus adentros. «Suspirando por estar en cualquier otro lugar».

Se detuvo bruscamente y cerró los ojos. «Yo sólo quiero ser feliz. ¿Es demasiado pedir?».

Evidentemente sí.

Demasiadas veces había tenido que batallar últimamente con una sensación de descontento, un deseo
de experimentar otras cosas. Su madre había intentado advertirle de lo que podía suponerle semejante in-
satisfacción:

—Acabarás metiéndote en problemas.

¿Pero Grace la había escuchado? No. En lugar de
ello, había hecho caso a su tía Sophie. ¡Su tía Sophie,
por el amor de Dios! La única tía suya que llevaba
mallas de piel de leopardo y tonteaba con carteros y
strippers masculinos.

—Sé que has hecho cosas excitantes, Gracie, cariño —le había dicho Sophie—, pero eso no es realmente vivir. Algo te falta en tu vida, y, si no lo encuentras, terminarás como una pasa seca. Igual que
tu madre.

Sí, Grace echaba algo de menos en su vida. Era
consciente de ello, y en un esfuerzo por encontrar
ese misterioso «algo», había probado con citas nor-
males, citas a ciegas y citas por Internet. Cuando no
resultó, decidió matricularse en una escuela noctur-
na. No para conocer hombres, sino para aprender.
Pero las clases de cosmetología no le sirvieron de
mucho: ni los mejores estilistas del mundo pudieron
domeñar su maraña de rizos rojos. Después de eso,
probó a conducir coches de carreras e intentó hacer
aerobic. Incluso se hizo un piercing en el ombligo.
No funcionó.

¿Qué necesitaba para sentirse llena, completa, realizada?

—Esta jungla no, eso seguro —gruñó—. Que me
explique alguien, por favor... —alzó la mirada al
cielo— por qué la satisfacción me rehuye continua-
mente. Me muero de ganas de saberlo.

Viajar por el mundo siempre había sido su sueño: por eso convertirse en asistente de vuelo de un chárter privado le pareció el trabajo perfecto. Pero con el tiempo había acabado convirtiéndose en una simple camarera de a bordo, saltando de hotel en hotel, sin poder disfrutar nunca de los destinos en los que recalaba. Sí, había escalado montañas, había hecho surf y había saltado en paracaídas, pero la inyección de adrenalina que le provocaban aquellas actividades no solía durar mucho y, como todo lo que había probado en su vida, la había dejado aún más insatisfecha que antes.

Por eso había ido allí, a probar algo nuevo. Algo un poco más peligroso. Su hermano trabajaba para Argonautas, una empresa de mitoarqueología que había descubierto recientemente el primitivo planeador que construyó el mítico Dédalo para escapar del Laberinto: un descubrimiento que había sacudido a toda la comunidad científica. Alex se pasaba los días y las noches rebuscando e indagando en las mitologías de todo el mundo, para fundamentar o desechar científicamente los diferentes relatos.

Con un trabajo tan satisfactorio, Alex no tenía que preocuparse de acabar como una pasa seca. «No como yo», se lamentó Grace.

Enjugándose el sudor de la frente, aceleró el paso. Una semana atrás, Alex le había mandado un paquete con su diario personal y un maravilloso medallón con dos diminutas cabecitas de dragón, enlazadas. Ninguna nota de explicación había acompañado los regalos. Como sabía que se encontraba en Brasil buscando un portal que lo llevara a la ciudad perdida de Atlantis, Grace había tomado la decisión de acompañarlo. Ese mismo día le había dejado un mensaje en su móvil con la información de su vuelo.

Con un suspiro, se tocó el medallón que llevaba al cuello. Cuando su hermano no apareció en el aeropuerto para recogerla, lo lógico habría sido volverse a su casa.

—Pero noooo…, —pronunció en voz alta, aborreciéndose a sí misma—. Contraté un guía local e intenté encontrarlo. Sí, señorita —imitó la voz del guía—. Por supuesto, señorita. Lo que usted quiera, señorita. Canalla…

Ese mismo día, cuando ya llevaba dos de caminata, su amable y solícito guía le había robado la mochila y la había dejado abandonada allí. No tenía ni comida, ni agua, ni tienda. Al menos tenía un arma. Menos era nada.

De repente algo le golpeó la cabeza. Soltó un grito y enseguida se frotó la sien dolorida: la culpable del golpe era una fruta de color sonrosado que debía de haber caído de un árbol. Se le hizo la boca agua mientras contemplaba el jugo que destilaba el fruto, estrellado contra el suelo.

¿Sería venenoso? ¿Y qué le importaba? La muerte por envenenamiento sería preferible a despreciar tan inesperado tesoro.

Justo cuando se inclinaba para recoger los restos, otra fruta le cayó en la espalda. Girándose rápidamente, aguzó la mirada. A unos ocho metros de donde estaba y a unos cinco metros de altura, distinguió un peludo mono con un fruto en cada mano. Se lo quedó mirando boquiabierta. Estaba… ¿sonriendo?

De repente el animal le lanzó las dos piezas a la vez. Grace estaba demasiado sorprendida para reaccionar y recibió sendos impactos en los muslos. Riendo orgulloso, el mono empezó a dar saltos y a agitar los brazos como un poseso.

Aquello ya era demasiado. La habían robado, abandonado... y ahora se veía asaltada por un primate al que los Yankees muy bien habrían podido fichar como pitcher. Frunciendo el ceño, recogió una fruta, le dio dos bocados, se detuvo, volvió a darle otros dos bocados y lanzó el resto contra el mono. Le acertó en la oreja. El animal dejó de sonreír.

—Toma. Te lo tenías merecido, podrido saco de pelos...

Pero su victoria fue de corta duración. Un segundo después empezaron a volar frutas de todas direcciones. ¡Había monos por todas partes! Consciente de que estaba en minoría, recogió todas las frutas que pudo y echó a correr. Corrió sin rumbo fijo. Hasta que sintió los pulmones a punto de explotar.

Cuando finalmente aminoró el ritmo, tomó aire y mordió una fruta. Volvió a tomar aire y dio otro mordisco, y así sucesivamente. Fue un alivio en medio de tanto sufrimiento.

Transcurrió una hora. Para entonces su cuerpo se había olvidado de que había consumido algún alimento y arrastraba los pies de puro cansancio. Tenía la boca más seca que la arena. Pero seguía caminando, y con cada paso su cerebro parecía cantar una especie de mantra: encontrar a Alex, encontrar a Alex, encontrar a Alex...

Tenía que estar por allí, en alguna parte, buscando aquel estúpido portal. ¿Por qué no había podido localizarlo en las coordenadas que dejó consignadas en su diario?¿Dónde diablos se había metido?

Cuanto más tiempo vagaba por la jungla, más perdida y sola se sentía. Los árboles y las lianas se iban espesando, y la oscuridad también. Al menos el olor a podredumbre había desaparecido, dejando sólo un sensual aroma a heliconias y orquídeas. Si no encontraba pronto un refugio, caería rendida al suelo, impotente. Y odiaba las serpientes y los insectos aún más que el hambre y la fatiga.

Los brazos y las piernas le pesaban terriblemente, como si fueran de acero. Sin saber qué hacer, se dejó caer al suelo. Allí tendida, podía escuchar el leve rumor de los insectos y... ¿tambores? ¿El rumor del agua? Parpadeó varias veces, aguzando los oídos. Sí. Estaba escuchando el glorioso sonido del agua.

«Levántate», se ordenó.

Recurriendo a toda la fuerza de que fue capaz, se arrastró por la maleza. La jungla vibraba de vida a su alrededor, burlándose de su debilidad. Las grandes y brillantes hojas verdes empezaron a espaciarse y el terreno se fue haciendo más húmedo, hasta que quedó completamente sumergido bajo un regato. Las aguas de color turquesa brillaban límpidas y cristalinas.

Hizo un cuenco con las manos y bebió ansiosa. De repente, para su sorpresa, el pecho empezó a arderle... cada vez más, como si se hubiera tragado una lengua de lava ardiente. Sólo que la sensación procedía del exterior, que no del interior, de su cuerpo.

El calor llegó a resultar insoportable y soltó un grito. Al incorporarse, posó la mirada en las dos cabezas gemelas de dragón de su medallón. Los dos pares de ojos, formados por sendos rubíes, brillaban con una luz fantasmal.

¡Era el medallón! Intentó quitárselo, pero de repente se vio empujada hacia delante por una invisible fuerza. Agitando los brazos, penetró en un denso muro vegetal. Al otro lado, la luz había dejado paso a una densa penumbra. Finalmente quedó inmóvil. El medallón se había enfriado.

Miró a su alrededor con ojos desorbitados: había entrado en una especie de cueva. Podía oír el sonido de las gotas de agua cayendo en el suelo rocoso. Una refrescante brisa le acariciaba el rostro. Suspiró aliviada. Aquel sereno ambiente parecía infiltrarse poco a poco en su interior, ayudándola a tranquilizarse y a recuperar el resuello.

—Lo único que necesito ahora son las provisiones que llevo en mi mochila… y moriré feliz.

Demasiado agotada para dejarse llevar por el miedo, se internó en la cueva. El techo empezaba a bajar, hasta que tuvo que avanzar casi de rodillas.

No supo cuánto tiempo pasó. ¿Minutos? ¿Horas? Sólo sabía que necesitaba encontrar una superficie lisa y seca donde pudiera dormir. De repente distinguió un resplandor. Una luz que asomaba detrás de un recodo de la cueva, tentándola como un dedo que la estuviera llamando. Lo siguió.

Y encontró el paraíso.

La luz procedía de una pequeña e irisada poza de… ¿era agua? Aquel líquido de color azul celeste parecía más denso que el agua, como una especie de gel claro y transparente.

Pero lo más extraño de todo era que en lugar de extenderse por el suelo, la poza estaba colgando de pie, ligeramente inclinada. Como si fuera un retrato de pared… sin que hubiera pared alguna detrás.

¿Por qué no caía el líquido? ¿Por qué no se derramaba en el suelo? Su cerebro aturdido no conseguía procesar bien aquella información. Finos jirones de niebla envolvían todo aquel refugio, alzándose, girando, moviéndose sin cesar.

Casi sin darse cuenta soltó una nerviosa carcajada, y el sonido reverberó a su alrededor como un eco.

Estiró lentamente una mano, con la intención de tocar y examinar aquella extrañísima sustancia. Para su sorpresa, en el momento del contacto una violenta sacudida pareció explotar en su interior… y se sintió como si hubiera sido absorbida por un fuerte remolino.

El remolino tiraba de ella en todas direcciones. Por unos instantes, fue como si el mundo se desmoronara a su alrededor. Loca de terror, se dio cuenta de que estaba cayendo, muy abajo… En vano estiró las manos, desesperada por agarrarse a algo.

Fue entonces cuando empezaron los gritos. Chillidos agudos, desarticulados. Se tapó los oídos. No podía soportarlo más: aquel estruendo tenía que parar. Pero el griterío subía incluso de volumen. Era cada vez más alto, más intenso…

—¡Socorro!

De repente todo quedó en silencio. Sus pies tocaron una superficie dura. Se tambaleó, sin llegar a caerse. Empezó a respirar de nuevo. Tomar aire, soltar aire, tomar aire… Poco después, abrió los ojos. Una neblina de rocío se alzaba de la pequeña poza, en un precioso arco iris. La belleza de la vista quedaba enturbiada por los duros contornos de una lúgubre caverna. Una caverna que era diferente de la primera en la que había entrado.

Frunció el ceño. Allí, las paredes rocosas estaban cubiertas por extrañas y coloridas marcas, como si fueran de oro líquido. Y eso otro… ¿eran salpicaduras de sangre? Estremecida, desvió la mirada. El suelo estaba húmedo y cubierto por ramas de formas extrañas, pajas y piedras. En el extremo opuesto había varios asientos toscamente tallados en la roca.

El aire era frío, invernal. Un aire extraño, con un repugnante regusto metálico. Las paredes eran más altas y más anchas. Recordaba que, la primera vez que entró, la poza había estado a la derecha, no a la izquierda.

¿Cómo había podido cambiar todo tan drásticamente y con tanta rapidez, sin que ella llegara a dar un solo paso? Aquello no podía ser un sueño, ni una alucinación. Todo era demasiado real, demasiado horroroso. ¿Habría muerto? No, no. Ciertamente aquello no era el cielo, pero tampoco el infierno: hacía demasiado frío.

Pero entonces… ¿qué había sucedido?

Antes de que su mente pudiera formular una respuesta, oyó el crujido de una rama.

Al girar la cabeza, descubrió unos ojos azules como el hielo, perfectamente discernibles entre la niebla. Se quedó sin aliento. El dueño de aquellos ojos era el hombre más ferozmente masculino que había visto en su vida. Una cicatriz le corría desde la ceja izquierda hasta la barbilla. Tenía los pómulos salientes, como tallados con un hacha, y la mandíbula cuadrada. El único rasgo suave de su rostro era su boca sensual, de hipnótica belleza.

Estaba frente a ella: más de uno noventa de estatura, puro músculo. La niebla dejaba un rastro húmedo en su pecho bronceado, lleno de tatuajes.

Aquellos tatuajes brillaban, pero, más que eso, parecían vivos. Un feroz dragón desplegaba sus alas rojizas, como una imagen de tres dimensiones que hubiera cobrado vida. La cola del dragón se perdía bajo la cintura de su pantalón de cuero negro. Y alrededor de la figura podía distinguir oscuros símbolos que se enroscaban a lo largo de sus hombros, hasta sus poderosos bíceps.

Aquel hombre era aún más bárbaro que sus tatuajes: blandía una larga, amenazadora espada.

Una oleada de miedo la envolvió, pero aun así continuó mirándolo. Era un ser absolutamente salvaje, de una fascinante sensualidad. Enseguida le recordó a un feroz animal enjaulado. Preparado para atacar, para golpear. Irradiaba peligro por todos sus poros.

Con un giro de muñeca, hizo una finta con la espada.

Grace retrocedió un paso: seguro que no querría atacarla, no podía ser. Pero sí, estaba levantando la espada como si fuera a...

—Hey, un momento... —soltó una nerviosa carcajada—. Baja eso antes de que puedas hacerle daño a alguien —«a mí, por ejemplo», añadió para sí.

Hizo otra finta mientras se acercaba a ella. No había expresión alguna en su rostro: ni furia, ni miedo, ni maldad. Ninguna pista que pudiera ayudarla a entender por qué quería practicar esgrima frente a ella...

Se la quedó mirando fijamente. Ella le sostuvo la mirada: principalmente porque tenía demasiado miedo de apartarla.

—Yo no quiero hacerte ningún daño —murmuró.

Un prolongado silencio acogió sus palabras. Ante su aterrada mirada, la espada empezó a bajar, dirigida a su cuello. ¡Iba a matarla! Por puro instinto, sacó el revólver que llevaba en la cintura del pantalón. El aliento le quemaba como ácido en la garganta mientras apretaba el gatillo. Clik, clik, clik.

Pero no sucedió nada.

Maldijo entre dientes. El tambor estaba vacío. Miró frenética a su alrededor, buscando alguna ruta de escape. La niebla era la única salida, pero aquel salvaje guerrero se la bloqueaba.

—Por favor —susurró, sin saber qué decir o qué hacer.

O el hombre no la oyó, o no le importó lo que le decía. La afilada hoja de su espada se acercaba cada vez más a su cuello.

Cerró los ojos con fuerza.

3

Darius masculló una maldición y bajó la espada sin llegar a tocar a la mujer. Al hacerlo, levantó una delicada brisa que agitó los rizos de su melena. El hecho de que pudiera distinguir claramente su color, una tempestad de tonos rojizos que se derramaba sobre sus hombros, lo sorprendió lo suficiente como para vacilar en destruir a la poseedora de semejante belleza.

Procurando sobreponerse a su sorpresa, blandió nuevamente la espada. Ahuyentó todo pensamiento de compasión, o de tristeza. Sabía lo que tenía que hacer. Golpear. Destruir.

Se lo ordenaba su juramento.

Pero su pelo… Sus ojos seguían deleitándose en la primera pincelada de color que había visto en casi trescientos años. Sentía un cosquilleo en las yemas de los dedos. Sus sentidos anhelaban explorarla. Sus sentidos: él había querido renunciar a ellos, destruirlos. Pero la había mirado, se había acordado de su familia y su determinación se había agrietado. Y esa grieta era todo lo que habían necesitado sus sentidos para activarse de nuevo.

«Mata», le ordenaba su cerebro. «¡Actúa!».

Apretó los dientes. La voz de su mentor reverberó por todo su ser. «Matar viajeros es tu obligación. Tu privilegio».

Había habido ocasiones, como aquélla, en que se había resistido a desempeñar su misión: pero ni una sola vez había vacilado en hacer todo lo necesario. Simplemente había seguido adelante, asesinato tras asesinato, consciente de que no le quedaba otra opción. Hacía mucho tiempo que su personalidad de dragón se había impuesto a la humana. Un resto de conciencia seguía vivo en su interior, sí, pero muy deteriorado por la falta de uso.

¿Entonces por qué estaba dudando ahora, con aquel viajero?

La estudió. Tenía la piel llena de pecas, y manchas de barro en las mejillas. Su nariz era pequeña, recta y delicada, sus pestañas largas y espesas. Vio que abría los ojos lentamente, y de repente se quedó sin aliento.

Sus ojos eran verdes, con un ribete azul. Aquellos colores tan nuevos lo hipnotizaban, lo cautivaban. Despertaban su instinto protector. Peor aún...

Podía sentir cómo, mal que le pesara, el deseo empezaba a desenredarse, a desperezarse en su interior.

Cuando la mujer se dio cuenta de que había bajado la espada, se agachó levemente, empuñando un extraño objeto metálico. Sólo podía asumir que se trataba de una posición de ataque. Estaba asustada, cierto, pero lucharía con todas sus fuerzas con tal de sobrevivir.

¿Podía realmente destruir una valentía semejante?

Sí. Debía hacerlo. Y lo haría.

Y sin embargo, volvió a vacilar. Los rasgos de aquella mujer eran tan bellos, tan inocentes, tan angélicos, que le despertaban una inusitada emoción. ¿Preocupación? ¿Arrepentimiento? ¿Vergüenza?

¿Una mezcla de todos a la vez?

La sensación era tan novedosa que le costaba identificarla. ¿Qué era lo que hacía a aquel viajero tan diferente de los demás, hasta el punto de hacerlo dudar y, que los dioses le perdonaran, incluso despertar su deseo? ¿Quizá el hecho de que parecía una especie de hada? ¿O tal vez que pareciera todo lo que secretamente había deseado y sabía que nunca podría tener?

Recorrió el resto de su cuerpo con la mirada. No era alta, pero tenía un aire majestuoso que daba esa impresión. Estaba sudando y tenía la piel sucia de barro. Su ropa se adaptaba perfectamente a su figura curvilínea, como apropiado homenaje a su belleza.

Nuevas e indeseables sensaciones lo asaltaron. Odiosas sensaciones. No debería sentir nada: debería mostrarse distante. Pero lo sentía. Anhelaba acariciarla toda ella, sumergirse en aquella suavidad, deleitarse en su colorido resplandor. Ansiaba saborear; sí, saborear su cuerpo entero…

—No —pronunció más para sí mismo que para ella—. No.

Debía destruirla.

Ella había roto la Ley de la Niebla.

Años atrás, un guardián había incumplido su deber, había fracasado a la hora de proteger Atlantis, y por ello había causado las muertes de mucha gente: gente que Darius había amado. Por esa razón no podía permitirse dejar viva a aquella especie de hada...

Mientras pensaba todo eso, permanecía en posición de ataque, inmóvil. Su fría y dura lógica batallaba con su salvaje, masculino apetito. Si al menos aquella mujer hubiera desviado la mirada... pero los segundos se convirtieron en minutos y seguía mirándolo, estudiándolo. Quizá incluso admirándolo...

Desesperado por escapar al poder mental que parecía ejercer sobre su persona, le ordenó:

—Baja la mirada, mujer.

Lenta, muy lentamente, sacudió la cabeza.

—Lo siento. No entiendo lo que dices.

Incluso su voz era inocente, suave, melódica: una caricia a sus sentidos. Y eso que ni siquiera tenía la menor idea de lo que había dicho.

—Maldita seas —masculló—. Y maldito sea yo.

Esbozó un gesto de disgusto. Todavía mientras envainaba la espada y cerraba la distancia que los separaba, se ordenó permanecer indiferente. Fue inútil. No había razón para que hiciera lo que estaba a punto de hacer, pero era incapaz de detenerse. Sus acciones ya no estaban controladas por su mente, sino por alguna fuerza que ni lograba entender ni quería analizar.

La mujer perdió el aliento al verlo acercarse.

—¿Qué haces?

La había acorralado contra la pared de roca. La mujer seguía apuntándolo con el objeto metálico. ¿Realmente esperaba protegerse de un guerrero dragón con un objeto tan ridículo? Se lo arrebató con toda facilidad y lo lanzó por encima de su hombro.

La mujer la emprendió entonces a golpes con él, soltando puñetazos y patadas como un demonio.

Darius le sujetó las muñecas y le alzó las manos por encima de la cabeza.

—Quieta —le dijo. Al ver que continuaba resistiéndose, suspiró y esperó a que se cansara. Lo que ocurrió al cabo de unos pocos minutos.

—Irás a la cárcel por esto…

Su cálido aliento acariciándole el pecho, la embriagadora dulzura de su ser tangible le despertó otro recuerdo de su familia que fue incapaz de desterrar de su mente. Se disponía a apartarse de ella cuando su aroma a miedo y a orquídeas lo envolvió. Durante mucho tiempo, no había olido más que a ceniza, de manera que no pudo evitar disfrutar con aquella nueva fragancia. Aspirando profundamente, se apretó contra ella. La necesidad de tocarla, de formar parte de ella, se negaba a abandonarlo.

La sintió estremecerse. ¿De frío? ¿O quizá de un turbulento deseo similar al suyo? Cuando pudo sentir la dureza de sus pezones, y la vio morderse delicadamente el labio inferior, la excitación que había sentido por ella se convirtió en una verdadera tormenta. Una tormenta desesperada, salvaje, casi sobrenatural. Su sangre de dragón afluyó a su miembro como un torrente de lava.

Sus labios se curvaron en una sonrisa de desprecio… de sí mismo. En el instante en que se dio cuenta de que estaba sonriendo, frunció el ceño. ¡Cómo se habrían reído sus hombres de él! Y sin embargo, no le importaba. Nunca había sentido nada tan perfecto, tan maravilloso.

Sus miradas volvieron a encontrarse. «Esta mujer es tu enemigo», se recordó, apretando los dientes. Y se apartó lo suficiente para que su erección permaneciese a una distancia segura.

—La mente está abierta, los oídos escucharán —murmuró—. Mis palabras son tuyas, tus palabras son mías. Ahora hablaré y nos entenderemos. A partir de este momento y durante todo el tiempo —sin dejar de observarla, le preguntó—: ¿Comprendes ahora mis palabras?

—Sí… sí… —pronunció con los ojos muy abiertos. Su boca se abrió y cerró varias veces antes de que llegara a decir algo—. ¿Cómo…?

—Te he lanzado un conjuro de comprensión.

—¿Un conjuro? No, no. Eso no es posible —sacudió la cabeza—. Yo hablo tres idiomas, y me costó mucho aprenderlos… ¿Qué es lo que me has hecho?

—Ya te lo he explicado.

—No me digas la verdad, entonces —soltó una carcajada, más de desesperación que de humor—. Pero nada de esto importa. Mañana por la mañana me despertaré y descubriré que todo esto no ha sido más que una pesadilla.

«No», pronunció Darius para sus adentros, detestándose a sí mismo. Al día siguiente, aquella mujer no se despertaría.

—No deberías haber venido aquí, mujer. ¿Es que no aprecias tu vida?

—¿Me estás amenazando? —forcejeó de nuevo—. Suéltame.

—Deja de luchar. Con ello sólo conseguirás apretar aún más tu cuerpo contra el mío —vio que se quedaba perfectamente inmóvil—. ¿Quién eres?

—Soy ciudadana de los Estados Unidos y conozco mis derechos. No puedes retenerme contra mi voluntad.

—Puedo hacer lo que quiera.

Se quedó pálida, porque no tenía ninguna duda de la veracidad de sus palabras. «Retrasar su muerte será una crueldad», le gritaba su cerebro. «Cierra los ojos y golpea».

Una vez más, su cuerpo y su mente actuaban como si fueran entidades separadas. Se sorprendió a sí mismo soltando a la mujer y retrocediendo un paso. Ella se apartó de él como si fuera un vampiro sediento de sangre o un repugnante formoriano.

Darius procuró concentrarse en su destrucción, evitando la mirada de sus ojos del color del mar, pensando en todo lo que no fuera su tenaz, admirable espíritu. Tenía la camisa desgarrada y abierta por el medio, descubriendo a medias dos perfectos senos cubiertos por una tela de encaje rosa pálido. Como resultado, volvió a experimentar otro chispazo de deseo.

Hasta que su mirada se posó en los dos pares de ojos de rubí que colgaban en el valle que se abría entre sus senos. Se quedó sin aliento mientras examinaba el adorno. No podía ser…

Pero lo era.

Un hosco ceño nubló sus rasgos. Cerró los puños con fuerza. ¿Cómo era posible que un amuleto tan sagrado hubiera ido a parar a las manos de aquella mujer? Los dioses recompensaban a cada guerrero dragón con un Ra-Dracus, Fuego de Dragón, y cada guerrero conservaba siempre el suyo, solamente lo perdía con la muerte. Los símbolos que podía distinguir en aquel amuleto le resultaban familiares, pero no podía recordar exactamente a quién pertenecían…

A esa mujer desde luego que no, eso era seguro. Ella no era un dragón, ni tampoco una hija de Atlantis.

Su ceño se profundizó. Irónicamente, el juramento que le había ordenado matarla lo obligaba también a mantenerla viva hasta que le explicara cómo y por qué tenía aquel medallón. Intentó quitárselo, pero ella le apartó bruscamente la mano.

—¿Qué… qué estás haciendo?

—Dame el medallón.

Pero ella no se acobardó ante su tono. Ni se apresuró a obedecer. En lugar de ello, le sostuvo la mirada con valentía. O con estupidez.

—No te acerques —le advirtió.

—Llevas los símbolos del dragón. Y tú, mujer, no eres ningún dragón. Dame el medallón.

—Lo único que pienso darte es una patada en el trasero, maldito ladrón. Aléjate de mí.

Se la quedó mirando fijamente. Estaba a la defensiva y tenía miedo. No era una buena combinación si quería obtener respuestas.

—Me laman Darius —suspiró—. ¿Alivia eso tu temor?

—No —como desmintiendo sus palabras, se relajó visiblemente—. Mi hermano me regaló este medallón. Tengo que devolvérselo.

Darius se pasó una mano por la cara.

—¿Cómo te llamas?

—Grace Carlyle —contestó, reacia.

—¿Dónde está tu hermano, Grace Carlyle? Quiero hablar con él.

—No sé dónde se encuentra.

Y no le gustaba no saberlo, se dio cuenta Darius, leyendo la preocupación en sus ojos.

—No importa. El medallón tampoco le pertenece a él. Pertenece a un dragón, y yo se lo devolveré.

La mujer se lo quedó mirando durante un rato, hasta que finalmente esbozó una sonrisa temblorosa.

—Tienes razón. Quédatelo. Sólo necesitaré un momento para quitármelo —alzó los brazos como si fuera a hacer lo que le había dicho: quitarse el medallón. Pero al momento siguiente se lanzó como una flecha hacia la entrada de la niebla.

Darius estiró un brazo y la atrapó.

—¿Osas desafiarme? —le preguntó, perplejo. Como líder del palacio, estaba acostumbrado a que todo el mundo obedeciera sus órdenes. Hasta ahora.

Que aquella mujer se le resistiera era algo sorprendente, lo cual aumentaba de alguna manera su atractivo. Ella no era una guerrera y no tenía defensa alguna contra él.

—¡Suéltame!

—Luchar es inútil. Sólo conseguirás retrasar lo que es preciso hacer.

—¿Y qué es preciso hacer? —en lugar de tranquilizarse, intentó propinarle un codazo en el estómago.

Darius la inmovilizó apretándola contra su pecho.

—¡Quédate quieta! —gritó. De repente parpadeó varias veces, asombrado. ¿Había gritado? Sí, había alzado la voz.

La mujer se quedó quieta. Estaba jadeando. Y, en medio del creciente silencio, Darius empezó a escuchar el latido de su corazón, un ritmo acelerado que reverberaba en sus oídos. Sus miradas parecieron anudarse.

—Por favor —pronunció ella al fin, y Darius no estuvo seguro de si le estaba pidiendo que la soltase o que la abrazara con mayor fuerza.

Usó su mano libre para acariciarle el cuello, antes de apartarle delicadamente la melena. El calor de su cuerpo lo tentaba, y luchó contra el impulso de explorarlo a fondo, desde sus redondeados senos hasta la deliciosa curva de su vientre. Desde sus piernas largas y bien torneadas hasta la caliente humedad de su sexo...

Podía fácilmente imaginársela desnuda en su cama, con los brazos abiertos, esperándolo... Sonreiría lenta, seductoramente, y él se colocaría encima, acariciaría con la lengua cada rincón de su cuerpo, disfrutaría de ella como nunca había disfrutado con nadie, o ella disfrutaría de él... y al final ambos caerían rendidos, saciados.

Aquella fantasía hacía que su deseo se mezclara, se enredara con la ternura. Pero eso no podía ser. El deseo podía tolerarlo; la ternura no.

Durante años había intentado reprimir sus necesidades físicas, pero había descubierto que era imposible. Así que de cuando en cuando se permitía yacer con alguna mujer, a la que poseía rápidamente para luego desentenderse de ella. No las besaba, ni saboreaba. Simplemente las poseía con distancia, en acoplamientos sin complicaciones que no tardaba en olvidar.

En aquel momento necesitaba conservar aquella misma distancia, para lo cual tenía que ignorar el atractivo de Grace. Con esa decisión firmemente arraigada en la mente, se apresuró a soltarle la cadena del medallón.

—Devuélvemelo. ¡Es mío!

—No. Es mío —replicó con expresión ominosa. Sin dejar de mirarla, se puso el medallón, que colgó encima de su otro Ra-Dracus—. Tengo muchas preguntas que hacerte, y espero que las respondas todas. Si me dices una sola mentira, te arrepentirás. ¿Está claro?

La mujer no contestó. Se limitó a soltar un tembloroso suspiro.

—¿Entendido? —insistió.

Esa vez asintió con la cabeza, con los ojos muy abiertos.

—Entonces empezaremos. Dijiste que tenías que devolverle el medallón a tu hermano. ¿Por qué? ¿Qué piensa hacer con él?

—Yo… no lo sé.

¿Le estaba mintiendo? La expresión angelical de sus rasgos sugería lo contrario. Miró sus labios llenos: eran labios hechos para el placer de un hombre. Se pasó una mano por la cara. Sin que pudiera evitarlo, se había imaginado aquellos labios recorriendo arriba y abajo su falo, con su roja melena derramada sobre sus muslos…

—¿Dónde lo encontró?

—No lo sé.

—¿Cuándo fue a parar a tus manos?

—Hace poco más de una semana.

—¿Sabes lo que es? ¿Conoces su poder?

—No tiene ningún poder —repuso ella, frunciendo el ceño—, No es más que un medallón. Una pieza de bisutería.

Se la quedó mirando fijamente, escrutador.

—Entonces… ¿cómo es que encontraste la niebla?

44

—No lo sé. Yo estaba caminando por esta maldita jungla. Tenía calor, estaba cansada y hambrienta. Descubrí un manantial, tropecé con la cueva y me arrastré dentro.

—¿Entró alguien en la cueva contigo?

—No.

—¿Estás segura?

—Sí, maldita sea, estoy segura. Estaba completamente sola.

—Si me has mentido...

—Te he dicho la verdad.

¿Lo había hecho? Sinceramente, no lo sabía. Sólo sabía que quería creer en cada una de sus palabras. Estaba demasiado cautivado por su belleza, por su fragancia. Debería matarla allí mismo, pero no podía. Aún no.

«Soy un estúpido», pensó mientras la alzaba en vilo y se la cargaba a un hombro. La mujer empezó a patear inmediatamente y a clavarle las uñas en la espalda.

—¡Bájame, canalla troglodita! —sus gritos resonaban en sus oídos—. He respondido a tus preguntas. Tienes que dejarme marchar...

—Quizá una corta estancia en mi cámara haga que tus respuestas sean más ricas en detalles. Estoy seguro de que puedes hacerlo mejor.

Subió las escaleras de la cueva y entró en el palacio. La mujer continuaba forcejeando y dando patadas. Tuvo buen cuidado de evitar a sus hombres mientras la llevaba a su cámara. Una vez dentro, la tumbó sobre la enorme cama y le ató las muñecas y los tobillos a los postes. Verla así, tumbada frente a él, le provocó otra dolorosa punzada de deseo. Se excitó insoportablemente.

Dios, no podía seguir allí con ella, no cuando parecía tan… apetecible. Así que dio media vuelta y desapareció en el pasillo. La puerta se cerró a su espalda.

Más tarde o más temprano, aquella mujer tendría que morir… por su mano.

4

Sola en la habitación, Grace forcejeó con sus ligaduras hasta que logró liberar las muñecas. Luego se desató los tobillos y se sentó en la cama. Alex la había atado muchas veces cuando eran niños, así que liberarse siempre le había parecido un juego divertido. Además, su captor no había apretado bien los nudos, como si no hubiera querido hacerle daño.

Soltó un tembloroso suspiro mientras paseaba la mirada por el espacioso interior, deteniéndose en cada detalle. Aparte de la suntuosa cama en la que estaba sentada, el único mobiliario era un aparador de marfil. Y los colores: eran tantos los colores que brillaban en las paredes, como fragmentos irisados de ónice… Había también una chimenea de mármol, vacía. La única salida era una puerta sin picaporte.

«¿Dónde diablos estoy?», se preguntó, presa del pánico. El miedo y la adrenalina corrían furiosamente por su sangre. Un hombre que podía permitirse ese tipo de lujos, seguro que podía pagarse un sistema de seguridad inexpugnable. Mientras cerraba los puños sobre la colcha de terciopelo azul zafiro, otro pensamiento acudió a su mente. Ese hombre bien podría permitirse también el lujo de torturar a una mujer inocente sin consecuencias…

Levantándose, intentó sobreponerse a su miedo. «Todo saldrá bien», se dijo. Sólo necesitaba encontrar una manera de salir de allí. Antes de que él volviera. Corrió hacia la doble puerta. La empujó, pero las pesadas hojas de marfil no cedían. Era de esperar.

¿Qué iba a hacer ahora?

No había ventanas por las que poder escapar. Y el techo… miró hacia arriba y se quedó sin aliento. El techo estaba formado por diversas capas de cristal, verdadera fuente de luz de la habitación. Una fina juntura central corría de un extremo a otro, permitiendo una vista espectacular de un líquido color turquesa que se agitaba sin cesar. Peces y otras criaturas del mar, sospechosamente parecidas a sirenas, se deslizaban plácidamente por el agua...

«Estoy bajo el agua. Bajo el agua». Golpeó la puerta con los puños.

—¡Sácame de aquí, maldito seas!

No recibió respuesta alguna.

—Esto es ilegal. Si no me sacas de aquí, te encarcelarán. Te juro que te encarcelarán. Irás a prisión, ya lo verás… ¡Déjame salir!

No recibió respuesta. Al final, agotada, apoyó la mejilla en la fría puerta. «¿Dónde estoy?», se preguntó una vez más.

De repente recordó algo… algo que había leído. En un libro, una revista o… ¡el diario de Alex! Le dio un vuelco el estómago y cerró los ojos con fuerza. En su diario, su hermano había descrito un portal que comunicaba la tierra con Atlantis, un portal rodeado de niebla. Su boca formó una «o» perfecta cuando recordó las palabras del texto, encajándolas como las piezas de un puzle. Atlantis no era el hogar de una raza extraordinaria de humanos, sino de horribles criaturas de pesadilla, un lugar donde los dioses habían escondido a sus más nefandos engendros.

Le flaquearon las rodillas. Volviéndose, apoyada contra la puerta, se deslizó hasta quedar sentada en el frío y duro suelo. Era cierto. Había viajado a través de la niebla. Estaba en Atlantis. Con horribles criaturas que incluso inspiraban temor a los dioses.

«Por favor, que esto sea un sueño», rezó, «un sueño del que me despierte en cualquier momento».

Si algún dios llegó a oírla, no le hizo el menor caso.

«Espera», pensó, sacudiendo la cabeza. Ella no creía en los antiguos dioses griegos. «Tengo que salir de aquí». Había querido correr peligros y aventuras, sí, pero no eso. Nunca eso. De camino a Brasil, había imaginado lo maravilloso que habría sido ayudar a Alex, lo satisfecha y realizada que se habría sentido si hubiera podido demostrar o invalidar un mito como el de Atlantis.

Bueno, pues ella había demostrado la existencia de Atlantis. Y no se sentía en absoluto realizada.

—Atlantis —susurró con voz quebrada, mirando la cama. La colcha parecía tejida con cuentas de cristal, y ya sabía, porque lo había comprobado, lo suave y fina que era. Estaba en Atlantis, hogar de minotauros, formorianos y vampiros, y tantas otras criaturas que su hermano no había sido capaz de identificar.

De repente, le dio otro vuelco el estómago. ¿Qué clase de criatura sería su captor? Intentó recordar. Los minotauros eran medio toros, medio humanos. Aquel ser no se había comportado como un toro con ella, no le había parecido que poseyera las características de tal. Los formorianos eran criaturas de un solo pie. ¿Podría ser un hombrelobo o un vampiro? Tampoco.

Con sus tatuajes de dragón, más bien parecía un… bueno, un dragón. ¿Pero los dragones no tenían escamas, cola y alas? Quizá sólo fuera un humano. O quizá un sátiro, una criatura extraordinariamente sexual, potente y viril. Eso explicaría al menos la reacción que había provocado en ella…

—Darius… —pronunció, saboreando su nombre.

Se estremeció dos veces, una de miedo y otra de algo que no quería ni nombrar, conforme su imagen asaltaba su mente. Era un hombre contradictorio. Con sus tormentosos ojos azul hielo, su tono exigente y sus músculos de la solidez de la roca, era el símbolo de la dureza y la frialdad, alguien incapaz de ofrecer calor. Y sin embargo, cuando la tocó, ella se había derretido por dentro, como si por sus venas corriera lava en vez de sangre.

Aquel hombre apestaba a peligro, a guerrero sin moral y sin reglas. Como los fascinantes guerreros sobre los que había leído en las novelas de amor. Pero aquello no era ninguna novela. Aquel hombre era real. Primario, salvaje. Absolutamente masculino. Cuando hablaba, en su voz resonaba un oscuro poder que evocaba tempestades de medianoche en lugares exóticos y extraños. Nunca, en sus veinticuatro años de existencia, ningún hombre le había despertado jamás una reacción tan sensual, tan poderosa. Que lo hubiera hecho alguien que la había amenazado de muerte, y además varias veces, la confundía. Incluso había intentado cortarla en dos con aquella monstruosa espada suya...

«Pero no ha llegado a herirte», le susurró su mente. «Ni una sola vez». Sus caricias habían sido suaves, tiernas... casi reverentes. Incluso le había parecido leer en su mirada la súplica de que lo acariciara a su vez...

La voz de su madre resonó en su cerebro: «necesitas ir al psicólogo, jovencita, si es que encuentras atractivo a ese hombre. «Tatuajes, espadas... por no hablar de su comportamiento de troglodita cuando te cargó al hombro».

Esa vez fue el turno de la voz de su tía Sophie: «Gracie, cariño, no hagas caso a tu madre. Hace años que no ha estado con ningún hombre. Deberías darle una oportunidad. ¿No tendrá por casualidad ese Darius algún hermano mayor que esté soltero?».

—Efectivamente, necesito ir a un psicólogo —masculló. Sus parientes parecían haberse asentado de manera permanente en su cerebro, dispuestos a darle consejos.

De repente la invadió una oleada de nostalgia, la más intensa que había experimentado desde su primer campamento de verano, cuando era una niña. Su madre podía ser una persona estricta y rigurosa, pero la quería y la echaba de menos. Su tía también la quería, y en ese momento la habría abrazado con fuerza, con todo su cariño.

Se abrazó, intentando combatir aquel vacío. ¿Dónde se había metido Darius? ¿Cuándo regresaría?

¿Qué planeaba hacer con ella? Sospechaba que nada bueno.

El aire allí era más caliente que en la cueva, pero el frío se le había metido en el cuerpo y empezó a temblar. Paseó la mirada por las rugosas paredes que terminaban en el techo de cristal. Escalarlas podría reportarle algunas magulladuras en las manos, un precio que estaría dispuesta a pagar si con ello conseguía encontrar alguna manera de abrir el techo y nadar luego hacia la superficie.

Se levantó. Sobre el aparador había una bandeja de fruta con una gran botella de vino. Suspirando, se acercó. Se le hizo la boca agua cuanto tomó una manzana. Sin pensárselo dos veces, devoró la deliciosa fruta. Y luego otra. Y otra. Entre bocado y bocado, bebió el vino tinto directamente de la botella.

Para cuando se acercó a la pared, se sentía más fuerte, más controlada. Se aferró a dos salientes y tomó impulso. Poco a poco fue escalando. Una vez había subido el Pulgar del Diablo en Alaska: no era un recuerdo muy agradable, ya que se le había helado el trasero, pero al menos había aprendido a escalar. Pensó con nostalgia en el arnés que había utilizado en aquella cumbre.

Por fin consiguió acceder al techo: para entonces le dolían las palmas y los dedos. Usando toda su fuerza, empujó e intentó abrir la juntura de cristal.

—Vamos —decía en voz alta—. Ábrete, por favor…

Pero aquella maldita cosa continuaba firmemente cerrada. Al borde de las lágrimas, volvió a bajar. Apartándose la melena de la cara, sopesó todas sus opciones, que no eran muchas. Podía aceptar pasivamente lo que Darius le tuviera reservado... o podía luchar contra él.

No tuvo que pensárselo mucho.

—Lucharé —pronunció en tono resuelto.

Tenía que conseguir llegar a casa, tenía que encontrar y alertar a su hermano sobre los peligros de la niebla… si no era ya demasiado tarde. Una imagen de Alex asaltó su mente, yaciendo inmóvil en un ataúd…

Apretó los labios, negándose a considerar por un instante aquella posibilidad. Alex estaba vivo y a salvo. Tenía que estarlo. ¿Cómo si no le habría enviado el diario y el medallón? En el otro mundo no vendían sellos…

Paseó nuevamente la mirada por la habitación, esa vez buscando un arma. No había leños en la chimenea. Lo único que podía utilizar era la bandeja de la fruta, pero dudaba que pudiera hacer mucho daño a Darius con ella…

Experimentó una punzada de decepción. ¿Qué diablos podría hacer para escapar? ¿Fabricar una cuerda con las sábanas? Podría ponerla delante de la puerta, bien tensa, para hacerle tropezar cuando entrara. No era tan mala idea… Corrió a la cama y se apresuró a sacar las sábanas de lino.

A pesar de lo mucho que le dolían las manos, colocó y tensó la improvisada cuerda, a baja altura, delante de la puerta. Darius parecía invencible, pero podía tropezar como todo el mundo. Incluso los mitos decían que todas las criaturas, dioses y mortales, podían despistarse y cometer errores.

Aunque vivía actualmente en Nueva York, Grace se había criado en una pequeña población de California del Sur, un lugar conocido por su amabilidad y hospitalidad para con los extranjeros. Le habían enseñado a no herir ni hacer daño de manera deliberada a otro ser humano. Y sin embargo, no pudo reprimir una lenta sonrisa de expectación mientras contemplaba su trampa.

Darius estaba a punto de dar un traspié. Literalmente.

Darius entró en el comedor. Se detuvo solamente un momento en la puerta cuando se dio cuenta de que ya no veía colores: volvía a verlo todo en blanco y negro. Suspiró profundamente, decepcionado.

Pero cuando tomó conciencia de que no olía nada, se quedó paralizado de asombro: incluso su recién descubierto sentido del olfato le había abandonado.

Hasta ese momento, no había sido consciente de lo mucho que había echado de menos aquellas cosas.

La culpable había sido Grace, por supuesto. En su presencia, sus defensas se habían desmoronado y sus sentidos habían vuelto a la vida. Ahora que se había alejado de ella, todo volvía a ser como antes. ¿Qué clase de poder poseería aquella mujer para poder controlar de esa manera sus percepciones? Un músculo latió en su mandíbula.

Afortunadamente, sus hombres no habían esperado a que volviera. Ya se habían ido a entrenar a la arena, tal y como les había ordenado.

Frunciendo los labios, se acercó a la inmensa hilera de ventanales del fondo de la sala. Desde allí, en lo alto del palacio, podía disfrutar de una espectacular vista de la ciudad que se extendía debajo. La Ciudad Interior, donde las criaturas de Atlantis podían relajarse y disfrutar.

Multitudes de sirenas, centauros, cíclopes, grifos

y dragones mujeres recorrían calles y tiendas. Varias ninfas retozaban en una cascada submarina cercana. Qué felices parecían, qué despreocupados…

Ojalá él hubiera podido disfrutar de aquella paz… Con un gruñido, se apartó del cristal y se acercó a la mesa. Se dejó caer en el asiento de la cabecera con tanta fuerza que crujió la madera maciza. Tenía que controlarse antes de que volviera a ver a aquella mujer… Grace. Demasiados sentimientos se agitaban en su interior: deseo, ternura, ira.

Procuró combatir el deseo y la ternura. Pero ambos sentimientos se resistían a desaparecer, tenaces. La belleza de aquella mujer podía debilitar al más fuerte de sus guerreros.

Por todos los dioses: si él había experimentado todas aquellas sensaciones simplemente sujetándole las muñecas, o mirándola a los ojos…. ¿qué habría sentido si, por ejemplo, le hubiera acariciado los senos?¿O si le hubiera separado los muslos para hundirse en ella? Su atormentado gemido se convirtió en un rugido que resonó en la bóveda de cristal. Si hubiera tenido a aquella mujer desnuda y a su disposición… habría podido perecer víctima de aquella sobrecarga de emociones.

Casi se echó a reír. Él, un sanguinario guerrero sin corazón que no había sentido nada durante los últimos tres siglos, estaba sufriendo por una simple mujer. Si no hubiera olido su dulzura, aquella sutil fragancia a sol y a flores... Si no hubiera acariciado su piel tersa…

«Lucha, combate ese encantamiento… ¿Dónde está tu famosa disciplina?», se preguntó. Descolgó una camisa de las varias que colgaban de la pared y se la puso, cubriéndose los dos medallones que llevaba. Fue entonces cuando, en un súbito acceso de lucidez, reconoció los símbolos del medallón que le había quitado a Grace: pertenecía a Javar, su antiguo mentor.

Frunció el ceño. ¿Cómo había podido perder Javar tan preciado tesoro? ¿Poseería el hermano de Grace algún extraño poder que le había permitido penetrar en la niebla, luchar contra Javar y arrebatarle el medallón? Claro que no, porque en ese caso, Javar habría acudido a Darius en busca de ayuda. Eso si acaso seguía vivo aún...

Hacía solamente un mes que Darius se había comunicado con su antiguo mentor a través de un mensajero. Todo le había parecido perfectamente normal en aquel entonces. Pero él sabía mejor que nadie que toda una vida podía cambiar en un instante.

—Tienes que hacer algo, Darius —gruñó Brand, que entró de repente en la sala metamorfoseado en dragón. Tuvo que plegar las alas para poder pasar por la puerta. Las filas de sus colmillos eran como una cinta luminosa que contrastaba con sus oscuras escamas.

Darius lanzó a su amigo una hosca mirada, procurando desterrar toda emoción de sus rasgos. No quería que ninguno de sus compañeros descubriera lo mucho que le estaba costando mantener el control. Le harían preguntas, preguntas que no deseaba responder. Y para las que, sinceramente, no tenía respuestas.

—No pienso hablar contigo mientras no te tranquilices —cruzó los brazos sobre su amplio pecho y esperó.

Brand soltó un profundo suspiro y, muy lentamente, recuperó su forma humana. Las escamas revelaron un pecho bronceado y rasgos viriles. Sus colmillos parecieron encogerse. El corte de la mejilla ya había curado, gracias al poder regenerador de la sangre de dragón.

Viendo aquello, Darius se tocó la cicatriz que le cruzaba una mejilla. Se la había hecho un rey fauno años atrás, durante una batalla, y todavía no entendía por qué le había dejado aquella marca.

—Tienes que hacer algo —repitió Brand, ya más calmadamente—. Hemos estado a punto de matarnos el uno al otro.

Darius había conocido a Brand poco después de que se mudara al palacio, cuando ambos eran todavía muy jóvenes. Sus respectivas familias habían sido aniquiladas durante una incursión de los humanos. Desde el principio, habían compartido un vínculo especial.

—La culpa la tiene ese estúpido juego tuyo —masculló Darius, frunciendo levemente el ceño.

Brand se sonrió.

—¿Otra vez te estás enfadando? Creo adivinar que ahora mismo te gustaría que te sirvieran mi cabeza en bandeja…

Obligándose a permanecer indiferente, Darius agarró una silla y se sentó al revés, a horcajadas.

—¿Cuál es la razón de tu transformación esta vez?

—El aburrimiento y la monotonía —fue la seca respuesta de su amigo—. Empezamos una primera ronda de torneos, pero no podíamos dejar de luchar. Ambos estábamos como locos.

—Te lo mereces después del escándalo que montaste.

—Vaya, vaya, Darius —sonrió de nuevo—. Deberías estarme agradecido…

Darius frunció el ceño. Otra vez su amigo había logrado sacarlo de su inmutabilidad.

—No me digas que estoy a punto de ganar el concurso. No cuando no hay nadie aquí que pueda dar fe de mi victoria.

El ceño de Darius se profundizó.

—Aparte del juego, ¿en qué puedo ayudaros para combatir vuestro aburrimiento?

—¿Te replantearás lo de traernos mujeres?

—No —se apresuró a responder. El adorable rostro de Grace asaltó su cerebro, y los músculos de su abdomen se contrajeron ligeramente. No habría más mujeres en su palacio. No cuando una tan aparentemente inofensiva como Grace le había provocado aquellas reacciones.

Brand no pareció advertir su desconcierto.

—Entonces sigamos con nuestro concurso. A ver quién te hace reír…

—¿O rabiar?

—Sí, eso también. Ha pasado mucho tiempo desde la última vez que alguien atravesó tus barreras…

Darius sacudió la cabeza. Alguien lo había hecho ya. Y odiaba esa sensación.

—Lo siento, pero mi respuesta no ha variado.

—Cada año te veo más distante, más frío... Este juego es más por tu bien que por el nuestro.

Con la característica fluidez de movimientos de los dragones, Darius se levantó. No necesitaba aquella conversación: no cuando le estaba costando tanto mantener el control. Una sola sonrisa y se resquebrajaría. Una lágrima y acabaría desmoronándose. Un grito y sus más profundos sufrimientos saldrían a la luz. Sabía perfectamente que el día en que perdiera el control, perecería en una tormenta de emociones.

—Soy así por una razón, Brand. Si abriera una puerta a mis sentimientos, a mis emociones, ya no podría seguir cumpliendo con mi deber. ¿Es eso lo que quieres?

—Eres mi amigo. Entiendo la importancia de lo que haces, pero también quiero que seas feliz. Y para conseguirlo, algo tiene que cambiar en tu vida.

—No —pronunció Darius con firmeza. Era consciente de que desde el instante en que Grace atravesó aquel portal, su vida había cambiado de manera irrevocable… y no para mejor. No: no necesitaba más cambios—. Sucede que a mí me gusta la monotonía.

Consciente de que aquel argumento era inobjetable, Brand cambió de táctica.

—Entonces nosotros somos distintos que tú. Porque necesitamos algo en que ocupar nuestras mentes.

—Mi respuesta sigue siendo no.

—Necesitamos excitación, desafío —insistió Brand—. Ansiamos averiguar lo que andan tramando los vampiros, y sin embargo tenemos que quedarnos aquí y entrenar.

—No.

—No, no, no. Qué cansado estoy de escuchar esa palabra.

—Pero tienes que resignarte, porque es la única que puedo darte.

Brand se acercó a la mesa y deslizó un dedo por su pulida superficie, con gesto indiferente.

—Detesto amenazarte, y sabes que no lo haría si

me quedara alguna otra opción. Pero si no nos das algo, lo que sea, Darius... el caos más absoluto reinará en tu hogar. Continuaremos luchando a la menor provocación. Los banquetes comunales terminarán mal. Seguiremos…

—Ya me ha quedado claro —suspirando, Darius reconoció la verdad en las palabras de su amigo. Sabía que si no cedía de alguna forma, no encontraría la paz—. Di a los hombres que dejaré que sigan con ese estúpido concurso, si juran por lo más sagrado que se mantendrán apartados de mis aposentos —entrecerró los ojos—. Fíjate en lo que te digo. Si un solo hombre se acerca a mis aposentos sin mi permiso, se pasará un mes entero encadenado en la mazmorra de palacio.

Brand se lo quedó mirando fijamente con sus ojos dorados. El silencio se adensó entre ellos mientras la curiosidad se dibujaba en sus rasgos. Darius nunca antes había expulsado a nadie de sus aposentos: sus hombres siempre habían gozado de la libertad de visitarlo allí en cualquier momento, para contarle sus problemas. Que de repente les prohibiera la entrada resultaba extraño.

Y, además, sin mediar explicación alguna.

Pero Brand era demasiado astuto para hacerle preguntas.

—Muy bien —aceptó, palmeándole cariñosamente un hombro—. Ya percibirás un notable cambio en la actitud de todos.

Sí, pero… ¿ese cambio sería para mejor?

—Antes de que vuelvas a la arena a entrenar —le dijo Darius—, envía un mensajero a Javar. Quiero tener un encuentro con él.

—Hecho —Brand abandonó la sala.

Nuevamente a solas, Darius se volvió hacia la escalera que llevaba a sus aposentos. La insidiosa necesidad de acariciar la tersa piel de Grace parecía haber tejido una densa telaraña en su interior. Una necesidad casi tan potente como si la tuviera en aquel instante sentada sobre las rodillas...

Brand le había dicho que sus hombres podían acabar enloqueciendo, pero era Darius quien corría el peligro de volverse loco. Se pasó una mano por el pelo. Dejar a Grace en su cámara no había servido de nada: su imagen tendida en la cama se negaba a abandonar su mente. Era incapaz de soportar por más tiempo aquella inquietud. Era mejor luchar con ella ahora, antes de que su ansia fuera en aumento...

Acariciándose los dos medallones que llevaba, subió las escaleras y se plantó ante el umbral de su cámara. Aquella mujer le daría las respuestas que necesitaba, se dijo decidido, y él se comportaría como un verdadero Guardián. No como un hombre, ni como un animal. Como un Guardián.

Con gesto resuelto, soltó los medallones y abrió la puerta de doble hoja.

5

No se oyó el chirrido de ninguna bisagra. De hecho, no se oyó nada. Tan pronto estaba cerrada la doble puerta como, al momento siguiente, las dos hojas se abrían de par en par.

Grace se encontraba de pie, a la izquierda, escondida en las sombras. Cuando Darius pasó a su lado, tropezó con la cuerda que ella había improvisado con la sábana. Soltando un gruñido, se vio proyectado hacia delante.

En el instante en que cayó al suelo, Grace se encaramó a su espalda y, usándolo como trampolín, saltó fuera de la cámara. Miró a ambos lados del pasillo en busca de la dirección adecuada. Ninguna le pareció mejor que la otra, así que echó a correr al azar. No había llegado muy lejos cuando unas fuertes manos masculinas la agarraron de los brazos y la obligaron a detenerse.

Darius volvió a cargársela al hombro, para llevarla de vuelta a la cámara. Una vez allí, la bajó al suelo, pero no la soltó. Estaban tan cerca que Grace podía sentir el calor de su cuerpo a través de la ropa. Se lo quedó mirando, con los ojos muy abiertos.

—Espero por tu bien que no vuelvas a escaparte —le dijo con un brillo de determinación, que no de furia, en los ojos—. ¿Por qué no estás en la cama, mujer?

—¿Qué piensas hacer conmigo? —gritó ella.

Se hizo el silencio.

—Sé lo que debería hacer —le espetó con un gruñido—, pero todavía no sé lo que haré.

—Tengo amigos. Familia. No descansarán hasta que me encuentren. Haciéndome daño sólo conseguirás atraerte su ira.

Darius vaciló ligeramente.

—¿Y si no te hago daño? —le preguntó a su vez en voz muy baja, tanto que Grace apenas lo oyó—. ¿Y si solamente te doy placer?

Se sintió extrañamente cautivada, hipnotizada por sus palabras. Evocó hasta la última fantasía que había creado su mente: sus cuerpos desnudos y entrelazados rodando por el suelo… Se ruborizó de vergüenza. «¿Y si solamente te doy placer?». No contestó. No podía.

Darius respondió por ella:

—Te ofrezca lo que te ofrezca, no hay nada que ni tú ni nadie pueda hacer al respecto —su voz se endureció, perdiendo su anterior tono sensual—. Estás en mi casa, en mis aposentos privados, y haré contigo lo que me venga en gana. Digas lo que digas.

Con una advertencia tan directa resonando en sus oídos, Grace se olvidó del hechizo que parecía haberle lanzado antes y se acordó de las técnicas de lucha que había aprendido en la escuela. Girándose, le hincó un codo en el plexo solar y le pisó con fuerza el empeine de un pie. Acto seguido, volvió a girarse y le propinó un puñetazo en la cara. Sus nudillos encontraron un pómulo, en vez de su nariz, y soltó un grito de dolor.

Darius ni siquiera pestañeó. Ni se molestó en sujetarle la muñeca para evitar que volviera a hacerlo.

Y Grace lo hizo: tomó impulso y le soltó otro puñetazo... que le dolió tanto como el primero.

Darius arqueó una ceja, impertérrito.

—Luchar conmigo sólo te causará más dolor.

Se lo quedó mirando con expresión incrédula. Después de todo lo que había soportado durante los últimos días, su frustración era máxima.

Recuperándose, le propinó un rodillazo en la entrepierna. Esa vez Darius se dobló sobre sí mismo, cerrando los ojos.

Grace corrió hacia la puerta e intentó abrirla.

—Ábrete, maldita sea. Por favor, ábrete… —rezó.

—No pareces capaz de obrar ese milagro —le dijo Darius con voz tensa—. Pero no volveré a subestimarte.

No lo había oído moverse: de repente estaba allí, con las manos apoyadas en la puerta, a cada lado de su cabeza, acariciándole la nuca con su cálido aliento... Esa vez no intentó luchar contra él. ¿Qué bien le reportaría? Ya le había dejado demostrado que no reaccionaba, o casi no reaccionaba, al dolor físico.

—Por favor… —le suplicó—. Deja que me vaya —podía escuchar su propio pulso resonando en sus oídos. Intentó decirse que era de miedo, que la cercanía de su poderoso cuerpo no tenía nada que ver en ello.

—No puedo.

—Sí que puedes —volviéndose de repente hacia él, lo empujó. El impacto, aunque leve, hizo que volviera a tropezar con la cuerda de sábana. Cayó al suelo, pero arrastrándola consigo.

Grace se incorporó de manera automática. Al apoyarse sobre su pecho para tomar impulso, vio que se le había abierto el cuello de la camisa, descubriendo los dos medallones. ¿Cuál de ellos era el que pertenecía a Alex? ¿El de los ojos de rubí?

¿Qué importaba? Había llegado con un medallón. Y se marcharía con uno.

La determinación reverberaba como un tambor en su pecho. Para distraerlo, gritó con toda la fuerza de sus pulmones. Le echó las manos al cuello, como si quisiera ahogarlo. Rápidamente le soltó una de las cadenas: a continuación, disimuladamente, bajó la mano y se la guardó en un bolsillo.

Luego volvió a gritar, más para encubrir su satisfacción que por miedo. Lo había conseguido.

—Tranquilízate.

Para su sorpresa, se quedó callada. Y relajada.

—Vaya… No había imaginado que sería tan fácil… —comentó, desconfiado.

—Sé cuándo estoy vencida.

Darius se aprovechó de su inmovilidad para colocarse encima de ella e inmovilizarla con el simple peso de su cuerpo. Luego le levantó los brazos por encima de la cabeza.

—Por favor, quítate de encima… —logró pronunciar Grace. Olía tan bien… Era un aroma masculino, a sol, a tierra y a mar. Y lo estaba aspirando a pleno pulmón, como si fuera la clave de su supervivencia—. Por favor…

—Me gusta demasiado estar donde estoy.

Aquellas palabras resonaron en su cerebro con tanta claridad que su propio cuerpo respondió de manera automática: «a mí también me gusta», pensó. Se mordió el labio inferior. ¿Cómo era posible que aquel hombre la cautivara tanto y le inspirara miedo al mismo tiempo?

Era tan sexy que se le hacía la boca agua sólo de mirarlo... Y le despertaba zonas sensibles de su cuerpo que había creído muertas por falta de uso.

«Domínate, Grace. Sólo una estúpida habría deseado a un ser semejante».

¿Qué era lo que quería de ella? Estudió su rostro, pero no encontró rastro alguno de sus intenciones. Sus rasgos eran completamente inexpresivos. Continuó mirándolo, deteniéndose en la cicatriz que cruzaba su mejilla. Se fijó en el extraño perfil de su nariz, como si se la hubieran roto más de una vez. Era oscuramente seductor. Y peligroso.

«Eso es», se dijo a manera de reproche. «Por eso me atrae tanto. Soy una fan del peligro».

—¿Qué te ha pasado en las manos, mujer? —le preguntó él de repente. Su rostro había recuperado la expresividad: de hecho reflejaba una ferocidad absolutamente intimidante.

—Si te lo digo… ¿me dejarás marchar?

Darius entrecerró los ojos y se llevó una de sus palmas a la boca. Sus cálidos labios le abrasaron la piel un instante antes de que empezara a lamerle las heridas con la punta de la lengua. Una extraña descarga eléctrica le recorrió inmediatamente el brazo: a punto estuvo de tener un orgasmo.

—¿Por qué haces eso? —le preguntó con un gemido, casi sin aliento. Fuera cual fuera el motivo, su gesto era absolutamente sugerente, conmovedoramente tierno—. Para... —pero incluso mientras pronunciaba la orden, rezó para que no la obedeciera. La piel le estaba subiendo de temperatura, sus terminaciones nerviosas ganaban en sensibilidad. Invadida por una embriagadora languidez, anheló de repente que aquella lengua no se detuviera nunca, que explorara un territorio mucho mayor de su cuerpo...

—Mi saliva te curará —le dijo en un tono todavía fiero. Pero era un tipo distinto de fiereza. Más tensa y contenida, menos furiosa—. ¿Qué te ha pasado en las manos? —volvió a preguntarle.

—Escalé las paredes.

—¿Por qué has hecho tal cosa?

—Para intentar escapar.

—Qué estupidez —masculló.

Una de sus rodillas estaba en contacto con su entrepierna. El placer que Grace sentía en su bajo vientre se intensificaba por momentos.

Darius pasó a concentrarse en la otra mano, deslizando la lengua por toda la superficie de su palma, suscitándole todo tipo de eróticas sensaciones. De azul hielo, sus ojos se habían tornado de un cálido castaño dorado.

De repente se metió un dedo en la boca. Grace soltó un gemido y susurró su nombre. Incluso se arqueó, rozándole el pecho con los pezones y creando una deliciosa fricción...

—Ahora está mejor —pronunció Darius con voz ronca.

Grace abrió los ojos. Él le enseñó las palmas para que se las viera: no tenían una sola herida.

—Pero… pero… —murmuró, confusa. ¿Cómo era posible?—. No sé qué decir…

—Pues no digas nada.

Podía haberla maltratado y castigado, por haber intentado escapar, pero había hecho todo lo contrario. No comprendía a aquel hombre.

—Gracias —pronunció en tono suave.

—De nada.

—¿Te quitarás de encima de mí ahora? —le preguntó entre temerosa y expectante.

—No. ¿Qué pensaba hacer tu hermano con el medallón?

Por un instante pensó en mentirle: cualquier cosa con tal de frenar la marea de contradictorias emociones que la asolaba por dentro. Luego acarició la idea de no decirle nada. Sabía instintivamente, sin embargo, que aquel hombre no toleraría ni una cosa ni la otra, y que además eso sólo serviría para prolongar su contacto.

—Ya hemos hablado de esto antes: te dije que no lo sabía. A lo mejor quería venderlo en e-bay. O quedárselo para su colección privada.

Darius frunció el ceño.

—No entiendo. Explícame qué es eso de e-bay… —cuando ella terminó de explicárselo, la miró furioso—. ¿Por qué habría de hacer algo así? —estaba genuinamente perplejo.

—Allí de donde vengo, la gente necesita dinero para sobrevivir. Y una manera de hacer dinero es vender lo que uno tenga.

—Nosotros aquí también necesitamos dinero, pero nunca nos desprenderíamos de nuestras más preciadas posesiones. ¿Es que tu hermano es demasiado perezoso para trabajar para comer?

—Mi hermano trabaja mucho. Y yo no sé si pretendía venderlo o no. Sólo te he dicho que habría podido hacerlo. Es un adicto a las subastas por Internet.

Suspirando, Darius le soltó finalmente la mano.

—Si lo que quieres es confundirme, lo estás consiguiendo. Si tu hermano quería vender el medallón... ¿por qué te lo dio?

—No lo sé —respondió—. ¿Por qué te importa tanto?

Se la quedó mirando fijamente, en lugar de contestarle. Sus oscuros pensamientos parecían agitarse detrás de sus ojos.

—Afirmas no saber nada, Grace, y sin embargo encontraste la niebla. La atravesaste. Tienes que saber algo más, algo que no me has dicho.

—Sé que no quise entrar en tus dominios —explicó con voz débil—. Sé que no quiero que me hagan daño. Y sé que quiero volver a casa. No deseo otra cosa.

Al ver que su expresión se ensombrecía peligrosamente, repasó lo que acababa de decirle. ¿Qué habría podido provocarle una reacción semejante?

—¿Por qué? —la pregunta resonó como un látigo.

Grace frunció el ceño, extrañada.

—Ahora eres tú quien me está confundiendo a mí...

—¿Hay un hombre esperándote?

—No —¿qué tenía que ver eso con nada? A no ser que... era imposible que estuviera celoso. La perspectiva la sorprendía. Ella no era del tipo de mujeres que inspiraran sentimientos tan intensos en los hombres: ni un deseo ardiente ni, desde luego, celos—. Echo de menos a mi madre y a mi tía, Darius. Echo de menos a mi hermano. Echo de menos mi apartamento. Mis muebles. Mi padre los fabricó todos antes de morir.

Darius se relajó.

—Tú me preguntaste antes por qué me importa tanto el medallón. Se trata de mi hogar. Haría lo que fuera para protegerlo, como tú para proteger el tuyo.

—¿Pero cómo puede un simple medallón amenazar tu hogar? No lo entiendo.

—Ni necesitas entenderlo —replicó—. ¿Dónde se encuentra tu hermano ahora?

Grace entrecerró los ojos y alzó la barbilla en otro gesto de desafío.

—No te lo diría ni aunque lo supiera.

—Esto no nos está llevando a ninguna parte… —dijo él—. ¿Cómo es?

La pura terquedad parecía fundir el azul y el verde de los ojos de Grace en un alborotado mar turquesa. Frunció los labios. Resultaba evidente que no pensaba contestarle.

—Necesito que me lo digas para saber si lo he matado o no —le espetó Darius, aunque no estaba seguro de que pudiera reconocer a una víctima suya si llegaba a verla alguna vez. Matar se había convertido en una segunda naturaleza para él: apenas se fijaba en sus presas.

—¿Qué? ¿Matado, has dicho? —inquirió sin aliento—. Uno ochenta y tantos de estatura. Pelirrojo. Ojos verdes.

Dado que Darius no había reconocido los colores antes de conocer a Grace, aquella información no le dijo nada.

—¿Alguna señal especial que lo distinga?

—Yo… yo… —mientras se esforzaba por responder, un escalofrío de terror le recorrió la espalda. Los ojos se le llenaron de lágrimas. Solamente una llegó a resbalar por su mejilla.

Darius tensó todos sus músculos, como luchando contra el impulso de enjugar aquella lágrima. La observó deslizarse lentamente por su cuello. Su piel era pálida: demasiado.

Aquella mujer estaba muerta de miedo.

De repente sentía remordimientos de conciencia, un escrúpulo del que había creído librarse mucho tiempo atrás. Había amenazado a aquella mujer, la había encerrado en una habitación extraña, la había sometido sin piedad… y sin embargo ella había conservado su espíritu de rebeldía. Pero la posibilidad de la muerte de su hermano la estaba destruyendo como ninguna otra cosa había sido capaz de hacer.

Había bastantes posibilidades de que hubiera matado a su hermano. ¿Cómo reaccionaría ella entonces? Aquellos ojos del color del mar… ¿lo mirarían con odio? ¿Juraría derramar su sangre en venganza?

—¿Tiene alguna señal especial que lo distinga? —volvió a preguntarle, casi temiendo la respuesta.

—Lleva gafas —le temblaba la barbilla—. De montura metálica. Redondas.

Darius no había sido consciente de que había estado conteniendo el aliento hasta que lo soltó.

—Ningún hombre con gafas ha penetrado en la niebla —lo sabría porque las habría encontrado después de que la cabeza hubiera rodado por el suelo—. Tu hermano está a salvo —no le mencionó que existía la posibilidad de que hubiera entrado por el otro portal, el de Javar.

Grace se puso a sollozar de alivio.

—No había querido plantearme la posibilidad. Por eso, cuando tú lo dijiste... me entró tanto miedo...

Quizá debería haberla dejado en paz en ese momento, pero el alivio que irradiaba de su persona actuó como una invisible cadena; no podía moverse, y tampoco quería. Experimentaba un abrumador intentó de posesión hacia ella, pero, más todavía, una increíble necesidad de consolarla. De repente ansiaba abrazarla y envolverla con su fuerza, con su aroma. Ansiaba sellarla con su marca.

Qué estupidez.

Grace intentó apretar los labios, pero se le escapó un sollozo.

—Para ya, mujer —le ordenó en un tono más brusco del que había pretendido—. Te prohíbo que llores.

Con ello sólo consiguió que llorara más aún. Gruesas lágrimas corrieron por sus mejillas, se detuvieron en su mentón y continuaron luego hacia el cuello.

Transcurrieron minutos, que a Darius le parecieron horas, hasta que por fin obedeció su orden y se tranquilizó. Estremecida, cerró los ojos. Sus largas y oscuras pestañas se proyectaban sobre sus mejillas enrojecidas. Respetó su silencio, dándole tiempo para recuperarse. Si se ponía a llorar otra vez, ya no sabría qué hacer...

—¿Hay algo... que pueda hacer para ayudarte? —le preguntó, tenso. ¿Cuánto tiempo había pasado desde la última vez que le había ofrecido consuelo a alguien? No podía recordarlo.

Grace abrió entonces los ojos. No había acusación alguna en las acuosas profundidades de su mirada. Ni miedo. Solamente una compasiva curiosidad.

—¿Te han obligado a hacer daño a mucha gente? Para proteger tu hogar, quiero decir.

Al principio, no respondió. Le gustaba que pensara lo mejor de él, pero su honor le exigía advertirla y no engañarla con mentiras sobre el hombre que nunca había sido… y que nunca sería.

—Guárdate tu compasión, Grace. Te engañas si crees que me han obligado a hacer algo. Yo siempre actúo por voluntad propia.

—Eso no responde a mi pregunta —insistió ella.

Darius se encogió de hombros.

—Siempre hay otras opciones —añadió Grace al ver que no decía nada—. Puedes hablar con la gente. Comunicarte.

Con no poca sorpresa, Darius se dio cuenta de que estaba intentando salvarlo, redimirlo. No sabía nada sobre él, ni sobre su pasado ni sobre sus creencias… y sin embargo, estaba intentando salvar su alma. Era algo sencillamente extraordinario.

Las mujeres o lo temían o lo deseaban. Cuando se atrevían a atraerlo a su cama, nunca le habían ofrecido nada más. Él tampoco había querido nada. Con Grace, en cambio, se sorprendía a sí mismo deseando todo cuanto ella pudiera ofrecerle. Aquella mujer parecía apelar directamente a sus más profundas e íntimas necesidades. Necesidades que ni siquiera él había sido consciente de tener.

Admitir un deseo tan intenso, aunque fuera para sí mismo, resultaba peligroso. Y sin embargo, de repente, eso no le importó. Todo excepto aquel preciso instante, aquella mujer, su propia necesidad… le pareció absolutamente irrelevante. No importaba que esa mujer hubiera penetrado en la niebla. No importaba su propia fidelidad a su juramento…

Bajó la mirada a sus labios. Eran tan exóticos, tan maravillosamente invitadores… Nunca había besado antes a nadie, pero en ese momento la necesidad de hacerlo lo consumía.

Le dio una única advertencia. Una sola.

—Levántate si no quieres que te bese.

Grace se lo quedó mirando sorprendida.

—¡Quítate de encima para que pueda levantarme!

Se levantó, y ella hizo lo mismo. Se quedaron muy quietos, frente a frente, como dos rivales en un instante congelado en el tiempo. Pero la pérdida de contacto no había logrado aliviar la necesidad que seguía sintiendo Darius.

—Voy a besarte —le dijo. Quería que se preparara, pero sus palabras sonaron como una amenaza.

—Antes dijiste que no me besarías si me levantaba.

—He cambiado de idea.

—No puedes.

—Sí que puedo.

La mirada de Grace viajó de su boca hasta sus ojos, y se humedeció los labios tal y como él hubiera querido humedecérselos… Cuando volvió a alzar la vista, tenía las pupilas dilatadas, oscurecidas.

Darius no pudo evitarlo: la agarró de los hombros y la tumbó otra vez en el suelo.

—¿Me darás tu boca?

Se hizo el silencio.

«Quiero esto», se dio cuenta Grace, aturdida. «Quiero que me bese». Sus miradas parecían haberse anudado. Jamás ningún hombre la había mirado así, con aquel anhelo en los ojos….

El mundo exterior pareció desvanecerse, y de repente no vio más que a aquel hombre sensual. «Realmente soy una amante del peligro», pensó.

—No debería besarte —musitó.

—Pero lo harás.

—Sí.

—Sí —repitió Darius.

No necesitó más: le rozó los labios con los suyos una, dos veces. Ella los entreabrió enseguida, y su lengua logró penetrar dentro.

Gimieron al unísono. Grace le echó los brazos al cuello. Él profundizó el beso instintivamente. La estaba besando tal y como había imaginado. Tal como deseaba, indiferente a si lo estaba haciendo bien o no.

Sus lenguas se enzarzaron salvajemente, como una tormenta de medianoche. Aquel beso era todo lo que secretamente había soñado Darius, la clase de beso que habría hecho perder la cabeza al más fuerte de los hombres… y además con gusto, sin arrepentimientos. Pudo sentir que se apretaba contra él, vencida toda resistencia.

—Darius… —pronunció con voz ronca.

Escuchar su nombre en sus labios fue como una bendición.

—Darius… —repitió—. Sabes tan bien…

Incluso se atrevió a frotarse contra la dureza de su erección. Estaba tan sorprendida como excitada: no podía creer que estuviera haciendo todas aquellas cosas, incapaz de detenerse.

—Esto no puede ser real… quiero decir que… esto es maravilloso.

—Y tú sabes a… —Darius volvió a hundir la lengua en su boca, para saborearla de nuevo. Su sabor era dulce y levemente ácido a la vez, tan exquisito como un vino añejo. ¿Había probado alguna vez algo tan delicioso?—. Ambrosía. Sí, sabes a ambrosía.

Hundió una mano en su pelo, deleitándose con su suavidad. La otra mano viajó por un hombro abajo, recorrió su costado y su muslo. La sintió estremecerse. Luego volvió a repetir la caricia. Ella soltó un gemido ronco, un suave ronroneo.

Se preguntó qué expresión tendría en aquel momento: quería verle los ojos mientras le daba placer, mientras la complacía de una manera que nunca había hecho con mujer alguna. El hecho de que quisiera observarla en aquellos momentos le resultaba tan extraño y ajeno como su propio deseo de saborearla, pero la necesidad resultaba innegable. Así que interrumpió el beso, una de las cosas más difíciles que había tenido que hacer nunca, y se apartó lo suficiente para mirarla.

Estaba jadeando y tenía los ojos cerrados, los labios entreabiertos. El rojo fuego de su melena enmarcaba sensualmente su rostro. Tenía las mejillas sonrosadas y las pecas de su nariz parecían más oscuras.

Lo deseaba tan desesperadamente como él. Con ese conocimiento, su falo se endureció todavía más. Aquella mujer probablemente sentía la misma desesperada fascinación y la misma inequívoca atracción que él. Una atracción que no lograba entender. Su alma era demasiado negra, y la de ella demasiado luminosa. Deberían despreciarse mutuamente. Deberían rechazarse.

Él debería desear su muerte. Pero no era así.

Vio que abría lentamente los ojos. En un impulso, le delineó el contorno de los labios con la punta de la lengua, dejando un rastro de humedad. Qué suave y frágil era. Qué extraordinariamente bella…

—Todavía no estoy preparada para que te detengas —le informó Grace con una seductora sonrisa.

Darius no respondió. No podía. De repente algo le constreñía el pecho: una emoción. De afecto, de cariño. «No debería haberla besado».

¿Cómo pudo haber permitido que sucediera algo así, consciente como era de que debía matarla?

Era él quien se merecía la muerte.

—¿Darius?

La culpa le pesaba sobre los hombros, pero se esforzó por combatirla. Siempre lo hacía. No podía permitir que la culpa anidara en su vida, si quería sobrevivir.

Grace se había incorporado sobre un codo y lo miraba con expresión confusa, perpleja. Se le había abierto ligeramente la camisa, descubriendo un hombro cremoso.

El silencio se adensaba entre ellos. Esbozando una sonrisa de amargura, Darius se humedeció las yemas de dos dedos y volvió a delinear el contorno de sus labios, dejando que las cualidades curativas de su saliva aliviaran su leve hinchazón. Ella lo sorprendió al meterse sus dedos en la boca, tal y como él había hecho antes. La sensación de la húmeda punta de su lengua puso en tensión todos sus músculos. Suspirando, retiró la mano.

—¿Darius? —volvió a mirarlo extrañada.

Había vuelto a aquella habitación para interrogarla, pero en el instante en que la vio, la tocó, la saboreó… se le olvidaron las preguntas que había querido hacerle. Sí, le había hecho una o dos, pero la necesidad de saborearla, de paladearla había sido tan intensa y violenta que se había olvidado de todo lo demás.

Se había olvidado de Javar. Se había olvidado de Atlantis.

Eso no volvería a ocurrir.

Se incorporó. Un frío sudor le perlaba la frente. Recurriendo a toda su fuerza de voluntad, se dirigió hacia la puerta.

—No intentes escaparte de nuevo —le advirtió, sin mirarla. Sabía que si lo hacía, podría perder la fuerza que tanto necesitaba para marcharse—. Si lo haces... no te gustaría nada lo que podría pasarte.

—¿Adónde vas? ¿Volverás?

—Acuérdate de lo que te he dicho —salió del dormitorio. La puerta se cerró silenciosamente a su espalda.

Grace se quedó sentada en el suelo, temblando de… ¿furia? Aquel hombre la había deseado con locura. ¿Por qué entonces se había marchado tan de repente?

Se había marchado con toda tranquilidad. Soltó una carcajada amarga, sin humor. ¿Se habría limitado a jugar con ella? Mientras ella gemía y suspiraba, arrebatada por la necesidad… ¿lo único que había querido Darius había sido controlarla, manipularla? ¿Intentar arrancarle las respuestas que creía que poseía?

Quizá fuera mejor que se hubiera marchado, pensó furiosa. Era un asesino confeso, pero si se hubiese quedado… ella misma se habría desnudado y lo habría desnudado a él, para terminar haciendo el amor allí mismo, en el suelo de aquella habitación…

Por un instante, en sus brazos, al fin había llegado a sentirse completa y realizada. Había anhelado que aquella sensación no terminara nunca.

Aquella ansia que Darius le había despertado... era demasiado intensa para ser real, y demasiado real para que pudiera negarla.

Debajo de su máscara imperturbable, Grace había creído vislumbrar un fuego cuyas llamas, en vez de abrasarla, la habían lamido dulcemente. Cuando le confesó que deseaba besarlo, había estado segura de la existencia de aquel fuego, reverberando bajo su piel.

Sus hormonas largamente reprimidas gritaban cada vez que Darius estaba cerca, confirmándole que cualquier íntimo contacto con él sería tan salvaje como mágico: del mismo tipo con el que había fantaseado durante años. O sobre el que había leído en las novelas de amor, yaciendo en su cama por las noches, deseando tener un hombre a su lado...

«¡Basta ya!», se ordenó. «Necesitas encontrar una manera de salir de aquí. Olvídate de Darius y de sus besos».

Aunque su cuerpo se resentía de hacer algo tan sacrílego como era olvidarse de una experiencia tan trascendental, Grace procuró enterrar el recuerdo de aquel beso en lo más profundo de su mente. Sacándose el medallón del bolsillo, se lo colgó al cuello con una sensación triunfal: había conseguido engañarlo.

Acto seguido se levantó y se concentró en revisar la puerta con la esperanza de encontrar algún pestillo oculto, un sensor, algo. Pero cuando volvió a ver las mismas paredes rugosas y desnudas de marfil, maldijo entre dientes. ¿Cómo habría logrado entrar y salir Darius? Ni siquiera había empujado la puerta: se había abierto sola.

Magia, muy probablemente.

Parpadeó sorprendida por la facilidad con que se le había ocurrido aquella idea. Apenas el día anterior, habría mandado a un manicomio a cualquiera que hubiera sostenido que los encantos o los hechizos mágicos eran algo real. Ahora no.

Como ella no hacía magia, o al menos no era consciente de ello, intentó abrir la puerta con el hombro. Rezó para no romperse un hueso con el impacto.

Aspiró hondo una, dos veces. Se lanzó hacia delante.

Pero no llegó a golpearse con nada... porque la puerta se abrió sola.

Estuvo a punto de caer al suelo, pero se detuvo a tiempo. Se quedó mirando la puerta: habría jurado que estaba viva y que se estaba burlando de ella... No había razón alguna que explicara por qué se había abierto esa vez, y antes no. Excepto el medallón... Con los ojos muy abiertos, se acarició la cadena con la joya en su extremo. Por supuesto: tenía que ser una especie de llave maestra a distancia, quizá un sensor de alguna especie. Eso explicaba por qué Darius no había querido que lo conservara.

«Puedo escaparme», pensó, entusiasmada. Miró a su alrededor: no estaba en el pasillo que había esperado, sino en una especie de enorme sala de baño. Había una tumbona de color azul lavanda con cojines de sartén, y una pequeña piscina de piedra y azulejo. Altas columnas sostenían el techo, del que colgaban múltiples cortinajes de gasa. El sueño de un decorador.

En cada una de las tres esquinas había un arco que llevaba a alguna parte. Grace se debatió sobre la dirección a tomar. Aspirando profundamente, escogió la del centro y echó a correr. Las paredes eran de pedrería: rubíes y zafiros, topacios y esmeraldas, alternándose con filigranas de oro.

Sólo en aquel corredor había suficientes riquezas para dar de comer a un país entero. Ni la persona menos avariciosa del mundo se habría resistido a aquella tentación. De repente se dio cuenta: era exactamente de eso de lo que quería protegerse Darius: de la codicia de la sociedad moderna. Era por eso por lo que mataba.

Rodeada de toda aquella riqueza, habría esperado encontrarse con criados o con guardias, pero seguía sin ver a nadie mientras continuaba corriendo. Una luz al final del pasillo llamó su atención y se dirigió hacia ella. Tal vez no tuviera una vida muy excitante a la que volver, pero al menos tenía una vida. Tenía a su madre, a su tía Sophie y a Alex.

«Y los besos de Darius», pensó.

Frunció el ceño: no le gustaba la emoción que le provocaba el recuerdo de sus labios, de su lengua invadiendo su boca. O de su cuerpo presionando contra el suyo.

Ensimismada una vez más en el recuerdo de aquel abrasador beso, no oyó las airadas voces masculinas hasta que fue demasiado tarde. Una mesa cubierta de armas extrañas desfiló por sus ojos antes de que llegara a detenerse. Sus pies se hundieron en una especie de arena. Se quedó mirándolo todo con la boca abierta, anonadada.

«¡Oh, Dios mío!», exclamó para sus adentros.

Se había escapado de Darius para encontrarse con otros seis guerreros tan fieros como él.

6

Grace permanecía de pie en la blanca arena de aquella especie de coliseo romano. Sólo el techo distorsionaba esa imagen, compuesto por la misma bóveda de cristal que abarcaba el resto del… ¿edificio? ¿Castillo?

La arena tenía la extensión de un campo de fútbol. El aire olía a sudor y a suciedad, cortesía de los seis hombres que combatían a espada. Sus gritos y gruñidos se mezclaban con el estrépito del metal. Todavía no la habían descubierto.

Con el corazón latiéndole desbocado, se giró en redondo decidida a regresar por donde había venido. Fue entonces cuando distinguió a otro guerrero que entraba por el mismo pasillo para volver a desaparecer por un pasillo lateral. ¿La habría visto? No lo sabía. Sólo sabía que la salida más cercana estaba bloqueada.

—Cálmate —susurró. Esperaría unos minutos. Seguro que para entonces el pasillo volvería a despejarse. Hasta entonces no tendría ningún problema en seguir donde estaba, sin que la viera nadie. Era fácil. Sencillo.

—¿Quién te ha enseñado a luchar, Kendrick? —exclamó un guerrero. Era el más alto de todos, de anchas espaldas y músculos poderosos. Llevaba el pelo rubio recogido en una larga coleta que le azotó el rostro en el instante en que lanzaba a su contrincante al suelo—. ¿Tu hermana?

El tal Kendrick se levantó de un salto, blandiendo su espada. Llevaba el mismo pantalón y la misma camiseta de cuero negro que los demás. Parecía el más joven de todos.

—En todo caso sería la tuya —gruñó—. Después de acostarme con ella, claro.

Grace contempló estupefacta las escamas verdes que, por un momento, aparecieron en el rostro del gigante rubio. Desaparecieron con la misma rapidez con que habían surgido.

El hombretón envainó entonces su espada y le indicó que se acercara

—Si hubiera tenido una hermana, te habría matado aquí mismo. Como no es así, me conformaré con darte una paliza.

Pero otro hombre se interpuso entre los combatientes. Tenía el pelo castaño y una expresión triste, amargada, en los ojos. No iba armado.

—Basta ya. Somos amigos, no enemigos.

—Cállate, Renard —un joven apenas mayor que Kendrick intervino en la discusión y le acercó al pecho la punta de su espada. Tenía un llamativo tatuaje en la cara, con la figura de un dragón—. Ya va siendo hora de que tú y los demás lucifaeres os convenzáis de que no sois infalibles.

Renard entrecerró sus ojos dorados.

—Aparta la espada, polluelo, si no quieres pasarlo mal.

El polluelo palideció visiblemente e hizo lo que se le ordenaba.

Grace retrocedió unos centímetros. «Respira», se ordenó. «Sigue respirando». Iban a matarse entre ellos. Era una buena noticia: de esa manera no podrían evitar que escapara...

—Un movimiento muy inteligente por tu parte —comentó otro guerrero, de pelo rubio rojizo, muy guapo. Un brillo de diversión asomó a sus rasgos mientras sacaba lustre a su hacha doble—. Renard ha matado a otros hombres por mucho menos. Supongo que le servirá saber dónde tiene que golpear exactamente para herir o provocar una muerte rápida o lenta.

Al oír esas palabras, un frío sudor empezó a perlar la frente de Grace. Consiguió retroceder unos centímetros más.

—Sólo está intentando asustarte —intervino otro joven—. No le hagas caso.

—Espero que os matéis mutuamente —quien soltó esa acalorada frase era un guerrero de pelo negro—. Los dioses saben que estoy harto de escuchar vuestros lloriqueos.

—¿Lloriqueos? —inquirió alguien—. ¿Y lo dices tú, Tagart?

Kendrick escogió aquel momento para lanzarse contra el gigantón rubio. Con un gruñido, los dos hombres cayeron al suelo en un remolino de puños. Todos los demás decidieron incorporarse a la pelea, uno a uno.

Resultaba extraño, pero Grace tuvo la impresión de que sonreían. Todos.

Lanzó una rápida mirada al pasillo. Estaba vacío. El alivio amenazaba con ahogarla. Sin despegar los ojos de los combatientes, fue retrocediendo un centímetro más... y otro... y otro...

Hasta que chocó de espaldas con la mesa llena de espadas y hachas. Las diferentes armas cayeron al suelo con un gran estrépito. Luego se hizo un silencio.

Los seis hombres se volvieron para mirarla. En cuestión de unos segundos, sus expresiones registraron asombro, estupefacción, felicidad y... deseo. Grace perdió el aliento mientras se apresuraba a refugiarse detrás de la mesa. Intentó levantar una espada, pero pesaba demasiado.

Fue entonces cuando sintió un sólido muro a su espalda. Un muro vivo.

—Te gusta jugar con espadas, ¿eh?

Unas fuertes manos masculinas la agarraron de la cintura... y no eran las de Darius. La piel de aquel hombre era más oscura, sus manos eran más finas. Por no hablar de que no le provocaban en absoluto la misma reacción que las de Darius. En vez de excitación, lo que sentía en aquel momento era un puro terror.

—Quítame las manos de encima —le ordenó en tono tranquilo: ella misma se sorprendió y se felicitó por ello—. O te arrepentirás.

—¿Me arrepentiré o me gustará?

—¿Qué tienes ahí, Brand? —le preguntó uno de los guerreros.

—Dame un momento para averiguarlo —respondió su captor. Tenía la boca muy cerca de su oreja, y su voz ronca se convirtió en un sugerente rumor—: ¿Qué estás haciendo tú aquí, por cierto? Ya sabes que las mujeres tienen prohibida la entrada en palacio, y no digamos en la arena de entrenamiento.

—Yo… yo… Darius…

—¿Darius te ha enviado?

—Sí —respondió, rezando para que esa respuesta lo intimidara lo suficiente como para que se decidiera a liberarla—. Él me envió.

—Vaya, así que ha seguido mi consejo, después de todo —se rió—. Con tal de que dejemos de fastidiarlo, nos ha enviado a una meretriz. No me lo había esperado, la verdad. Y además con tanta rapidez…

La mente de Grace solamente registró una parte de la frase. ¿Una meretriz? ¡Una prostituta! Se estremeció de terror.

—¿Ya te estás excitando? —se rió el hombretón—. Yo también.

Aplicando la misma técnica que había usado con Darius, pisó un pie de su captor con todas sus fuerzas, en el empeine, y a continuación le clavó un codazo en el estómago. El tipo soltó un gruñido de dolor y la soltó. Acto seguido, se giró y le propinó un puñetazo en la barbilla.

Viéndose libre, intentó escapar. Pero para entonces los demás guerreros ya la habían rodeado. Tuvo la sensación de que el corazón dejaba de latirle.

Uno de los guerreros señaló a Brand:

—Se ve que no le gustas —y soltó una carcajada.

—Ya verás tú si le gusto o no…

Grace estaba temblando de terror. Brand, el tipo que la había agarrado, se frotó la mandíbula y le sonrió con expresión genuinamente divertida.

—¿Has traído a más amigas? No creo que me guste compartirte con los otros.

Mientras hablaba, los «otros» empezaron a cerrar el círculo. Grace se sintió de pronto como un filete de buey en una barbacoa de muertos de hambre. Literalmente. Para que el festín fuera completo, sólo les faltaba un tenedor, un cuchillo y un frasco de ketchup.

—Yo la quiero primero —dijo el guerrero más corpulento.

—No puedes. Me debes un favor, y me lo quiero cobrar ahora. Es mía. Ya la tendrás cuando yo haya acabado.

—Callaos la boca los dos —dijo el más guapo de todos, el que había estado abrillantando su hacha—. Tengo la sensación de que me querrá a mí primero. A las mujeres les gusta mucho mi cara…

—No, no y no… —exclamó Grace—. Nadie me tendrá. ¡Yo no soy una prostituta!

El hombre del tatuaje en la cara sonrió, malicioso.

—¿Ah, no?

No había dado resultado: continuaban acercándose. Tenía que pensar en algo…

—¡Pertenezco a Darius! —dijo lo primero que se le ocurrió.

Esa vez sí que se detuvieron.

—¿Qué has dicho? —inquirió Brand, ceñudo.

Grace tragó saliva. Quizá lo de presentarse como amante de Darius no había sido una idea tan buena, después de todo… Tal vez tuviera una esposa, un pensamiento que le provocó una inexplicable punzada de celos. Y si esos tipos eran los hermanos de su mujer…

—Yo, eh… he dicho que pertenezco a Darius.

—Eso es imposible —el ceño de Brand se profundizó mientras la taladraba con la mirada, examinándola detenidamente—. Nuestro rey jamás tomaría por esposa a una mujer como tú.

¿Rey? ¿Una mujer como ella? ¿La consideraban lo suficientemente buena como para que les diera placer como prostituta, pero no para que perteneciera a su bienamado líder? Aquello la ofendió.

Su reacción no podía ser más irracional; era consciente de ello. La culpa la tenían sus emociones: ese día había recorrido toda la gama posible y había perdido completamente el control. Siempre había sido una persona muy emocional, pero por lo general controlaba sus impulsos.

—¿Está casado? —preguntó.

—No.

—Pues entonces creo que le convendría una mujer como yo. De hecho, ahora mismo me está esperando. Será mejor que vaya con él. Ya sabéis lo mucho que se enfada cuando alguien llega tarde —y soltó una nerviosa carcajada.

Brand no la dejó pasar. Continuaba estudiándola con enervante intensidad. Grace se preguntó qué estaría pensando.

De repente vio que sonreía, una sonrisa que iluminó todo su rostro. Era muy guapo, pero no era Darius.

—Creo que nos está diciendo la verdad, chicos. Fijaos en la marca que tiene en el cuello.

Grace se llevó rápidamente una mano al cuello. Le ardían las mejillas. ¿Le habría dejado Darius un chupetón? Al principio se quedó consternada de sorpresa, pero luego experimentó una inesperada, indeseada y ridícula oleada de placer. Nunca nadie le había hecho un chupetón.

«¿Qué diablos me pasa?», se preguntó. Poniéndose en movimiento, pasó por delante de Brand y de los demás, que la dejaron marchar sin problemas.

Echó a correr por el pasillo, esperando que la siguieran. Pero no oyó pasos a su espalda, y una rápida mirada sobre su hombro le confirmó que estaba sola. Cuando llegó a la zona de baños, continuó por el corredor que se abría a la izquierda. Una brisa húmeda y salada le azotó el rostro. Rezó para que esa vez hubiera tomado la decisión acertada.

No fue así.

Al final del pasillo se encontró en un inmenso comedor. Darius estaba allí, sentado ante una enorme mesa, contemplando pensativo la galería de ventanales del fondo de la sala. Un denso aire de tristeza parecía envolverlo. Parecía tan perdido y tan solo...

Debió de percibir su presencia, porque de repente alzó la mirada: en sus ojos se dibujó primero una expresión de sorpresa... y luego de ira.

—Grace.

—Quédate donde estás.

Soltó un gruñido y se levantó bruscamente, como una pantera lista para atacar. Y, como una pantera, saltó por encima de la mesa, hacia ella. Grace miró a su alrededor, aterrada. Justo a su lado había una mesa pequeña, llena de toda clase de objetos de aspecto frágil y delicado Sin pensárselo dos veces, los barrió con la mano: jarras y vasos fueron a estrellarse contra el suelo. Saltaron cristales en todas direcciones.

Quizá eso lo entretuviera, o quizá no. En cualquier caso, giró sobre sus talones y salió disparada.

Corriendo como una posesa, dobló una esquina y

se lanzó hacia el final del pasillo. No tenía que volver la mirada para saber que Darius se estaba acercando. Sus pasos resonaban en sus oídos.

Al final del corredor, descubrió una escalera de caracol que descendía. Aceleró el paso. ¿Cómo de cerca estaría de la victoria… o de la derrota?

—Vuelve, Grace —gritó Darius—. Te perseguiré. No descansaré hasta encontrarte.

—Estoy harta de tus amenazas… —gruñó sin detenerse.

—Te prometo que no te amenazaré más.

—Demasiado tarde —bajaba las escaleras cada vez más rápido.

—No lo entiendes.

Cuando llegó al último escalón, descubrió la entrada de una cueva. Allí, justo delante de ella, la niebla se arremolinaba y enroscaba sobre sí misma, llamándola, reclamándola. «Estoy a punto de regresar a casa», le gritó su cerebro.

—¡Grace!

Miró hacia atrás por última vez y se internó en la niebla.

Al instante todo empezó a girar a su alrededor y perdió pie. Empezó a sentir náuseas, aturdida. Giró y rodó una y otra vez, con tanta fuerza que perdió el medallón del dragón…

—¡Noooo…!

Intentó alcanzarlo, pero no pudo. Al momento siguiente, se olvidó del medallón. Estaba rodeada de estrellas que la deslumbraban, hasta el punto de que tuvo que cerrar los ojos. No dejaba de agitar brazos y piernas: esa vez se asustó aún más que antes. ¿Y si terminaba arribando a un lugar todavía más aterrador que el último? ¿Y si no llegaba a ningún sitio y se quedaba para siempre en aquel misterioso pozo de vacío, de no existencia?

Fuertes gritos atronaban sus oídos, pero uno parecía elevarse más alto que los demás: una profunda voz masculina que no cesaba de pronunciar su nombre…

7

Una vez que recuperó un mínimo sentido del equilibrio, se arrastró fuera de la cueva. Un aire cálido y húmedo le acariciaba la piel. Guiándose por el resplandor del final, no tardó en salir al exterior. La recibieron los familiares sonidos de la jungla amazónica: los gritos de los monos aulladores, el incesante zumbido de los insectos, la apresurada corriente de un río.

Debilitada de puro alivio, se incorporó. Las piernas apenas la sostenían, pero se obligó a caminar, a poner una mayor distancia entre aquel mundo y el que acababa de abandonar.

Mientras corría, los sonidos que antes había escuchado empezaron a apagarse. La luz del sol se debilitaba: las nubes estaban cubriendo el cielo. De repente se desató un aguacero, que la empapó en unos pocos segundos. No tuvo más remedio que buscar refugio debajo de un arbusto cercano.

«Vamos, rápido, rápido, rápido…», se ordenaba en silencio.

La lluvia no tardó en amainar y Grace se internó de nuevo en la selva. Las ramas le arañaban el rostro, le azotaban brazos y piernas, le salpicaban agua en los ojos. Pero siguió caminando sin aminorar el paso.

El sol empezaba a abrirse paso entre las nubes y el follaje. Cada pocos pasos, volvía con miedo la mirada. Miraba, siempre miraba, temiendo lo peor…

«Te perseguiré», le había dicho Darius. «No descansaré hasta encontrarte».

Lanzó otra mirada sobre su hombro… y chocó contra un pecho masculino. Proyectada hacia atrás, cayó de espaldas. El hombre con el que había tropezado era poco más alto que ella y también había caído al suelo.

Grace se levantó de un salto, dispuesta a luchar. Había escapado de una horda de guerreros y no estaba dispuesta a que la capturaran de nuevo.

—Tranquila —dijo un segundo hombre que apareció detrás del primero, alzando las manos en son de paz—. No te asustes. No queremos hacerte daño...

Inglés. Estaba hablando inglés. Como el hombre que continuaba tendido en el suelo, aquél era de mediana estatura. Tenía el cabello y los ojos castaños, la piel bronceada. Era delgado, poco musculoso, y llevaba una camisa de color beige. Grace reconoció en la pechera el logo tipo de los Argonautas, un antiguo barco griego atravesado por dos lanzas. Justo encima, figuraba su nombre bordado: Jason.

«Jason, de los argonautas», pensó de inmediato. Alex trabajaba para Argonautas. Intentó recordar si Alex le habría hablado alguna vez de aquel Jason.

No importaba. Bastaba con que trabajara con su hermano.

«Ha llegado la caballería», pronunció para sus adentros.

—Gracias a Dios…

—Levántate, Mitch —le dijo el tal Jason al compañero caído—. Esta mujer no se ha hecho daño y, parece que tú tampoco —le ofreció a Grace una cantimplora de agua—. Bebe. Creo que lo necesitas.

Bebió con avidez. El agua resbaló por su barbilla y se la secó con el dorso de la mano.

—Gracias. Y ahora salgamos de una vez de esta selva…

—Espera un momento… —acercándose, la tomó suavemente de una muñeca—. Antes necesitamos saber quién eres y qué estás haciendo aquí. Además, es evidente que estás al borde del agotamiento. Necesitas descansar.

—Ya descansaré después, y os lo contaré todo —no había visto a Darius salir de la niebla, y tampoco lo había oído: pero no quería correr riesgos. Sería capaz de matar a aquellos dos hombres con un simple chasquido de sus dedos.

Jason debió de percibir su miedo y su desesperación, porque de repente sacó una pistola, una Glock de nueve milímetros. Alex siempre llevaba un arma cuando salía de expedición, así que la vista de aquella pistola no debería haberla inquietado, pero la inquietó.

—¿Te persigue alguien? —le preguntó Jason, mirando a su alrededor.

—No lo sé —respondió mientras escrutaba la espesura. ¿Qué no habría hecho por tener también ella un arma, en aquel momento?

—¿Cómo puedes no saberlo? —y añadió, suavizando su tono—: Evidentemente, estás aterrada. De haberte seguido alguien… ¿de quién o de qué estaríamos hablando? ¿De un nativo? ¿De algún animal?

—Na… nativos —mintió, en un murmullo apenas audible—. ¿Veis a alguien?

—No. ¡Robert! —llamó de pronto Jason.

—¡Sí!

Hasta ellos llegó una voz ronca, distante. Grace no podía ver quién había contestado. Se figuró que estaría oculto entre la maleza.

—Robert es uno de los guardas —le explicó Jason—. ¿Ves a algún nativo por ahí? —le preguntó a Robert.

—No, señor.

—¿Seguro?

—Al cien por cien.

Jason volvió a guardarse el arma en la cintura de sus tejanos.

—Nadie te persigue —le dijo a Grace—. Puedes relajarte.

—Pero…

—Aunque hubiera alguien por ahí, estamos rodeados de exploradores. Quienquiera que sea, no lograría acercarse a ti.

De manera que Darius no la había seguido. ¿Por qué? La pregunta resonó en su cerebro, confundiéndola.

—¿Estás seguro de que no hay ningún hombre por ahí? ¿Alto y fuerte, con una espada?

—¿Una espada? —Jason se la quedó mirando fijamente, con expresión sombría—. ¿Un hombre con una espada te estaba persiguiendo?

—Espada, lanza… es igual, ¿no? —mintió, dándole a entender que había sido un nativo. Ni siquiera sabía por qué lo hacía.

Aquello pareció tranquilizar a Jason.

—Ah, un nativo. No te preocupes, que no nos molestarán.

Grace se dijo que aquello no tenía sentido. Darius había puesto tanto interés en capturarla… ¿Por qué no la había seguido? Se sentía desgarrada entre el miedo y, mal que le pesara… la decepción.

De repente la asaltó una náusea. Tambaleándose, se pasó una mano por la frente.

—¿Cuánto tiempo llevas aquí? —quiso saber Jason mientras le echaba un impermeable sobre los hombros—. Estás temblando. Juraría que tienes fiebre. A lo mejor te ha picado un mosquito…

¿Malaria? ¿Pensaba que tenía malaria? Soltó una carcajada sin humor, luchando contra el nudo que sentía en el estómago. Estaba débil y cansada, pero sabía que no tenía malaria. Antes de volar para Brasil, había tomado medicación para prevenir la enfermedad.

—No estoy enferma.

—¿Entonces por qué…? Sigues asustada —sonrió—. De nosotros no tienes nada que temer. Somos estadounidenses, como tú.

La asaltó otra náusea. Se cerró la parka sobre el pecho para entrar en calor.

—Trabajáis para Argonautas, ¿verdad?

—Exacto —dejó de sonreír—. ¿Conoces la empresa?

—Mi hermano también trabaja ahí. Alex Carlyle. ¿Está con vosotros?

—¿Alex? —pronunció el compañero de Jason—. ¿Alex Carlyle?

Grace se volvió hacia el otro hombre... ¿Cómo se llamaba? Ah, sí, Mitch.

—¿Tú eres la hermana de Alex?

—Sí. ¿Dónde está?

Mitch era mayor que Jason. Tenía el cabello salpicado de gris y el rostro atezado.

—¿Por qué estás aquí?

—Respóndeme tú primero. ¿Dónde está mi hermano?

Los dos hombres se miraron. Mitch se removió incómodo. En cuanto a Jason, había arqueado una ceja: parecía perfectamente tranquilo, pero un brillo de especulación asomaba a sus ojos.

—¿Llevas algún documento que te identifique?

Grace parpadeó varias veces, sorprendida, y abrió los brazos.

—¿A ti qué te parece?

Jason la recorrió con la mirada, deteniéndose en sus senos y en sus muslos, apenas visibles bajo el impermeable de camuflaje.

—Que no.

Grace experimentó una punzada de inquietud. Estaba sola, en mitad de la selva, y en compañía de unos hombres a los que no conocía. «Son Argonautas», se recordó. «Trabajan con Alex. No tienes nada que temer». Con manos temblorosas, se apartó el pelo mojado de la cara.

—¿Dónde está mi hermano?

Mitch suspiró.

—Para serte sincero, lo ignoramos. Por eso estamos aquí. Queremos encontrarlo.

—¿Tú lo has visto? —inquirió Jason.

Decepcionada, preocupada, Grace se frotó los ojos. Estaba empezando a nublársele la vista.

—No. Hace tiempo que no sé nada de él.

—¿Es a eso a lo que has venido? ¿A buscarlo?

Asintió con la cabeza y acto seguido se apretó las sienes con los dedos: ese simple movimiento le había causado un terrible dolor de cabeza. ¿Qué le sucedía? No había terminado de hacerse la pregunta cuando el dolor se trasladó al abdomen. Gimió. Un segundo después estaba doblada sobre sí misma, vomitando.

Jason y Mitch se apresuraron a apartarse, como si tuviera la peste. Cuando al fin terminó, se limpió la boca y cerró los ojos. Mitch le tendió otra cantimplora con agua, pero cuidando de no acercarse mucho.

—¿Te encuentras bien?

Con el estómago aún encogido, bebió varios sorbos.

—No. Sí —respondió—. No lo sé —¿dónde diablos se habría metido su hermano?—. ¿Estáis en el equipo de Alex?

—No, pero trabajamos con él. Por desgracia, como tú, hace tiempo que no sabemos nada. Simplemente cortó la comunicación con nosotros —Jason se interrumpió de repente—. ¿Cómo te llamas?

—Grace. ¿Acabáis de llegar a Brasil?

—Hace un par de días.

Odiaba preguntárselo, pero tenía que hacerlo.

—¿Sospecháis que… ha jugado sucio con vosotros?

—Aún no —respondió Mitch, y se aclaró la garganta antes de añadir—: Encontramos a uno de los hombres de Alex. Estaba medio deshidratado: nos dijo que Alex lo había abandonado para seguir otra pista. Ahora mismo está en nuestro barco, en la enfermería.

—¿Y adónde conduce esa otra pista?

—No lo sabemos —desvió la mirada—. ¿Sabes tú lo que estaba buscando Alex? Su compañero habló de una tal… Atlantis.

—¿Atlantis? —se hizo la sorprendida. Sí, aquel hombre debía de trabajar con Alex. Pero, a juzgar por sus palabras, nada había sabido de su proyecto. Lo que significaba que su hermano había decidido ocultárselo, y no sería ella quien se lo contara. Además, ¿cómo habría podido explicarle algo tan increíble?—. Creo que quería investigar la leyenda de las mujeres guerreras. Ya sabes, las Amazonas.

El hombre asintió, aparentemente satisfecho con su respuesta.

—¿Cuánto tiempo llevas aquí?

—Desde el lunes —dos días que se habían convertido en toda una eternidad.

—¿El lunes pasado? Has sobrevivido aquí, sola… ¿durante una semana entera?

—¿Una semana? No. Sólo llevo aquí dos días.

—Hoy es lunes, día doce.

Grace contó los días. Había entrado en la jungla el cinco. Dos días se los había pasado vagando por la jungla, antes de penetrar en la niebla. Ese día debería ser el siete, no el doce.

—¿Has dicho que estamos a doce?

—Eso es.

«¡Dios mío!», exclamó para sus adentros. Había perdido cinco días. ¿Cómo era posible? ¿Y si…? No. Desechó inmediatamente ese pensamiento.

Pero la posibilidad continuaba acosándola.

Suspiró. Si no hubiera sido por aquellos días perdidos, no se le habría ocurrido aquella idea. Pero… ¿y si todo lo que había sufrido y soportado había sido un delirio de su imaginación? ¿Como un espejismo en el desierto? Porque… ¿qué posibilidades había de que existiera un hombre como Darius? ¿Un hombre que le había curado las heridas con su saliva?

¿O que la había besado hasta hacerla llorar de emoción?

Inconscientemente se llevó una mano al pecho para tocarse el medallón, pero lo único que encontraron sus dedos fue la tela de su camiseta. Lo había perdido en la niebla. ¿O nunca lo había tenido? No lo sabía. Su confusión crecía por momentos.

«Después», se ordenó. Ya se preocuparía de averiguar la verdad más adelante. Después de que se hubiera duchado y alimentado convenientemente.

No había manera de explicarles sus sospechas a aquellos hombres sin parecer total y completamente loca, así que ni siquiera lo intentó.

—Sí, el pasado lunes —reconoció con voz débil.

—¿Y has estado sola durante todo este tiempo? —le preguntó Jason en tono escéptico.

—No, tenía un guía. Me abandonó.

Aquella respuesta pareció contentarlo.

—¿Llegaste a ver a Alex? —le puso una mano en un hombro, como si quisiera consolarla.

Grace se apartó: no quería ni compasión ni condescendencia. Sólo quería encontrar a Alex. Cuando llegó al Amazonas, no le había preocupado su hermano, no le había preocupado que pudiera estar perdido o herido en alguna parte. Alex era inteligente y decidido. Ya se había internado antes en junglas como aquélla, por lo que no había temido en absoluto por él.

—Ojalá lo hubiera visto —confesó—. Estoy muy preocupada.

—¿Sabes de algún lugar a donde pueda haber ido? —le preguntó Mitch—. ¿Algo sobre… aquella otra pista?

—No. ¿No lo sabe su compañero?

—No necesariamente —suspiró Jason—. Bueno, yo tengo que quedarme aquí para continuar con la búsqueda, pero avisaré a Patrick. Es otro compañero de nuestro equipo.

Patrick salió de la espesura. Iba vestido con ropa militar de camuflaje y portaba un rifle. Grace se asustó nada más verlo. El recién llegado la saludó con un gesto.

—No te hará ningún daño —continuó Jason—. Patrick te llevará a nuestro barco. Está bien aprovisionado de equipos médicos. Tienes que recibir alimentación intravenosa cuanto antes.

—No —replicó Grace. Alex bien podía seguir en la jungla y encontrarse solo, hambriento… Era posible que la necesitara. Y él siempre había estado a su lado, como lo estuvo durante la grave enfermedad de su padre—. Me quedaré con vosotros y os ayudaré a buscarlo.

—Me temo que eso es imposible.

—¿Por qué?

—Si te pasara algo a ti, yo me metería en un lío aún peor. Deja que Patrick te lleve al barco. Está anclado en el río, no lejos de aquí, a una hora de camino.

Estaba claro que aquellos hombres no la necesitaban.

—Lo buscaré yo misma. Iré a la población más próxima y…

—Estás a dos días de la civilización. Nunca lo conseguirás sola. Y en este momento no puedo enviar a ninguno de mis hombres para que te acompañe. Los necesito a todos aquí.

—Entonces me quedaré. Puedo ayudar —declaró, terca.

—Para serte sincero… serías un estorbo. Estás a punto de desmayarte. Perderíamos un tiempo precioso cargando contigo.

Aunque no le gustaba, entendía la lógica de su posición. Sin fuerza y sin energías, sería una carga para ellos. Pero la impotencia la devoraba por dentro, porque ansiaba desesperadamente hacer algo para ayudar a su hermano.

Quizá podría preguntar al hombre del barco: era el único que había estado con él.

—Está bien. Iré al barco.

—Gracias —le dijo Jason.

—Te mantendremos informada de nuestros progresos —le aseguró Mitch—. Te lo prometo.

—Si en un día o dos no lo habéis encontrado —les advirtió—, volveré.

Jason se encogió de hombros.

—Te daré un consejo, Grace. Cuando hayas recuperado las fuerzas, vuelve a casa. Lo mismo te está esperando allá, muerto de preocupación por ti.

—¿Qué quieres decir? —frunció el ceño.

—Si ha perdido esa otra pista, yo, en su lugar, me volvería a casa. Al hogar. Con mi seres queridos.

Aquello tenía sentido.

—¿Alguien ha comprobado si ha hecho alguna reserva de avión?

—Tenemos gente en el aeropuerto en estos momentos, buscándolo, aunque por ahora no sabemos nada —respondió Mitch—. Pero como éste es el lugar donde se le ha visto por última vez, nos quedaremos aquí y seguiremos rastreando la zona.

¿Podría Alex estar en casa? La posibilidad le resultaba tan tentadora después de todo lo que le había pasado que se aferró desesperadamente a ella. Volviéndose hacia Patrick, le dijo:

—Estoy lista. Llévame al barco.

8

Viéndolo todo una vez más en blanco y negro, Darius se quedó contemplando la niebla: Grace había escapado. Todo su ser lo empujaba a trasladarse a su mundo y darle caza. Ya. Sin embargo, sus motivaciones no eran las adecuadas. Era la bestia que habitaba en él la que anhelaba su cercanía... y no el Guardián.

Con los dientes apretados, se quedó donde estaba. Fueran cuales fueran sus deseos, ascender al mundo exterior no era una opción. No hasta que nombrara un Guardián provisional. Soltó una brutal maldición: detestaba esperar. Y, sin embargo, por debajo de su impaciencia latía una sensación de alivio. Grace viviría un poco más, y él volvería a verla, tarde o temprano.

Se llevó una mano al medallón que llevaba al cuello. Cuando no tocó más que uno, frunció el ceño. El otro medallón tampoco estaba en sus bolsillos. Una negra furia lo recorrió de la cabeza a los pies: Grace no sólo había escapado, y con bastante facilidad, sino que además le había robado el Ra-Dracus. Cerró los puños con tanta fuerza que a punto estuvo de romperse los huesos de los dedos.

Tenía que encontrar a esa mujer. Y pronto.

Después de lanzar una última mirada a la niebla, abandonó la cueva y volvió al palacio. Siete de sus guerreros lo estaban esperando en el comedor.

Estaban congregados de pie, con los brazos cruzados, formando un círculo. La posición de guerra. En el centro estaba Brand, ceñudo.

—¿Tienes algo que decirnos, Darius?

Darius se detuvo en seco. Sus hombres nunca lo habían abordado de esa manera. Se maldijo por haberles permitido aquel absurdo juego que se había inventado Brand.

—No. No tengo nada que deciros.

—Bueno, pues yo sí tengo algo que decirte —gruñó Zaeven.

Madox apoyó una mano sobre el hombro del joven dragón, en un gesto de advertencia.

—Ese tono no te llevará más que a una pelea.

Zaeven se quedó callado, a regañadientes.

—No tengo tiempo para juegos estúpidos ahora mismo.

—¿Juegos estúpidos, dices? —repitió Renard, exasperado—. ¿Crees que estamos jugando?

—¿Para qué habéis venido si no es por esa absurda apuesta? Os dije que os pasarais el resto del día entrenando en la arena. Allí es donde deberíais estar —girándose en redondo, se dispuso a alejarse.

—Sabemos lo de la mujer —le gritó Tagart, avanzando un paso.

Darius se detuvo bruscamente y se volvió para mirarlos.

—¿Qué mujer?

—¿Quieres decir que hay más de una? —Zaeven se adelantó a Tagart, ansioso. Su expresión había perdido la dureza anterior.

—Cállate —le ordenó Brand antes de concentrarse nuevamente en Darius. Sus siguientes palabras restallaron como un látigo—: Te lo preguntaré otra vez: ¿tienes algo que decirnos?

—No —contestó Darius en tono rotundo.

Tagart frunció el ceño. Un dibujo de escamas se traslució en su frente.

—¿Te parece justo que tú puedas tener una mujer y nosotros no?

Brittan estaba apoyado en la pared del fondo, con gesto despreocupado. Tenía los brazos cruzados y sonreía con ácido humor. Aquel hombre irritante encontraba divertida cualquier situación, por tensa que fuera.

—Yo propongo que compartamos a la mujer.

—No hay ninguna mujer —sentenció Darius.

Aquello provocó una protesta unánime:

—La hemos visto, Darius.

—Brand llegó a tocarla…

—Incluso luchamos para ver quién la poseía primero…

Se hizo un denso, frío silencio.

Muy lentamente, Darius paseó la mirada por cada uno de sus guerreros.

—¿Qué es eso de que Brand la tocó?

La pregunta suscitó distintas reacciones. Brittan se rió entre dientes. Los dragones más jóvenes palidecieron; Madox y Renard se limitaron a sacudir la cabeza. Tagart abandonó la sala, indignado:

—Ya estoy harto de todo esto.

Brand puso los ojos en blanco.

—Te estás equivocando, Darius —dijo—. Durante años hemos obedecido tus órdenes sin rechistar. Desde el principio nos dijiste que las mujeres estaban prohibidas aquí, y por eso siempre hemos renunciado a los placeres de la carne por estar en el palacio. De ahí que esconder a una meretriz en tus aposentos privados sea como una burla a tus propias reglas.

—Ella no es una meretriz —gruñó. En lugar de ofrecerle una explicación, se limitó a repetir su pregunta—: ¿Qué han querido decir con eso de que tú la tocaste?

Brand soltó un suspiro exasperado y alzó las manos.

—¿Ya está? ¿Es eso lo único que tienes que decirnos?

—¿La tocaste?

—Estaba retrocediendo cuando chocó involuntariamente contra mí. Eso fue todo. ¿Contento?

Darius se relajó. Pero sólo hasta que Madox masculló:

—Sí, pero… te gustó el contacto, ¿eh, Brand?

Darius se sorprendió de su propia reacción de furia, de pura ira. No quería que ningún otro hombre tocara a Grace. Jamás. No se detuvo a analizar lo absurdo de aquel sentimiento de posesión. Sabía que estaba allí. No le gustaba, pero eso daba igual.

—¿Le hiciste daño?

—No —respondió Brand, cruzando los brazos sobre el pecho—. Me ofende que me preguntes eso.

—No volverás a tocarla. Ni tú ni nadie. ¿Entendido? —volvió a recorrer al grupo con la mirada, uno a uno.

Cada hombre registró su propia expresión de sorpresa y estupefacción durante el silencio que siguió a sus palabras. Luego, como si una presa se hubiera abierto de repente, empezaron a bombardearlo a preguntas:

—¿Qué es esa mujer para ti? Llevaba tu marca en el cuello...

—¿Dónde está?

—Cómo se llama?

—¿Cuánto tiempo lleva en el palacio?

—¿Cuándo podremos volver a verla?

En silencio, Darius apretó los dientes.

—Tienes que decirnos algo —exigió Madox.

«O nos rebelaremos»: la amenaza parecía flotar en el aire.

Darius flexionó los músculos del cuello para relajarse. Control. Necesitaba mantener el control.

—Acababa de llegar —les ofreció un mínimo de información para contentarlos. Apreciaba y respetaba a sus hombres. Llevaban siglos juntos, pero en ese momento estaban a punto de indisciplinarse—. Ya se ha marchado.

Se oyeron varias exclamaciones de decepción, en todos los tonos de voz.

—¿Puedes traerla de vuelta? —inquirió Zaeven, ansioso—. Me gustó. Nunca había visto antes ese color de pelo...

—No volverá —una fuerte punzada de decepción tomó desprevenido a Darius. Quería verla de nuevo, y lo haría, pero se suponía que no debería imaginársela allí, en su casa, iluminando aquel palacio con su sola presencia. Y supuestamente tampoco debería anhelar con tanto fervor aquel hipotético reencuentro. Ni echarla tanto de menos.

Intentó decirse que no era tanto la mujer lo que quería y echaba en falta, como la capacidad que parecía poseer de regenerar sus sentidos. Sentidos que él mismo se había esforzado por destruir.

—Tiene que haber una manera de hacerla regresar —dijo Zaeven.

No sabían que era una viajera y que debía morir, y Darius tampoco se lo dijo. Si nunca habían comprendido su juramento, ¿cómo podría explicarles aquella misión, la más repugnante de todas?

—Brand, necesito hablar contigo en privado.

—Todavía no hemos terminado con esta conversación —le recordó Madox, tensando la mandíbula—. Aún no nos has explicado tus acciones.

—Y no lo haré. Esa mujer no era mi amante, ni vino aquí para mi placer personal. Eso es todo lo que necesitáis saber —giró sobre sus talones—. Sígueme, Brand.

Sin mirar siquiera hacia atrás para comprobar que su amigo le seguía, Darius se dirigió a sus aposentos. Tenso, se dejó caer en una tumbona de la sala de baño y juntó las manos detrás de la cabeza.

¿Cómo era posible que su vida se hubiera complicado tanto en unas pocas horas? Sus hombres estaban a punto de rebelarse. Una mujer lo había burlado, no una, sino dos veces. Y aunque había contado con tiempo suficiente para ello, había faltado a su deber, a su juramento. Cerró los puños de rabia.

Y ahora tendría que abandonar su mundo, todo lo que había conocido siempre y le resultaba familiar… para viajar a la superficie.

Odiaba el caos, los cambios, y sin embargo, desde el instante en que conoció a Grace, se había lanzado a ese caos con los brazos abiertos.

Brand entró en la sala de baño y se detuvo al borde de la piscina. Darius sabía que, si en ese momento hubiera sido capaz de distinguir los colores, habría detectado en los de su amigo un dorado oscuro de perplejidad.

—¿Qué te ocurre?

—Necesito tu ayuda.

—Cuenta con ella.

—Debo viajar a la superficie y…

—¿Qué? Por favor, repíteme lo que acabas de decir. Creo que he oído mal.

—Has oído bien. Debo viajar a la superficie.

Brand lo miró ceñudo.

—Abandonar Atlantis está prohibido. Ya sabes que los dioses nos condenaron a vivir en este lugar. Marcharnos significaría debilitarnos y morir.

—No estaré fuera más que un solo día.

—¿Y si incluso eso es demasiado tiempo?

—De todas formas, tendría que ir. Se ha producido… una pequeña complicación. Esa mujer era mi prisionera. Pero se escapó —aquella confesión le sabía amarga—. Y debo encontrarla.

Brand asimiló aquella información y sacudió la cabeza.

—¿Quieres decir que la dejaste marchar?

—No.

—No pudo haberse escapado por su propio pie.

—Sí que lo hizo —apretó la mandíbula.

—¿Entonces no la dejaste marchar? —insistió Brand, obviamente incrédulo ante el aparente fracaso de su jefe—. ¿Consiguió burlarte?

—¿Cuántas veces voy a tener que decírtelo? La dejé encerrada en una habitación, pero ella se las arregló para escapar —«porque me robó el medallón cuando estaba distraído sintiendo su cuerpo bajo el mío», añadió para sus adentros.

Brand esbozó una lenta sonrisa.

—Es increíble. No me extrañaría que esa mujer fuera un demonio en la cama y… —se interrumpió en seco cuando vio la expresión airada de su jefe. Se aclaró la garganta—. ¿Por qué tuviste que encerrarla?

—Es una viajera.

La sonrisa se borró de pronto de los labios de Brand. Sus ojos perdieron todo brillo de diversión.

—Tiene que morir. Incluso una mujer podría guiar a un ejército hasta aquí.

—Lo sé —admitió Darius, suspirando.

—¿Qué quieres que haga?

—Que custodies el portal de la niebla mientras esté fuera.

—Pero yo no soy propiamente un Guardián. La frialdad de la cueva me debilitará.

—Sólo temporalmente —Darius alzó la mirada a la bóveda de cristal. El agua que envolvía la gran ciudad se agitaba tan furiosamente como su propia necesidad de volver a ver a Grace.

Grace, la tentadora, la torturadora. La inocente, la culpable. ¿Qué era ella? Las olas rompían sin cesar contra el cristal, agitándose, revolviéndose turbulentas. Con la misma rapidez con que aparecía una ola, otra ocupaba su lugar, dejando un rastro de espuma. ¿Era ésa la metáfora, la imagen de su futuro? ¿Días y días de tormentas y confusión?

Suspiró de nuevo.

—¿Qué dices, Brand? ¿Te quedarás en la cueva y destruirás a cualquiera que penetre en el portal, sea hombre o mujer, adulto o niño?

Brand dudó solamente un segundo. Con expresión solemne, asintió con la cabeza.

—Guardaré el portal de la niebla mientras tú no estés. Cuentas con mi palabra de honor.

—Gracias —confiaba completamente en Brand para aquella tarea. Sólo un hombre que había perdido a sus seres queridos a manos de los viajeros podía entender la importancia de la misión del Guardián. Su amigo no dejaría pasar a nadie.

—¿Qué debo decirles a los demás?

—La verdad. O, mejor, no les digas nada. Decídelo tú.

—Muy bien. Te dejo entonces, para que puedas prepararte para tu viaje.

Darius asintió mientras se preguntaba si existiría alguna manera de prepararse para otro encuentro con Grace.

El mensajero que había enviado a Javar volvió hacia el final de la jornada. Darius estaba sumergido hasta la cintura en su piscina, contemplando el oscuro océano por el ventanal que acababa de abrir. La contemplación del mar se había convertido en una especie de ritual nocturno de relajación y tranquilidad.

De pie al borde de la piscina, el joven dragón se movía nervioso, como si no se decidiera a hablar.

—Lo siento… —dijo Grayley—, pero no pude transmitirle tu mensaje. Dicho esto… ¿no te entran ganas de gritarme?

Darius entrecerró los ojos.

—¿Desobedeciste a propósito mis órdenes para hacerme enfadar y ganar así esa estúpida apuesta vuestra?

—No, no —se apresuró a negar el joven—. Te lo juro. Los guardias se negaron a dejarme pasar.

—¿Los guardias? ¿Qué guardias?

—Los mismos que me ordenaron que me marchara. Me dijeron que allí no era bienvenido.

—¿Y Javar?

—También se negó a hablar conmigo.

—¿Te lo dijo en persona?

—No. Fueron los guardias quienes me transmitieron su negativa.

Darius frunció el ceño. Aquello no tenía sentido. ¿Por qué habría de impedirle Javar la entrada a un mensajero suyo? Aquél era su habitual medio de comunicación, y hasta el momento ninguno de ellos se había negado a recibir al otro. Además, ¿por qué un dragón habría de rechazar a otro dragón?

—Hay algo más… —continuó el joven dragón, vacilando—. Los guardias… tenían aspecto de humanos y portaban extrañas armas de metal.

Humanos. Extrañas armas de metal… Se incorporó de golpe de la piscina, salpicando agua. Desnudo, se acercó a su escritorio y sacó papel y pluma, que entregó a Grayley.

—Dibújame esas armas.

Lo que el joven guerrero dibujó parecía bastante mayor que el objeto que había llevado Grace, pero se asemejaba bastante en la forma. Darius tomó una decisión:

—Reúne a los hombres en el comedor. Ve a buscar luego al escuadrón de la Ciudad Exterior: Vorik es el líder. Dile que quiero que él y los demás rodeen el palacio de Javar, sin que los vean, y que detengan a cualquiera que intente entrar o salir del mismo.

—Como ordenes —el joven dragón le hizo una reverencia y se marchó.

Darius se secó rápidamente y se puso un pantalón. Todo se estaba complicando tanto… Había dado por supuesto que su mentor seguiría vivo, que simplemente habría perdido su medallón. Pero ahora eso le parecía muy poco plausible…

¿Qué estarían haciendo aquellos humanos en el palacio de Javar? Humanos, en plural. Más de uno. Quizá un ejército. Se pasó una mano por el pelo con gesto frustrado. La llegada de Grace no podía ser una simple coincidencia. La respuesta la tenían ella y su hermano. Estaba seguro. Encontrarla había dejado de ser un capricho para convertirse en una necesidad.

Sus guerreros lo esperaban en el comedor, silenciosos. Darius se sentó a la cabecera de la mesa.

—Queríais algo que hacer para no aburriros, y os lo voy a dar. Quiero que os preparéis para la guerra.

—¿Guerra? —exclamaron al unísono, excitados.

—¿Vas a dejar que declaremos la guerra a los vampiros? —quiso saber Madox.

—No. Los humanos se han apoderado del palacio de Javar, y poseen extrañas armas. Todavía no sé si han matado a los dragones del palacio, e ignoro lo que planean. Pero he enviado a Grayley a la Ciudad Exterior para que ordene al escuadrón de Vorik que rodee el palacio. Mañana por la noche nos reuniremos con ellos.

—¿Mañana? —Madox descargó un puñetazo sobre la mesa—. Deberíamos actuar hoy. Ahora. En este preciso instante. Si todavía queda alguna oportunidad de que los dragones de Javar sigan vivos, debemos hacer todo lo necesario para salvarlos.

Darius arqueó una ceja.

—¿Y qué ayuda podrás aportarles tú si estás muerto? No sabemos qué tipo de armas portan esos humanos. Y por tanto no sabemos protegernos de ellas.

—Tiene razón —intervino Renard, inclinándose hacia delante—. Debemos descubrir qué tipo de armas son ésas.

—Yo viajaré a la superficie —anunció Darius—. Procuraré averiguar todo lo que pueda al respecto.

—¿La superficie? —inquirió Zaeven.

—No puedes… —masculló Madox.

—Vaya un granuja con suerte… —dijo Brittan con una sonrisa irónica.

—Vamos —ordenó Darius—. Preparad vuestras armas. Brand, tus nuevas obligaciones comenzarán inmediatamente.

Su amigo abrió la boca con la intención de preguntarle algo, pero cambió de idea. Todo el mundo se apresuró a obedecer.

Darius se encerró en sus aposentos privados. Con Brand ya en su puesto, custodiando el portal de la niebla, cerró los ojos y se imaginó el palacio de Javar. En cuestión de segundos estuvo dentro de los muros que había visualizado en su mente. Sólo que aquellos muros estaban desnudos, desprovistos de pedrerías o decoración alguna. Frunció el ceño.

Volutas de niebla se alzaban hacia la bóveda de cristal. Mientras se trasladaba flotando a la sala contigua, vio lo que parecían cristales de nieve desparramados por el suelo. Eran esos cristales los que producían la niebla. Se agachó para examinarlos, lamentando no poder tocarlos y sentir su frialdad. ¿Por qué no se derretían?

Frunció el ceño mientras se incorporaba. Al contrario que en la primera, los seres humanos abundaban en aquella sala. Nadie lo vio, porque para ellos era como la misma niebla: estaba allí y no estaba al mismo tiempo. Podía observarlo todo, pero sin tocar nada.

Algunos de los invasores entraban y salían, portando armas como las que Grayley le había dibujado. A la espalda llevaban contenedores de forma redonda con un único tubo en la parte superior. Los hombres que no estaban armados portaban extraños picos que habría podido diseñar el propio Hefesto, dios del fuego. Clavaban aquellos picos en las paredes y arrancaban las piedras preciosas. ¿Dónde habrían adquirido esos seres humanos aquellas herramientas dignas de dioses?

Si hubiera sido un hombre menos frío, se habría metamorfoseado en dragón, de la furia que lo embargaba... Vio a una mujer vampira entrar en la habitación y relamerse los labios mientras recorría con la mirada a los humanos. Un hilillo de sangre le corría por la barbilla, señal de que acababa de alimentarse. Se detuvo para hablar con uno de los hombres.

—Dile a tu jefe que ya hemos hecho todo lo que se nos pidió —pronunció la vampira en una lengua de humanos, al tiempo que le acariciaba una mejilla con un dedo—. Estamos listos para recibir nuestra recompensa.

Su interlocutor se removió nervioso, pálido, pero al final asintió.

—Ya casi los tenemos.

—No tardéis mucho. Ya sabes que siempre podríamos saciar nuestro apetito con vosotros —y después de relamerse los labios una vez más, en un gesto que hizo estremecerse al humano, se marchó con la misma tranquilidad con que había entrado. Su largo vestido blanco flotaba detrás de ella en sensuales pliegues.

Darius contemplaba asombrado la escena. ¿Vampiros y humanos auxiliándose mutuamente? Inconcebible. Perplejo, recorrió con la mirada el resto de la cámara. Secciones de las paredes y del suelo estaban ennegrecidas por el humo y el fuego. En una esquina yacía el cadáver desmadejado de un dragón. Veran, uno de los más feroces guerreros de Javar. Una película blanca lo cubría de la cabeza a los pies. Tenía numerosas heridas, pero no sangraba.

¿Qué clase de arma podía destruir a una criatura tan poderosa? Los vampiros eran fuertes, sí. Y los humanos, decididos. Pero ni juntos eran capaces de asaltar un palacio lleno de dragones. Loco de furia, Darius no pudo evitar estirar una mano hacia el cuello de uno de aquellos canallas… pero sus dedos se cerraron sobre el aire.

Ahora sí que estaba seguro de que no podría enviar a su ejército contra aquellos hombres sin averiguar antes qué clase de armas poseían.

Registró el resto del palacio. No encontró señal alguna de Javar, ni del resto de sus hombres. ¿Habrían corrido la misma suerte que Veran? ¿O acaso habían huido del palacio?

Dejando todas aquellas preguntas sin contestar, regresó a su cámara. Respuestas: quería respuestas. Respuestas que, según sospechaba, podría tener Grace. Pero si esperaba conseguir algo de ella, necesitaría conservar la concentración, mantenerse frío, distante. Insensible.

Despiadado.

Sólo deseó no sentirse tan lleno de vida cada vez que pensaba en ella. Tan vital…

Se arrancaría su imagen de la cabeza. Aquella gloriosa melena que se derramaba en cascada sobre sus hombros. Aquellos ojos de un verde más vibrante que el mar. Desterraría de sus oídos el sonido de su dulce voz…

Pero en lugar de expulsarla de su pensamiento, lo único que consiguió fue arraigarla aún más.

No tuvo ninguna dificultad en verse a sí mismo acostándola en su cama y desnudándola lentamente… Se imaginó separando sus dulces muslos, deleitándose con la tersura de su piel antes de hundirse profundamente en ella. Casi podía escuchar sus gemidos de arrebato y placer…

El deseo se tradujo en una densa esencia en las venas, su miembro se endureció insoportablemente: casi gruñó de dolor. Apretando la mandíbula, se quitó el medallón del cuello y lo sostuvo en la palma, frente a sí.

—Muéstrame a Grace Carlyle —ordenó.

Los dos dragones gemelos empezaron a brillar. En cuestión de segundos, como si no pudieran contener un poder tan extraordinario, sendos rayos rojizos surgieron de sus ojos, creando un círculo de luz. Dentro del círculo, el aire crepitaba y lanzaba chispas.

Y la imagen de Grace se formó en su centro.

En aquel instante, los sentidos de Darius volvieron a la vida. Seguía sin comprender cómo una simple mirada podía obrar aquel efecto. Grace yacía en una cama pequeña y tenía los ojos cerrados. Se había recogido la melena en lo alto de la cabeza, descuidadamente. Estaba muy pálida y tenía manchas de barro en la nariz y en la frente.

Llevaba la misma camisa sucia. Una especie de tubo estaba conectado a su brazo, parcialmente cubierto por una fina sábana blanca. Dos humanos se acercaron a la cama.

Darius frunció el ceño: el abrumador instinto de posesión había vuelto.

—Parece que la morfina está funcionando —dijo el hombre de pelo oscuro y voz de barítono.

—No es sólo morfina: le he dado tres sedantes distintos. Estará dormida durante horas.

—¿Qué vamos a hacer con ella?

—Lo que ella quiera que hagamos —se rió el otro—. Representaremos el papel de anfitriones solícitos.

—Deberíamos matarla y acabar de una vez con todo esto.

—No necesitamos la atención que provocaría su desaparición… sobre todo cuando su hermano ya está desaparecido.

—No renunciará a buscar a Alex. Eso es evidente.

—Que lo busque todo lo que quiera. Nunca lo encontrará.

El hombre de pelo oscuro estiró una mano y delineó con un dedo la mejilla de Grace. No se despertó, pero murmuró algo ininteligible entre dientes.

—Qué bonita es…

Un ronco y amenazador rugido brotó de la garganta de Darius.

—Pues mantén las manos quietas. Ya sabes que al jefe no le gustaría —le recordó su interlocutor—. Vamos. Tenemos trabajo que hacer.

Los dos humanos se marcharon… gracias a lo cual salvaron la vida. La imagen de Grace empezó a desvanecerse. Reacio, Darius volvió a colgarse el medallón.

Pronto. Muy pronto estaría de nuevo con ella.

9

—Por fin en casa —suspiró Grace mientras dejaba las llaves y el bolso sobre la pequeña mesa del vestíbulo. Se dirigió al dormitorio, con el sonido de las bocinas de los coches resonando en los oídos.

No estaba de buen humor.

Había pasado la última semana con los Argonautas. Aunque se habían mostrado amables y solícitos con ella, no habían podido aportarle pista alguna sobre el paradero de su hermano. Y ella tampoco había encontrado nada. Cada día lo había llamado a su móvil y a su apartamento: no había contestado. Tampoco había tenido suerte investigando el vuelo que lo habría sacado de Brasil. Eso si acaso había llegado a subirse a un avión...

Finalmente se dio por vencida y allí estaba, aunque lo cierto era que no sabía qué hacer. ¿Denunciar la desaparición en los Estados Unidos, como ya había hecho en Brasil? ¿Contratar a un detective privado? Soltando otro suspiro, revisó los mensajes del teléfono: tenía tres nuevos, todos de su madre.

Marcó el número de su hermano y esperó. Nada. Se activó el contestador automático.

A continuación llamó a su madre.

—¿Diga?

—Hola, mamá.

—Grace Elizabeth Carlyle: mi identificador de llamadas me dice que estás telefoneando desde casa… —le dijo en tono acusador.

—Llegué anoche mismo.

—No sabía que Brasil anduviera tan mal de tecnología moderna.

—¿De qué estás hablando?

—De teléfonos, Grace. Ignoraba que no hubiera teléfonos en Brasil.

Grace puso los ojos en blanco.

—Te dejé mensajes…

—Ni una sola vez pude hablar directamente con mi única hija. Ni una. Y ya sabes lo mucho que se preocupa tu tía.

—¿Es Gracie? —se oyó una voz al fondo. Su «preocupada» tía Sophie estaría probablemente acechando detrás de su madre, sonriendo de oreja a oreja.

Las dos hermanas habían estado viviendo juntas durante los cinco últimos años. Eran polos opuestos, pero por alguna razón se las arreglaban para complementarse perfectamente. Su madre lo planificaba siempre todo y le encantaba meterse a arreglar los problemas de los demás. Sophie era un espíritu libre que causaba precisamente los problemas.

—Sí, es Grace —dijo su madre—. Ha llamado para decirnos que está viva y que no la han secuestrado en la selva, como tú temías.

—¿Como yo temía? —se rió Sophie—. ¡Ja!

—¿Cómo estás, mamá? —la salud de su madre se había resentido últimamente. Había adelgazado y estaba cansada. Todavía no sabían cuál era el origen de aquella fatiga.

—Bien.

—Déjame hablar con ella —pidió Sophie—. ¿Qué? ¿Tuviste suerte?

—Yo no quiero oír eso —se oyó gruñir a su madre al fondo.

Automáticamente, Grace abrió la boca para responder que sí, que había conocido a un sexy guerrero tatuado y que había estado a punto de darle todo lo que una mujer podía dar a un hombre… Pero no le dijo nada de eso. Los sueños, o los espejismos, o lo que fuera que Darius había sido, no contaban en la estimación de Sophie.

Durante aquella última semana, había tenido oportunidad de reflexionar a fondo sobre la experiencia de Atlantis. Y siempre había llegado a la misma conclusión: nada de todo aquello había sido real. No podía haberlo sido.

—No —respondió, procurando disimular su decepción.

—¿Te pusiste el conjunto que te compré?

Se refería a la falda corta de leopardo, con la camiseta ajustada y escotada a juego.

—No tuve oportunidad.

—A los hombres les vuelven locos esas cosas, cariño. Son como los peces. Sólo tienes que ponerles el cebo adecuado.

Su madre reclamó entonces el teléfono.

—No te permitiré que le des lecciones de seducción a mi hija —acto seguido se dirigió a Grace—:

¿Qué tal le va a Alex? ¿Está comiendo lo suficiente? Nunca come bien cuando se marcha a esas expediciones suyas.

Con cada palabra, Grace experimentó una punzada de terror.

—¿No has hablado con él? —inquirió—. ¿No te ha llamado?

—Bueno, no —respondió su madre—. Pero ha vuelto, ¿no?

—Eh, yo… —¿qué podía decirle? ¿Que no sabía si había estado comiendo bien porque hacía semanas que no lo veía?

—¿Qué pasa, Grace? —le preguntó su madre, preocupada—. Hiciste este viaje precisamente para ver a tu hermano… ¿y ahora me dices que no sabes cómo está?

—¿Tiene esto algo que ver con el hombre que nos ha llamado? —se oyó la voz de Sophie al fondo. Grace sabía que tenía que estar pegada al hombro de su madre.

—¿Qué hombre? ¿Cuándo?

—Hace una semana, alguien llamó preguntando por Alex —le explicó su madre—. Me preguntó si sabíamos algo de él, si sabíamos dónde estaba. Grace, ¿qué pasa? Me estás preocupando…

Decirle o no decirle la verdad… Quería muchísimo a su madre y detestaba darle motivos de preocupación. Y sin embargo, como madre de Alex, Gretchen tenía derecho a saber que su hijo había desaparecido. El golpe sería terrible.

Decidió que se lo diría, pero no por teléfono. Esperaría unos días a ver si para entonces había averiguado algo nuevo.

—Bueno, ya sabes que a Alex le gustan demasiado los donuts…—le dijo, evasiva. Y no mentía—. Puedo asegurarte casi al cien por cien que no está comiendo bien —era verdad. Nunca lo hacía.

—¿Así que está bien? ¿No le pasa nada? —inquirió su madre, aliviada.

—Si le hubiera pasado algo, te lo habría dicho, ¿no?

—Tú siempre has sido sincera conmigo —repuso su madre en tono orgulloso, antes de chasquear los labios—: Te juro que tu hermano es como el anuncio andante de una enfermedad de corazón. Quizá le mande unos pastelillos de soja. Con FedEx. ¿Sabes si FedEx trabaja en Brasil?

—No en el corazón de la jungla.

—Tendrá que pasar por su hotel en algún momento, ¿no?

Grace se frotó una sien.

—Lo siento, mamá, pero tengo que dejarte.

—¿Qué? ¿Por qué? No me has contado nada de tu viaje. ¿Hiciste compras? ¿Visitaste a los nativos? Tengo entendido que andan por ahí… —se interrumpió, escandalizada— desnudos.

—No, no los he visto. Y es una pena, porque le había prometido a la tía Sophie que les haría fotos…

—Hablando de Sophie, quiere saber si le has traído algún regalo.

—No es verdad… —protestó su tía.

—Os visitaré dentro de unos días y os pondré al tanto de todo. Palabra de honor.

—Pero…

—Adiós. Os quiero —cortó la comunicación. Esa vez se había ganado una buena reprimenda. Se imaginaba ya lo que le diría su madre en el futuro, cada vez que necesitara un favor: «¿Te acuerdas de cuando me colgaste el teléfono? Estuve llorando durante días».

Marcó el último número. Su amiga Meg dirigía el departamento de reservas de una importante compañía aérea, y Grace le preguntó si en su base de datos figuraba el nombre de Alex. No figuraba, pero eso tampoco significaba nada: era posible que hubiera tomado un vuelo privado.

Negándose a darse por vencida, recogió sus llaves y su cartera, metió en el bolso su spray de defensa personal y abandonó el apartamento. Tomó el metro con rumbo a Upper East Side. Necesitaba encontrar a su hermano, o al menos cerciorarse de que se encontraba bien, de que no le había pasado nada. Alex siempre había estado a su lado, desde que era pequeña. La había cuidado, la había consolado y reconfortado cuando murió su padre…

«Dios mío, por favor: que Alex esté en casa, por favor…», rezaba como un mantra al son del traqueteo del vagón. Si estaba, podrían pasar el resto del día juntos. Quizá cenar en Joe Shanghai, en Chinatown, su restaurante favorito.

Un cuarto de hora después entraba en el vestíbulo del edificio de apartamentos. Alex no llevaba mucho tiempo viviendo allí. Grace lo había visitado muy pocas veces, pero aun así el portero debió de reconocerla porque la dejó pasar sin preguntarle nada. Subió en el ascensor y llamó a la puerta.

Al ver que no abría, usó su copia de las llaves y entró. No hizo más que dar tres pasos y se quedó paralizada: la moqueta estaba llena de papeles y carpetas.

—¿Alex? —no se atrevió a pasar de la entrada.

No hubo respuesta.

Aunque sabía que lo más prudente era pedir ayuda primero, sacó su spray y se dedicó a inspeccionar hasta el último rincón del apartamento. La necesidad de saber dónde estaba Alex se impuso a cualquier sentido de la precaución.

No había ningún intruso esperándola, pero tampoco señal alguna de su hermano. Atravesó el salón y se quedó mirando una fotografía enmarcada en la que aparecían los dos en Central Park, sonrientes, bañados por la luz del sol. Su tía había tomado aquella foto varios meses atrás, un día en que decidieron salir a correr al parque. A los dos minutos de carrera, Sophie se había detenido jadeando, demasiado cansada para continuar. Así que habían hecho un descanso y ella había tomado la foto. El recuerdo le desgarró el corazón.

Una vez fuera del apartamento, se apoyó en la puerta que acababa de cerrar, abatida. No tenía ni idea de lo que iba a hacer a continuación ni de… De repente, un hombre pasó a su lado.

—Disculpe… —le dijo mientras una idea se abría paso en su cerebro. Forzando su mejor sonrisa, preguntó—: Vive usted en este edificio, ¿verdad?

—Sí. ¿Por qué?

—¿Conoce a Alex Carlyle?

—Sí. Y usted…

—Es mi hermano. Lo estoy buscando y me estaba preguntando si usted lo habría visto…

El hombre esbozó una sonrisa. Incluso le tendió la mano:

—Tú eres Grace. Te he reconocido por la foto que Alex tiene en la oficina. Creía que eras más joven.

—¿En la oficina? ¿Trabaja usted para Argonautas?

—Yo y la mayoría de los que vivimos en este edificio. Pertenece a la empresa —se interrumpió, frunciendo el ceño—. Desgraciadamente, hace semanas que no veo a Alex. Ni aquí ni en el trabajo.

—¿Sabe usted si ha podido estar en contacto con alguien?

—Bueno, Melva, de la puerta 402, le ha estado recogiendo la correspondencia… La vi esta misma mañana. Aún sigue aquí —y le susurró, como si fuera un vergonzoso secreto—: Argonautas no puede deshacerse de ella. Legalmente, al menos.

Grace le dio las gracias y se marchó. Minutos después estaba llamando a la puerta de Melva.

—Ya voy, ya voy… —gritó una voz ronca.

Momentos después, se abrió la puerta y apareció una mujer flaca y arrugada, envuelta en un albornoz blanco. Se movía con un andador.

—¿En qué puedo ayudarla?

—Me llamo Grace Carlyle. Estoy buscando a mi hermano y quería saber si se había puesto recientemente en contacto con usted.

—Su hermana, ¿eh? Esos listillos nunca me hablaron de una hermana. Tendrá que enseñarme alguna identificación.

Grace sacó de la cartera un documento de identidad con foto incluida. La mujer mayor asintió satisfecha.

—Hace tiempo que no veo a Alex. Tengo su correspondencia: se le había estado acumulando en el buzón. Me encargó que se la recogiera. Creo recordar que debería haber vuelto la semana pasada.

—Si no le importa, me gustaría llevarme esa correspondencia.

—Espere un momento. Todavía ando recuperándome de una operación de cadera y me cuesta un poco moverme —se volvió lentamente y desapareció en el pasillo. Cuando volvió, llevaba un paquete de sobres de diferentes tamaños y colores—. Aquí tiene —apoyó una mano en el andador y le entregó el paquete con la otra.

—Muchas gracias.

Grace se apresuró a revisar el contenido. No vio nada que le llamara la atención y se lo guardó en el bolso. Ya lo examinaría con mayor detenimiento cuando estuviera en casa.

Algo más animada, abandonó el edificio. Pero su humor no duró demasiado, porque muy pronto tuvo la inequívoca sensación de que alguien la estaba observando. Miró por encima del hombro y no detectó nada fuera de lo normal. Después de todo lo que había sucedido con Alex, sin embargo, no intentó convencerse de que se trataba de una jugada de su imaginación. Aceleró el paso y metió una mano en el bolso para cerrarla sobre su spray de gas.

En lugar de dirigirse directamente a casa, se detuvo en una cafetería, una tienda de recuerdos y una panadería, en un intento por pasar desapercibida entre la multitud. Para cuando se sintió mínimamente segura, comenzaba a ocultarse el sol.

Ya de noche, entró en su edificio de apartamentos. «¿En qué lío me he metido?», se preguntó una vez dentro, mientras cerraba todas las ventanas. En aquel instante se le antojaba tan absurdo su antiguo gusto por el peligro y la aventura… Decididamente, había escarmentado.

Exhausta mental y físicamente, dejó su bolso sobre la mesilla y se sentó ante su escritorio. Encendió el ordenador y revisó su correo electrónico. Cuando vio que tenía un mensaje de Alex, sonrió de oreja a oreja y se apresuró a abrirlo.

Hola, Grace,
Estoy bien. Encontré una pista y tenía que seguirla. Perdona la nota, pero es que no tengo tiempo para llamarte. Probablemente estaré fuera de contacto durante un tiempo.
Te quiere,
Alex

Mientras leía el mensaje, la sonrisa se borró de sus labios. Debería haberse sentido aliviada. Después de todo, eso era lo que había querido: saber algo de Alex. Pero si había tenido tiempo para escribirle un mensaje... ¿cómo no lo había tenido para llamarla?

Con esa pregunta flotando en su mente, se quedó en ropa interior, se sirvió una copa de vino y se tendió en la cama. Luego se puso a revisar meticulosamente la correspondencia de su hermano. En su mayor parte era publicidad, con algunas facturas.

Acto seguido revisó sus cartas, y cuál no sería su asombro cuando descubrió una postal de su padre... ¡Su padre! ¿Cómo podía ser? Un hombre que había muerto muchos años atrás, después de una larga batalla contra la leucemia. Confusa, sacudió la cabeza y leyó la carta.

Gracie *Lacie,*
No pude venir a verte como planeaba. Algo me ha retrasado. Volveré a ponerme en contacto contigo. No te preocupes. Estaré bien.

Te quiere,
Papá

Aquélla era la letra de Alex, de modo que tenía que tratarse de una especie de código. ¿Era posible que otra persona le hubiera enviado un falso e-mail? Quizá había sido la misma persona que había «retrasado» a Alex. ¿Pero por qué se había retrasado? ¿Por cuánto tiempo?

¿Y dónde estaba ahora?

Examinó el matasellos. De Florida, una semana atrás. Muchas cosas podían haber sucedido en una semana. Alex le decía que no se preocupara, pero no podía evitarlo. Estaba preocupada. ¿Y la pista? ¿Debería volver a Brasil?

Bueno, ciertamente no podía hacerlo esa noche... En su estado actual, lo mejor que podía hacer era descansar. La luz de la luna entraba en el dormitorio y el aroma de las velas perfumadas impregnaba el aire, relajándola. Suspiró profundamente y dejó a un lado la correspondencia. Luego cerró los ojos y se recostó en la montaña de cojines, mientras se preguntaba por lo que haría a continuación. Si Darius estuviera allí, con ella...

«Darius no es real», se recordó. Contra su voluntad, su imagen asaltó de pronto su mente. Con su rostro duro, de rasgos angulosos, que irradiaba tanta virilidad...

Desde el primer momento en que lo vio, debería haber adivinado que era como el producto ideal de sus más alocadas fantasías. Los hombres reales no eran como él. Los hombres reales no eran ni tan feroces ni tan salvajes, y sus besos no sabían a fuego, a pasión, a excitación...

Los hombres reales no la perseguían ni amenazaban con matarla, para luego acariciarla con exquisita ternura...

Aquel recuerdo en particular la hizo estremecerse, hasta que evocó un último detalle sobre Darius. Los hombres reales no admitían tan alegremente ser unos asesinos.

Su confesión la había sobresaltado. Pero también le había provocado una inesperada punzada de compasión, porque aunque Darius había afirmado que todo lo había hecho por propia voluntad, que nadie lo había obligado a matar, ella había creído distinguir un fondo de desesperación en su mirada. Había vislumbrado un interminable sufrimiento. En aquel preciso instante, la esperanza había estado completamente ausente de sus ojos.

Y ningún hombre debería vivir sin esperanza.

Rodó a un lado, abrazándose a un cojín. «Olvídate de Darius y descansa», se ordenó. Solamente debería importarle Alex. Quizá la clave para encontrarlo se le presentara sola, al día siguiente, después de una buena noche de sueño...

¿Pero cómo habría podido prever que aquella clave se presentaría en la forma y figura de un hombre de casi dos metros y más de cien kilos de peso?

10

Plantado al pie de su cama, Darius miraba fijamente a Grace.

Estaba rodeada por una multitud de colores. Como fondo, una sábana rosa; encima, una manta verde esmeralda. Y la cascada de rizos rojos que se derramaba sobre la almohada. La vista resultaba embriagadora. Dormía plácida, lánguidamente, con una expresión dulce e inocente. Desde el instante en que la vio, su único pensamiento había sido poseerla, fundirse con ella. Cómo ansiaba estirar una mano y acariciar la blanca tersura de su piel, hundir los dedos en la sedosa nube de su pelo…

Quizá debería cumplir con su juramento en aquel preciso momento, reflexionó, terminar sencillamente con aquella extraña fascinación que ejercía sobre él. Pero no. Era un estratega. Quedaban demasiadas cosas por aclarar, demasiados misterios. Necesitaba saber más sobre aquellos invasores humanos y sus armas. Sólo entonces sería capaz su ejército de reconquistar el palacio de Javar.

Darius había pasado varias horas buscando a Grace. Dado que ningún habitante de Atlantis podía sobrevivir mucho tiempo en la superficie, debería apresurarse ahora que ya la había encontrado: cada minuto era precioso.

No era así.

Continuaba observándola, embebiéndose con aquella visión. Llevaba una fina camisa blanca que le dejaba los hombros al descubierto, brillantes bajo la luz de la luna… y que delineaba claramente el dibujo de sus senos. Sus pezones formaban círculos de sombra que anhelaba acariciar con la lengua. Su pecho se alzaba y bajaba lentamente. Cuanto más la miraba, más hambriento y desesperado se volvía por ella.

¿Cómo sería sentir su pulso bajo sus palmas? ¿Sería lento y suave? ¿O acelerado y errático? Su propio pulso ardía de vitalidad, bombeando la sangre a su miembro dolorosamente endurecido.

«Yo no quiero hacer daño a esta mujer», se dijo. «Lo que quiero es disfrutar de cada instante en su presencia». Sacudió la cabeza, consternado por aquellos pensamientos.

Durante tanto tiempo había sido fiel a su juramento de muerte y destrucción, que no sabía qué hacer con aquellos recién adquiridos deseos: deseos que no habían desaparecido con la distancia que se había abierto entre ambos.

Deseos que podían desviar a un hombre del camino que había elegido, zarandearlo y llenarlo de remordimientos.

Grace murmuró algo entre dientes antes de soltar

un dulce, delicado gemido. ¿Qué estaría soñando? Habría mentido si hubiera negado que ansiaba que soñara con él. Aquella mujer lo fascinaba en tantos aspectos… Su resolución. Su valentía al desafiarlo, cuando pocos hombres se habrían atrevido a ello.

Se preguntó cómo reaccionaría Grace si se tendía en aquel momento a su lado, en la cama. Si se dedicaba a desnudarla y a saborear cada centímetro de su piel tersa y dorada… hasta hundirse profundamente en la caliente humedad de su sexo.

Apartó bruscamente la mirada. «Te estás poniendo en ridículo. Distánciate de la situación. Conserva la cordura», se ordenó. Aquella mujer representaba una amenaza todavía mayor que un ejército. Había penetrado en la niebla y destruido completamente su sentido del orden. Había violado sus más íntimos pensamientos, había ignorado sus órdenes y lo había engatusado con su belleza.

Y, sin embargo, aún seguía viva. Quizá debería acostarse con ella. Para luego olvidarla como había hecho con sus otras amantes.

«Sí. Tomarla como has tomado a las otras: primitiva, salvaje, rápidamente». Era un buen plan. Pero… con aquella mujer, Darius quería una fusión lenta, dulce. Tierna. Como su beso.

Si no lograba sustraer su mente a su poder, acabaría cometiendo una locura.

Mientras paseaba la mirada por el dormitorio, llamaron su atención las cortinas de las ventanas, una sinfonía de colores cada una: rosas, amarillos, azules, verdes… Un arco iris. Un espejo ocupaba toda una pared. Otro estaba pintado con dibujos de flores blancas y ramas de vid, con pámpanos verdes y uvas rojas. Sí, Grace era una mujer que disfrutaba de la sensualidad de la vida. Con cosas que él también había disfrutado en su momento.

«Grace, Grace, Grace». Su mente recitaba su nombre como una letanía. Tal vez si pudiera saborearla un poco más, lograría quitársela de la cabeza sin tener que llegar al extremo de acostarse con ella. Porque acostarse con ella sería un gesto demasiado íntimo. Un beso sería suficiente para satisfacerlo, pero no para destruirlo…

«Mentiroso. Aquel último beso te dejó secuelas. No puedes permitirte nada», se decía. Y sin embargo, se sorprendió a sí mismo acercándose a la cama. Obligado por una fuerza mayor que la de su voluntad, se inclinó para aspirar su erótica fragancia. Cerró los ojos mientras se embebía de su dulzura.

Perdida en sus sueños, Grace se aproximó instintivamente a él, como si hubiera sentido su presencia y la buscara…

Pero Darius sabía que, si se hubiera despertado en aquel preciso momento, habría luchado contra él. No sabiendo qué otra cosa hacer, pronunció un conjuro destinado a relajarla y tranquilizarla en aquellos primeros y fundamentales segundos.

Se incorporó nada más terminar.

—Grace —dijo en tono suave—. Despierta.

Estaba decidido a interrogarla. Nada más.

—Mmmmm… —se removió en la cama sin llegar a abrir los ojos, enredándose en las sábanas.

—Grace. Tenemos que hablar.

Abrió lentamente los párpados. Y esbozó una dulce, adormilada sonrisa.

—¿Darius?

Al sonido de su nombre en sus labios, la garganta se le secó de repente. Fue incapaz de seguir hablando.

—Estás aquí —ampliando su sonrisa, Grace estiró los brazos por encima de la cabeza—. ¿Estoy soñando? —susurró. De repente frunció levemente el ceño—. No, esto no parece un sueño.

—No lo es —repuso Darius con voz ronca. El color de sus ojos era mucho más hermoso que cualquier otro que hubiera conocido.

—¿Así que eres real? —le preguntó, sin demostrar temor alguno.

Darius asintió, recordándose que era su hechizo el responsable de aquella languidez. Era irracional, lo sabía, pero habría matado por que hubiera sido él el causante de aquella reacción, y no su conjuro.

—¿Qué estás haciendo aquí?

—Tengo que hacerte unas preguntas.

—Me alegro de que hayas venido.

—Necesito el medallón, Grace. ¿Dónde está?

Se lo quedó mirando durante unos segundos, adormilada. Luego le echó los brazos al cuello y lo acercó hacia sí, hasta que quedaron nariz contra nariz.

—Las preguntas después. Ahora bésame.

Un traicionero fuego lo arrasó de la cabeza a los pies. Había querido relajarla, que no excitarla. Por todos los dioses, le había lanzado aquel conjuro precisamente para evitar tocarla... ¡y ahora ella misma le estaba pidiendo que lo hiciera!

—Suéltame —le pidió en tono suave.

—No quiero —se puso a juguetear con el vello que asomaba por el cuello de su camisa, tentándolo con la mirada—. Todas estas noches he soñado con aquel beso que me diste... Es lo único de mi vida que me ha hecho sentirme completa, realizada... y quiero más —de repente frunció el ceño—. No sé por qué te he dicho eso, yo… ¿Cómo es que no te tengo miedo?

«Me merezco que me den una paliza», se recriminó Darius, pero de todas formas bajó la cabeza. Aquella confesión lo había cautivado, encadenado. Nada podía hacer contra aquella atracción. En cualquier momento cesarían los efectos del conjuro, y ella lo rechazaría, se apartaría bruscamente. Pero hasta entonces…

—Abre la boca —le ordenó.

Grace obedeció de inmediato. Darius exploró entonces el dulce interior de su boca; su ronco gemido se mezcló con el suspiro de ella. Era como una mezcolanza de sabores: cálida, deliciosa, hipnótica. Un sabor que solamente había experimentado en una ocasión antes, la primera vez que se besaron. Y quería saborear aquella maravilla hasta cansarse.

Grace se aferró a su camisa, demandándole silenciosamente que no se detuviera. Casi se avergonzó de que estuviera reaccionando de una manera tan abierta y desinhibida. Con cuánta desesperación ansiaba hundirse en su interior y poseerla de todas las maneras imaginables…

Se colocó encima de ella, tal y como había imaginado y soñado unos segundos antes. Podía sentir la dulce presión de sus senos contra su duro pecho. Además de la fina camisa, llevaba una diminuta braga. Era sin duda la criatura más erótica y sensual del mundo. Maldijo aquellas mínimas barreras que estorbaban el contacto de la piel contra la piel.

Grace enredó de pronto una pierna en su cintura, apretándose contra él. Darius soltó un suspiro de exquisito placer: sabía que debería apartarse, concentrarse en interrogarla. No tenía mucho tiempo, porque ya había empezado a sentir los debilitadores efectos de su salida de Atlantis.

Pero no podía detenerse. Se sentía impotente. Desesperado.

Tenía que poseer a aquella mujer.

El deseo que sentía por ella era peligroso, prohibido, pero el tiempo parecía correr ajeno a la realidad, y Darius se permitió sentir en lugar de pensar. Mientras lo hacía, todas aquellas cosas que siempre había despreciado se convirtieron en sus mayores aliados. La ternura. La pasión. La ardiente carne femenina que lo tentaba. La embriaguez de su dulce fragancia…

Como si ella hubiera podido leerle el pensamiento y discernir sus necesidades, empezó a succionarle con fuerza la lengua, a mordisquearle los labios… Y Darius la dejó hacer. De haberse detenido, habría sido capaz de suplicarle de rodillas que continuara…

Deslizó una mano todo a lo largo de su cuerpo, recorriendo la aterciopelada tersura de su piel: primero todo a lo largo de la espalda, luego por la dulce redondez de su trasero. Grace gimió, y acto seguido él deslizó los dedos entre sus piernas, por encima de la braga, sintiendo su húmedo calor…

—Me encanta que me toques —susurró ella mientras los dedos de Darius le acariciaban un pezón, por debajo de la camisa—. Es tan maravilloso…

Darius saboreó aquellas palabras mientras le lamía el cuello, apretando su erección contra el punzante corazón de su deseo. Sus alientos se mezclaban, sus gemidos se volvían más roncos: señal de que ambos necesitaban más.

—Te quiero desnuda.

—Sí, sí.

Impaciente por contemplarla, le abrió la camisa. Grace ni siquiera se estremeció; arqueó la espalda, ofreciéndose a él. En silencio, le estaba diciendo que hiciera con ella lo que quisiera. Sus senos quedaron al descubierto, revelando unos pezones rosados, duros, excitados. A la luz de la luna, su vientre levemente redondeado tenía un brillo cremoso, con una diminuta joya relampagueando en su ombligo.

Se detuvo para tocar la piedra.

—¿Qué es esto?

Grace se humedeció los labios.

—Un piercing.

Nunca había oído aquella palabra, pero dio las gracias al cielo por aquel hallazgo. La sensual visión de una joya engastada en su vientre casi acabó con él. Tensos los músculos, inclinó la cabeza y se la lamió.

Grace perdió el aliento y se estremeció de placer.

—Eres la criatura más bella que existe sobre la tierra...

Se miraron. Ella abrió la boca para protestar, pero entonces él la tomó de la barbilla y la besó de nuevo. Luego, mientras con una mano continuaba acariciándole la joya, trazó un sendero de besos todo a lo largo de su hombro y de su cuello, antes de pasar a sus senos.

Grace se arqueó contra él, permitiéndole que le lamiera y succionara los pezones a placer, ávido. Quería saborearla por entero, toda al mismo tiempo: su vientre, sus pezones, su sexo...

—¿Darius?

—¿Mmmm? —aunque su cuerpo lo urgía a terminar lo que habían empezado, continuó saboreándola.

—Quiero que seas mío. En cuerpo y alma.

Se quedó inmóvil, mirándola, pensando que debía de haber oído mal. Ninguna de las mujeres con las que había estado le había dicho nunca nada parecido. Quizá las había abandonado sin darles oportunidad a que se lo dijeran. O quizá le habían demostrado la misma indiferencia que él les había demostrado a ellas.

—Dime qué es lo que quieres hacerme —la voz le salió ronca, estrangulada.

—Quiero darte placer —sus ojos brillaban como llamas color turquesa.

—¿Cómo?

—Besándote como tú me has besado a mí. Tocándote como tú me estás tocando.

—¿Dónde? —no podía evitar preguntarle. Necesitaba escuchar las palabras.

—Por todas partes.

—¿Aquí? —deslizando una mano dentro de la braga, sintió la suavidad de su vello… y hundió dos dedos en su sedosa humedad.

—¡Dios mío, sí! —gritó. Con los ojos cerrados, fue al encuentro de sus dedos—. Esto me hace sentir… oh, Dios mío…

—¿Quieres tocarme tú así, mi dulce Grace…? ¿Entre las piernas?

—Sí. Oh, sí —soltó una ronca exclamación al tiempo que deslizaba las manos bajo su camisa, a lo largo de los tatuajes que cubrían su pecho. La sensación de sus tetillas endureciéndose bajo sus palmas la hizo estremecerse la cabeza a los pies.

El placer era insoportable. El pulgar de Darius encontró su clítoris y empezó a acariciarlo. Perdida en la magia de aquellas sensaciones, Grace se aferró a sus brazos. Estaba tan cerca… Ya casi estaba llegando…

—Verte así —le susurró—, tocarte así… me da más placer del que me merezco.

Su beso le robó el aire de los pulmones. La besaba como un hombre besaba a una mujer justo antes de hundirse en su cuerpo. La besaba como ella necesitaba que la besaran.

Grace enredó las piernas en torno a su cintura y lo tomó de las nalgas.

—Ansío tanto hacerte mía… —pronunció Darius con los dientes apretados, sin dejar de acariciarla.

Algo caliente y salvaje explotó en el interior de Grace. A partir de ese momento, todo se aceleró para ambos. Él quería hacerla suya, pero ella lo necesitaba. Lo agarró del pelo, manteniéndolo cautivo, mientras profundizaba el beso. Otros hombres la habían besado, pero aquélla era la primera vez que había sentido que la besaban con todo el cuerpo. Era la primera vez que un hombre la hacía sentirse como si constituyera para él su único universo…

Su dura erección empujaba contra su muslo. La necesidad que tenía Grace de sentirla en su interior, de fundirse con su cuerpo, le consumía el corazón y el alma.

—Estás tan duro… Te deseo, Darius —aquellas palabras parecieron surgir de un secreto lugar de su ser: la parte más sincera de su persona, la parte que no podía negar, aun sabiendo que debía hacerlo—. Hazme el amor.

—Yo... —un residuo de razón penetró en la conciencia de Darius. No podía hacer el amor con aquella mujer. Hacerlo y luego matarla sobrepasaría en vileza a cualquier otra cosa que hubiera hecho en el pasado.

Grace le deslizó la punta de la lengua por el cuello, la barbilla...

—Quiero hacer el amor contigo cada noche... —siguió un beso—. Así —un mordisqueo— y así.

«Cada noche». Lo único que no podía darle. Tenía una misión que cumplir. Y, por mucho que le pesara, tocar y saborear a aquella mujer no tenía nada que ver con esa misión. Torturado por la culpa, se apartó bruscamente para levantarse de la cama. Permaneció de pie, mirándola, esforzándose por mantener el control... y fracasando. Todavía podía paladear su sabor en los labios.

Grace tenía las mejillas levemente ruborizadas. La luz de la luna resaltaba el húmedo brillo de sus labios, tentándolo a que los saboreara una vez más. Sabía que volver con ella sería una absoluta locura. Y sin embargo, cada instinto que poseía le gritaba que aquella mujer era suya. Que le pertenecía y que podía convertirse en la única razón de su existencia. Que aquella conquista podía transformarse en su más alta victoria.

Pero incluso mientras su mente se veía asaltada por todos aquellos pensamientos... los rechazó.

Javar se había enamorado de una mujer. Muchos años atrás, su antiguo mentor había tomado a un dragón-mujer como compañera. Ella lo había ablandado, lo había hecho relajarse en sus deberes. Se había tornado mucho menos precavido con la niebla, menos rápido a la hora de matar.

Y, a esas alturas, era muy probable que aquella laxitud le hubiera acarreado la muerte, o algo peor. En aquel mismo momento, Javar podía estar encerrado en cualquier parte. O torturado por alguien deseoso de arrancarle sus conocimientos, su poder sobre la niebla...

Darius no podía correr ese mismo riesgo. Ablandarse podía significar la destrucción de Atlantis.

Experimentó una punzada de irritación por lo que no podía tener, por lo que no debería desear. ¿Cómo era posible que una simple caricia de Grace pudiera reducirlo a un simple amasijo de sensaciones? Estar con ella le había permitido vislumbrar, para su desgracia, todo aquello que echaba de menos en su vida. Calor, amor. La huida de la oscuridad.

Permitirse a sí mismo conocer la dulce alegría de perderse en sus brazos, en su cuerpo, supondría la destrucción de todo aquello que tanto le había costado construir. Aquella mujer era vida y era luz, mientras que él era muerte y tinieblas.

—Debemos detenernos —tuvo que arrancarse las palabras del pecho. Para ello necesitó de toda su fuerza, de toda su resolución.

—No. No te detengas —se sentó lentamente en la cama, frunciendo el ceño. Le pesaban los párpados de sueño, todavía relajada por el conjuro que le había lanzado—. Quiero que me hagas el amor. Necesito que me hagas el amor. Estoy a punto de tener un orgasmo...

—Cúbrete —le ordenó, en un tono aún más duro que antes. Sabía que, si no lo hacía pronto, acabaría suplicándole que se desnudara del todo.

Al ver que no se daba prisa en obedecer, se inclinó sobre ella para cerrarle la camisa, cuidadoso de no tocarle la piel. Ya había sobrepasado el umbral de su resistencia, y un solo contacto más... Ignoraba si su fuerza de voluntad se había debilitado tanto por su alejamiento de Atlantis o por la propia Grace. El sudor le corría por la frente mientras le cerraba las solapas de la blusa.

—¿Qué estás haciendo? —inquirió ella bajando la mirada a sus manos, viendo la misma imagen que él: sus manos morenas contrastando con su piel cremosa. Su fuerza contrastando con su feminidad.

Darius se apartó por fin, sin responder.

Parpadeó varias veces, asombrada. Sacudió la cabeza. La pasión todavía ofuscaba sus sentidos. Sentía dolor… le dolía, sí. Al principio se había dicho a sí misma que Darius no era nada más que otro producto de su imaginación, pero en el fondo había sabido la verdad. Y la sabía ahora. Era real: estaba allí, con ella.

Le había prometido que la encontraría. Y lo había hecho.

Un estremecimiento le recorrió la espalda. Ignoraba cómo había podido convencerse de que aquellas horas pasadas con él en Atlantis no habían sido más que un sueño. En cualquier caso, aquello no importaba ahora. Lo único que importaba era que él estaba allí y que la deseaba… tanto como ella a él.

Recorrió su cuerpo con la mirada. Llevaba el mismo pantalón de cuero negro que la primera vez, pero con una camiseta negra y ajustada que le delineaba cada músculo.

Mientras lo contemplaba, la serena laxitud que antes había experimentado empezó a desvanecerse. Un rayo de luna iluminaba el rostro de Darius, arrancando un reflejo a sus ojos dorados. ¿Dorados? Recordaba que, en Atlantis, había tenido los ojos azules. De un azul hielo.

En ese momento, en cambio, eran de un cálido castaño dorado que traslucía un placer contenido, sí, pero también un secreto dolor que no pudo por menos que conmoverla.

Para su sorpresa, sin embargo, vio que de repente se endurecía su expresión. Y que sus ojos volvían a adquirir su primitivo color azul claro, cristalino. Helado.

—Tenemos que hablar de muchas cosas, Grace. Cuando termines de cubrirte, empezaremos.

Allí estaba ella, entregándose por completo a pesar de todo, y él… El rechazo le dolió profundamente.

—Hazlo ya —ordenó Darius, tensando la mandíbula.

La relajación iba desapareciendo por momentos. Aquél era el hombre que había amenazado con matarla. Que le había dado caza y la había encerrado. No era el hombre que la había abrazado tiernamente. Que la había besado con tanta pasión…

—¿Darius?

—Cúbrete con la sábana.

Alzó la mirada al cielo, como suplicando una intervención divina. ¡Que se cubriera de una vez!

—Darius… —repitió, ignorando su orden.

—¿Sí, Grace?

—¿Qué está pasando aquí? —era una pregunta estúpida, pero era la única que se le ocurría.

—Te dije que vendría a por ti, y he venido.

—¿Por qué? —tragó saliva.

Por toda respuesta, Darius se sacó una pequeña daga de la cintura del pantalón y se la puso en el cuello. El contacto fue leve, no lo suficiente para hacerle una herida, pero la impresión fue la misma: Grace perdió el aliento y se puso a gimotear.

—Vamos a tener que charlar —Darius arqueó una ceja—. Tú y yo.

—Sé que no has hecho todo este viaje para hablar —replicó. Y tampoco para hacerle el amor. ¿Qué era exactamente lo que quería de ella?

—Por ahora, lo único que quiero de ti es una simple conversación —la hoja permaneció en el aire durante un segundo más, hasta que volvió a enfundarla—. No te olvides de lo peligroso que soy.

Esforzándose por dominar su temblor, Grace se levantó rápidamente: la manta y la sábana cayeron a sus pies. Darius se quedó donde estaba, como si no tuviera nada que temer de ella.

Tenía su bolso encima de la mesilla. Decidida, sacó su spray sin la menor vacilación y le roció los ojos con el gas. Con su rugido resonando en los oídos, abandonó la habitación a toda prisa.

11

Todo había sucedido en cuestión de segundos.

Tan pronto atravesaba Grace el salón a la carrera como al momento siguiente Darius ya la había derribado. Cayeron los dos sobre el sofá. Como consecuencia del impacto, se quedó sin respiración.

Darius le dio la vuelta y le inmovilizó las manos por encima de la cabeza. Al parecer, era su posición favorita. Grace ni siquiera tuvo tiempo para asustarse.

—Mi alma te pertenece, tu alma me pertenece —recitó con voz extraña, hipnótica. Tenía los párpados rojos e hinchados, pero, mientras la observaba, desapareció todo resto del gas tóxico.

—¿Qué estás haciendo? —se sentía cada vez más mareada.

—Estaremos atados el uno al otro —continuó él—. De esta luna a la siguiente. Entonces quedaremos libres.

Grace podía sentir la sangre alborotándose en sus venas como si fuera una extraña y oscura esencia. Retazos de pensamientos invadieron su mente, imágenes inmóviles en blanco y negro: imágenes del terror de un niño y de la búsqueda de un amor nunca encontrado. Imágenes de desolación y de una última y definitiva renuncia a los sentimientos, a las emociones.

El niño era Darius.

Se encontraba en el margen de una visión, contemplando el escenario de una masacre. Hombres, mujeres y niños yacían encharcados en su propia sangre. Darius se arrodilló frente a uno de los niños: era una niña pequeña. Su largo cabello negro formaba un río de tinta alrededor de su rostro y de sus hombros, mezclándose con la sangre que manaba del cuello. Llevaba un vestido de color azul zafiro que se le había enredado a la cintura. Tenía los ojos cerrados, pero había una promesa de belleza en sus finos y delicados rasgos.

Delicadamente, Darius le bajó el vestido hasta los tobillos. De rodillas, alzó la mirada a la bóveda de cristal. Descargó un puñetazo en el suelo y gritó, soltó una especie de aullido más animal que humano.

Grace quiso llorar. Se sorprendió a sí misma estirando las manos, intentando abrazar al niño. Pero apenas había empezado a moverse cuando volvió a la realidad. Darius seguía cerniéndose sobre ella.

—Acabo de encadenarte a mí —pronunció, satisfecho—. Durante un día, no te separarás de mí. No tendrás escapatoria.

—Eso no es posible…

—¿Ah, no? ¿No puedes hablar mi lenguaje? ¿Acaso no he viajado hasta aquí, Gracie Lacie? —añadió en tono suave.

Se había quedado sin aliento.

—¿Cómo es que conoces ese nombre?

—Tu padre te llamaba así.

—Sí, pero… ¿cómo lo sabes?

—He visto dentro de tu mente —respondió sin más antes de levantarse. Ella se desplazó hasta el extremo más alejado del sofá—. Ve a tu habitación y vístete. Ponte algo que te cubra de la cabeza a los pies. Tenemos mucho de que hablar y poco tiempo.

—No pienso moverme.

Darius entrecerró los ojos.

—Entonces yo mismo te cambiaré.

Con esa amenaza resonando en sus oídos, Grace saltó del sofá y se dirigió a la habitación. Una vez dentro, cerró la puerta con llave y corrió a la ventana. Levantó el cristal y se disponía a salir… cuando se dio cuenta de que no podía. Se lo impedía un muro invisible.

Enferma de frustración, pateó y golpeó aquella invisible pantalla, pero no pudo romperla. Finalmente, jadeando, se dio por vencida. ¿Cómo se atrevía Darius a hacerle eso? ¿Qué le había dicho? Le había lanzado un conjuro por el cual la encadenaba a él. Increíble…

De repente llamaron con fuerza a la puerta.

—Tienes cinco minutos para vestirte. Si tardas más, entraré.

Grace no dudaba de que lo haría, aunque tuviera que tirar la puerta abajo. Soltando una amarga carcajada, se sentó en el alféizar y apoyó la cabeza en el marco de la ventana.

¿Cómo era posible que el niño desvalido que había visto en su imaginación se hubiera convertido en un hombre tan implacable?

No quería creer que aquellos flashes de la vida de Darius que había visto eran reales: sin embargo, él había adivinado el nombre con que solía llamarla su padre... Y ésa era una información que no había compartido con nadie. La niñez de Darius, aquellas cosas que había visto... habían sucedido.

No le gustaba saber que antaño había tenido una familia. No le gustaba saber que había sufrido terriblemente por la muerte de sus seres queridos. Saber todo eso le hacía desear consolarlo, protegerlo. Permanecer a su lado.

—No quiero cambiarme mientras tú sigas en mi casa —gritó—. No confío en ti.

—Eso no importa. Harás lo que te he ordenado.

«O yo lo haré por ti»; Grace terminó mentalmente la frase. Se acercó al aparador y se despojó de la camisa. Rápidamente se puso un sencillo suéter de cuello largo y un pantalón gris.

Cuando estuvo completamente vestida y calzada, se detuvo. «¿Qué voy a hacer ahora?», se preguntó. Saldría de la habitación y se comportaría de manera civilizada. Respondería sinceramente a sus preguntas. Y después Darius se marcharía, tal y como había aparecido.

Ciertamente, había tenido oportunidad de herirla, de hacerle daño: mientras dormía, mientras se besaban. De repente un estremecimiento de placer la recorrió de la cabeza a los pies, y frunció el ceño. ¿Cómo era posible que siguiera deseándolo después de todo lo que le había hecho?

Ya mínimamente sobrepuesta, abrió la puerta. Darius esperaba apoyado en la pared del fondo. Su expresión era tan fría e implacable como siempre. Sus ojos parecían auténticos trozos de hielo.

—Así está mejor —sentenció, contemplando su atuendo.

—Vamos al salón —propuso ella. No quería tener una cama cerca cuando hablaran.

Sin esperar su respuesta, se dirigió hacia allí. Ocupó el único sillón que había, para que no pudiera sentarse a su lado.

Darius tomó asiento en el sofá, lejos de ella.

—¿Dónde está el medallón, Grace?

Al parecer, había llegado la hora de las confesiones.

—Yo, eh… lo perdí.

—¿Qué? —rugió, levantándose de un salto.

—Que lo perdí.

Darius volvió a dejarse caer en el sofá y se pasó una mano por la cara.

—Explícate.

—Cuando volví a atravesar la niebla, se me soltó del cuello —se encogió de hombros—. Luego lo estuve buscando en vano.

—Si me estás diciendo esto porque quieres quedarte con el medallón, yo…

—Registra la casa, si quieres —lo interrumpió.

Darius se la quedó mirando pensativo. Luego asintió con la cabeza, como si acabara de tomar una importante decisión.

—Vamos a hacer un pequeño viaje, Grace.

—No lo creo.

—Iremos a la cueva. No nos quedaremos mucho tiempo.

Se quedó pálida, estremecida. ¿Pretendería llevársela consigo a Atlantis? ¿Para dejarla encerrada allí?

—Ni se te ocurra discutir —le advirtió él, como si le hubiera leído el pensamiento—. Yo debo ir. Y por tanto, tú también. Recuerda que estamos ligados.

—Pero Atlantis…

—No es allí donde te llevo. Sólo quiero visitar la cueva.

Grace se relajó: parecía que le estaba diciendo la verdad. «Otro viaje a Brasil no me vendrá mal», pensó, recordando la postal que Alex le había enviado desde Florida. Podría llevarse su foto, algo que no había hecho la última vez, internarse en la ciudad y preguntar a la gente si lo había visto. Porque fuera cual fuera la pista que Alex había encontrado, lo que había hecho en Florida debía de haberle mandado de vuelta nuevamente a Brasil. Era allí donde estaba el portal, y era el portal lo que Alex había estado buscando.

—Si te acompaño… ¿me ayudarás a encontrar a mi hermano?

—¿No sabes dónde está?

—No, y lo he buscado. Sus colaboradores no lo han visto. No estaba en casa. Ni siquiera llamó a mamá, cuando lo hace habitualmente. Alguien me envió un e-mail supuestamente suyo. Pero yo sé que no lo era porque en el buzón encontré una postal suya, con matasellos de Florida, diciéndome que se encontraba en problemas. ¡Es todo tan confuso! La única gente que sabe que lo estoy buscando son sus colaboradores, pero ellos también lo están buscando, así que no entiendo por qué habrían de impedírmelo… Yo sólo quiero encontrar a mi hermano sano y salvo.

Un brillo culpable asomó a los ojos de Darius.

—Yo no puedo quedarme mucho tiempo. Pero

tienes mi palabra de honor de que, mientras esté aquí, te ayudaré a encontrarlo.

—Gracias —repuso ella en tono suave. Lo que no entendía era por qué se sentía culpable…

Darius se levantó y le tendió la mano.

—¿Nos marchamos ya? —inquirió ella.

—Sí.

—Pero necesito llamar a la agencia de viajes, tengo que…

—Sólo tienes que tomarme la mano.

Parpadeó varias veces con expresión confusa, antes de levantarse del sillón.

—Sólo dame unos segundos para… —corrió al armario y sacó un álbum de fotos. Después de extraer una fotografía y guardársela en un bolsillo, se apresuró a volver con Darius. Le tomó la mano—. Ya estoy lista.

—Cierra los ojos —su profunda voz resultaba hipnótica.

—¿Por qué?

—Haz lo que te digo.

—Primero dime por qué.

Darius frunció el ceño.

—Lo que vamos a hacer va a ser un poco… movido.

—Ya. Bueno, eso no es tan malo, ¿verdad? —cerró los ojos. Transcurrió un segundo y no sucedió nada. ¿Qué estaba pasando?—. ¿Puedo mirar ya?

—Aún no —su voz era tensa. Le apretaba la mano con fuerza—. En este momento no puedo ejercer un pleno uso de mis poderes, así que el viaje se prolongará más de lo habitual.

¿Viaje? ¿Y por qué no tenía pleno uso de sus poderes?

—Ya puedes mirar —le dijo Darius varios segundos después.

Grace abrió los ojos y se quedó sin aliento. Desnudas y rocosas paredes la rodeaban. Podía oírse un goteo constante, fantasmal. Una densa niebla helada los envolvía. Hacía mucho frío: de repente se alegró de haberse puesto pantalones.

Todo estaba oscuro. La única luz procedía del propio Darius: a través de la camisa, sus tatuajes brillaban tanto que habrían podido iluminar un estadio entero de fútbol…

—¿Cómo has podido hacer eso? —le preguntó ella, admirada—. ¿Cómo has podido traernos aquí tan rápidamente, sin dar un solo paso?

—Soy un hijo de los dioses —le dijo, como si eso lo explicara todo—. No te muevas de aquí.

Tampoco pensaba hacerlo. No tenía la menor intención de internarse en la niebla.

Darius se dedicó a explorar la caverna, tenso y alerta, con sus músculos dibujándose claramente a través de la ropa. Grace no pudo evitar recordar la sensación de aquel cuerpo bajo sus dedos. Se le hizo la boca agua. Sí, aquel hombre rezumaba peligro y aventura por todos los poros. Era demasiado amenazador, demasiado imprevisible, y también demasiado poderoso. Le había prometido que la ayudaría a encontrar a su hermano mientras estuviera a su lado, y ella confiaba en él.

Porque si alguien podía encontrar a Alex… ése era Darius.

Vio que intentaba apartar una rama baja… sin conseguirlo, porque sus manos la atravesaron. Como si fuera un fantasma. Se quedó atónita, contemplándolo todo con los ojos muy abiertos. Luego se volvió hacia la pared más cercana y deslizó una mano por su rugosa superficie. Para su sorpresa, sus dedos desaparecieron dentro de la roca.

—Somos fantasmas —exclamó.

—Sólo mientras estemos aquí —le aseguró él.

Saber que no estaba condenada a ser para siempre un fantasma la tranquilizó un tanto. Estaba acostumbrada a las experiencias novedosas. La mayor parte de las veces, tenía que esforzarse por buscarlas. Pero, con Darius, ese tipo de cosas parecían surgir naturalmente: cosas extrañas para las que era imposible que estuviera preparada. Aquel hombre era la aventura personificada.

—¿Estás buscando el medallón? —le preguntó.

Se hizo un largo y denso silencio. Obviamente, no quería contestar.

—¿Y bien? —insistió ella.

—Debo encontrarlo.

¿Qué tendría aquel colgante? Ella misma había sentido su extraño, incuestionable poder.

—Tú lo quieres, y Alex también. Aparte de servir para abrir la puerta de tu cámara… ¿qué es lo que lo convierte en algo tan valioso?

—Los medallones de dragón son creaciones de Hefesto, el herrero de los dioses, y cada uno otorga un poder especial a su dueño, como viajar en el tiempo o el don de la invisibilidad. Además, permite abrir las puertas de todas las cámaras de cualquier palacio de dragones… como tú misma tuviste ocasión de experimentar —añadió secamente.

—Si hubiera sabido que tenía todos esos poderes, habría intentado no perderlo —le confesó—. Vaya, viajar en el tiempo… Precisamente mis novelas favoritas tratan de viajes en el tiempo. Siempre he pensado que sería maravilloso poder viajar a la Edad Media…

—Si hubieras conocido todos los poderes del medallón, no habrías vivido lo suficiente para poder viajar en el tiempo.

Eso ponía ciertamente las cosas en su justa perspectiva, pensó Grace.

—Supongo por tanto que no debería preguntarte cuáles son los poderes de tu medallón…

—No, no deberías. Ni tú ni los demás moradores de la superficie deberíais conocer siquiera la existencia de los medallones.

Grace suspiró.

—Alex encontró un antiguo texto, el *Libro de Ra-Dracus*. Así fue como llegó a saber de su existencia. Y del portal que comunicaba con Atlantis.

Darius se volvió para mirarla con los ojos entrecerrados.

—Nunca había oído hablar de ese libro. ¿Qué más decía?

—Alex no me contó gran cosa. Sí me comentó que el libro explicaba las distintas maneras de derrotar a las criaturas de las que hablaba. Pero no me dio más detalles, lo siento.

—Tengo que ver ese libro —«debo destruirlo», añadió Darius para sus adentros.

—Poco después de que lo encontrara… —abrió los brazos, impotente— alguien se lo robó.

Darius se frotó el cuello al tiempo que se arrodillaba frente a un montículo de barro.

—Los atlantes son seres peligrosos. Más fuertes que vuestra gente y mucho más letales. Es por eso por lo que no entiendo que los moradores de la superficie se empeñen tanto en invadirnos. Todos aquéllos que lo intentan, perecen inevitablemente. Cada vez.

—Yo no —le recordó Grace en tono suave.

Darius giró rápidamente la cabeza hacia ella por segunda vez. Hubo un silencio.

—No —pronunció al fin—. Tú no —y continuó mirándola fijamente, hasta que la hizo sentirse incómoda. Un brillo de deseo ardía en sus ojos: parecía abrasarla con la mirada—. ¿Dónde encontró tu hermano el libro?

—En Grecia. En el templo de Erinis —chasqueó los dedos al recordar el lugar exacto.

—Erinis, la diosa que castiga la deslealtad —frunció el ceño—. Una diosa menor. No entiendo por qué ella o sus seguidoras habrían de poseer un libro así. Un libro que detalla las formas de derrotarnos.

—Quizá quería castigar a los habitantes de Atlantis. Por desleales —aventuró Grace.

—Nosotros no somos desleales a nadie. Nunca lo hemos sido —replicó, airado.

—Tranquilo, no te pongas así…

—Tampoco intentamos conquistar la superficie. Servimos fielmente a nuestros dioses. Jamás hemos hecho nada que merezca un castigo.

—Bueno, eso no es exactamente cierto —aunque se había prometido a sí misma no volver a sacar el tema, no pudo evitarlo: conocía bien la leyenda—. Evidentemente, hicisteis algo. Vuestra ciudad se hundió en el mar.

—Nos ocultamos en el mar. Nadie nos creó deliberadamente. Nuestro origen data del momento en que Zeus cortó… —se interrumpió por un momento— su hombría a su padre, y la sangre de Cronos se derramó sobre la tierra. Él quería crear a los hombres, pero nosotros fuimos los primeros en nacer. Aunque propiamente Zeus era nuestro hermano, nos tenía miedo, así que nos prohibió que habitáramos en la tierra. Pero nosotros no fuimos desleales con nadie.

—¿Tú naciste de la sangre de un dios? —le preguntó Grace, curiosa.

—No —respondió Darius—. Mis padres me engendraron a la manera tradicional. Fueron mis antepasados los que nacieron de la sangre de un dios.

Apretó los labios, terco, y Grace supo sin lugar a dudas que no iba a sonsacarle más información.

Sus padres estaban muertos, eso lo sabía por sus visiones, y una vez más sintió lástima por él. Lástima porque había sido él quien los había descubierto. Lástima porque los habían asesinado con una crueldad que le daba escalofríos de sólo recordarlo. Sabía lo muy terrible que era perder a un ser querido.

—Tu hermano —dijo Darius, cambiando de tema—. Dijiste que llevaba desaparecido varias semanas.

La mención de Alex le sirvió de frío recordatorio del motivo por el que estaba allí.

—No ha pasado por casa. Tampoco me ha llamado, y eso sí que es extraño.

—Esos hombres que lo estaban buscando en la jungla… ¿es posible que estuvieran también interesados en su medallón?

—Bueno, sí… El intento de robo que te mencioné era anterior…

—Quizá deberías contarme todo lo que sucedió. Antes y después de que escaparas de Atlantis.

Grace le contó todo lo que sabía, sin omitir ningún detalle.

—Esos hombres… —dijo él— los Argonautas que te encontraron en la jungla… ¿crees que serían capaces de hacer daño a tu hermano con tal de conseguir el medallón?

—Espero que no, pero…

Darius se preguntó cuánta gente estaría implicada en aquella compleja red de misterios… que parecía complicarse más cada vez que Grace abría la boca.

—Ojalá pudiera encontrarlos y hablar con ellos —se incorporó—. El medallón no está aquí. Ya he registrado hasta el último rincón de la cueva.

—Yo no te mentí —le aseguró ella—. Lo perdí en la niebla.

Darius se pasó una mano por el pelo con gesto frustrado. Una vez más, no sabía si creer o no a Grace. Sus razones le parecían puras, honestas: el deseo de buscar y proteger a su hermano. Y sin embargo, era demasiada casualidad que hubiera perdido el medallón…

Seguía allí de pie, batallando consigo mismo, cuando sus tatuajes iluminaron un objeto oscuro. Lo había visto de pasada durante su búsqueda, pero lo había ignorado. Se agachó para estudiarlo. Era el arma de Grace. De la misma clase que las de los humanos que habían conquistado el palacio de Javar.

—¿Por qué traías esto? —le preguntó.

—¿La pistola? —cerró la distancia que los separaba y se arrodilló a su lado.

—Una pistola —repitió. No conocía la palabra—. ¿Por qué la traías? —le preguntó de nuevo.

—Para protegerme. La compré en Manaos.

—¿Cómo funciona? Si no recuerdo mal, intentaste herirme con ella, pero no sucedió nada.

—El tambor estaba vacío. Si hubiera estado lleno, habría disparado balas. Para eso hay que apretar el gatillo. Las balas te habrían causado heridas. Incluso la muerte.

Intrigado, examinó el arma con mayor curiosidad.

—Me gustaría verla funcionar. Si te la entrego… ¿me enseñarás?

—No tengo balas.

—Consíguelas.

—¿Dónde?

—Lo dejaremos para más adelante, entonces. Cuando volvamos a tu casa, conseguirás esas balas y me enseñarás cómo funciona esto.

—De acuerdo —aceptó, aunque no estaba muy segura de que quisiera enseñarle cómo funcionaba una pistola—. Por cierto, ¿cómo vamos a llevárnosla a casa? Ni siquiera podemos recogerla. Somos fantasmas.

Darius acercó las manos al arma y cerró los ojos. Transcurrieron unos segundos. Arrugas de tensión se dibujaron en su rostro. Su tez dorada palideció.

Grace no pronunció el menor sonido; ni siquiera se movió. No sabía qué estaba haciendo, pero se resistía a interrumpirlo.

Finalmente, vio que soltaba el aliento y abría los ojos. Acto seguido, recogió el arma sin mayor problema.

—¿Cómo has hecho eso? —exclamó, asombrada.

Recibió la pistola de sus manos y se la guardó en la cintura del pantalón.

Darius ignoró su pregunta.

—Vamos —se dirigió a la entrada—. Quiero encontrar a esos Argonautas.

—Ellos también tienen armas como ésta —le advirtió—. Yo los vi.

—Ni siquiera sabrán que estamos aquí. Somos fantasmas, ¿recuerdas?

Tuvieron que reptar para salir de la cueva. Una vez fuera, se incorporaron. El calor y la humedad de la jungla amenazaron con ahogarla. Enseguida reconoció los olores familiares: a rocío, a orquídeas, a tierra recién lavada por la lluvia.

—¿Qué puede hacer uno para protegerse de una pistola? —le preguntó Darius, abriendo la marcha.

—Un chaleco antibalas. Es lo que usa la policía, al menos.

—Me gustaría conseguir uno de esos chalecos —comentó, pensativo.

—Quizá podamos comprarte uno por Internet. Yo podría hacer la búsqueda…

De repente sintió que algo le rozaba la ropa. Era una fruta que había pasado volando delante de ella, para estrellarse en un árbol. Enseguida oyó una risa: no humana, pero de diversión en todo caso.

Dos proyectiles más volaron hacia Grace. Darius se volvió rápidamente y se lanzó sobre ella para tirarla al suelo. Su peso amenazaba con aplastarla.

—¡Esos malditos monos! —estalló, furiosa—. Dijiste que nadie se daría cuenta de que estábamos aquí…

—Ah. ¿Ahora son los monos los que tienen la culpa? —aunque estaba serio, un brillo divertido asomaba a sus ojos dorados.

¿Dorados otra vez? La única ocasión en que sus

ojos habían adquirido aquel color fue justo después de que la hubiera besado. Se preguntó qué sería lo que los hacía cambiar…

—Los animales pueden ver cosas que un ojo humano no puede distinguir —añadió.

—¿Te estás riendo de mí?

—Tal vez.

—Lo que quiero saber es por qué no te han lanzado nada a ti.

—Supongo que porque saben que me habrían servido de merienda.

Le gustaba ese aspecto de Darius, tan divertido y juguetón. No pudo por menos que sonreírse.

De repente, Darius bajó la mirada a sus labios, y un brillo de deseo relampagueó en sus ojos. Toda traza de diversión desapareció de su rostro. La misma Grace dejó de sonreír. Recuerdos de la última vez que se había colocado encima de ella asaltaron su mente… y lo deseó de nuevo.

Al mismo tiempo, ese descubrimiento la enfureció. ¿Cómo podía desear a un hombre así?

Debió de moverse, quizá incluso arquear las caderas, porque Darius soltó un profundo suspiro. Tenía los músculos en tensión…

Con un solo movimiento, se incorporó.

—Arriba —su tono era inexorable—. Estamos perdiendo el tiempo.

¿Perdiendo el tiempo? ¡Perdiendo el tiempo! Era el colmo…

Caminaron durante una hora entera. Evidentemente, el calor era el aliado de Darius, porque mientras que él tenía un aspecto fresco y descansado, como si hubiera salido de una clase de yoga, ella se sentía agotada, sucia y sudorosa. Pero era una fantasma, ¿no? ¿No se suponía que tenía que permanecer limpia e intocada por el ambiente exterior?

—Odio este lugar —masculló. Estaba cansada y sedienta. E irritada.

El culpable de aquel estado de ánimo se detuvo al fin.

—Aquí no hay Argonautas.

«No me digas, Sherlock», pensó Grace.

—Yo te dije que estuvieron aquí, no que siguieran aquí….

—Te creo: hay huellas suyas por todas partes. ¿Conoces los nombres de los hombres que te ayudaron?

—Sí. Jason y Mitch. Y Patrick.

—Necesito también sus apellidos.

—Lo siento —sacudió la cabeza—. No me los dijeron, y yo tampoco se los pregunté.

Darius experimentó una punzada de decepción. Había confiado en encontrar a aquellos hombres, interrogarlos y conseguir al fin las respuestas que tanto necesitaba. Cuanto antes terminara con aquello, antes podría reconquistar el palacio de Javar… y antes su vida volvería a la normalidad. No más caos. No más deseos insaciables…

No más Grace.

Frunció el ceño. Aquella mujer le estaba llevando al borde de la locura. Con la manera que tenía de moverse, de hablar, de mirarlo con aquella avidez en los ojos… Sí, una avidez que era incapaz de disimular.

No quería desearlo, pero lo deseaba de todas maneras. Y mucho.

Y Darius la deseaba a su vez… de una forma ciertamente alarmante.

Nada más pronunciar el conjuro que la encadenó a él, había visto en su mente que era una mujer que huía de sus propios deseos. Al igual que Alex, su hermano. Ambos habían sido testigos de la lenta enfermedad de su padre y de su muerte final. Grace lo había querido mucho, y verlo morir había sido una experiencia tan dolorosa que se había retraído a un mundo de fantasía, imaginándose a sí misma en cualquier otro lugar que no fuera su casa. Imaginándose en todo tipo de situaciones excitantes, en toda clase de aventuras. Como incansable luchadora contra el crimen, como capitana pirata surcando los mares..., o como sirena que seducía a los hombres y los enloquecía de amor y placer. Esa última imagen era la que más le intrigaba...

Grace había buscado la pasión, la aventura y todas aquellas cosas con las que había fantaseado en sueños, pero la vida no le había ofrecido nada de eso. Nada había estado a la altura de sus expectativas. Había vivido una larga serie de decepcionantes aventuras... hasta que se internó en la niebla. Sólo entonces encontró allí, en Atlantis, el gozo y la realización suprema que tanto había ansiado...

Por tanto, ¿cómo podía pensar él en poner fin a aquella vida, cuando hacía tan poco que había empezado a ver realizados sus sueños? La pregunta lo acosaba porque conocía la respuesta: simplemente no podía aceptarlo.

Por mucho que quisiera que viviera Grace... tenía que permanecer fiel a su juramento.

Suspiró. Estaba perdiendo el tiempo allí, y el tiempo era oro: sus poderes ya se estaban debilitando. No estaba seguro de cuánto tiempo más sería capaz de aguantar.

—Volvamos a tu casa —le dijo a Grace. Sin esperar su respuesta, la tomó de la mano.

—Espera, quiero ir a la ciudad y preguntar por Alex… Es por eso por lo que me he traído su fotogra…. —pero antes de que pudiera terminar la frase, se encontró de repente en su apartamento de Nueva York.

12

La mañana de Nueva York anunciaba su presencia con los rayos de sol que entraban a raudales por las ventanas del salón. Fuera, sonaban las bocinas de los coches.

—Tienes que dejar de transportarme de esta manera de un sitio a otro —le espetó a Darius—. Estoy a punto de sufrir un ataque cardiaco. Además, yo no quería marcharme todavía de Brasil. Quería que me llevaras a la ciudad para poder enseñar la foto de Alex a la gente y preguntar si alguien lo había visto...

—No lo estimé necesario —repuso, soltándola. Estaba pálido. Arrugas de tensión y cansancio se dibujaban en su rostro.

«No lo estimé necesario», se repitió Grace, burlona. ¿Y qué pasaba con lo que ella estimaba necesario? Frunciendo el ceño, se dirigió a la cocina, guardó la pistola en un cajón y se sirvió un vaso de agua helada. Se lo bebió de golpe. Sólo después de beberse dos más, le ofreció uno a Darius.

—¿No tienes otra cosa que no sea agua? ¿Algo que tenga sabor?

—Podría hacerte una limonada —propuso ella. Aunque no se lo merecía...

—Con eso bastará.

Sacó varios limones de la nevera y los exprimió. Luego vertió el zumo en un vaso y añadió agua y azúcar.

Darius recogió el vaso y bebió tentativamente. Contemplándolo, Grace reconoció el instante exacto en que paladeó con delicia el sabor de la limonada. Agarraba el vaso con fuerza, pero a la vez con delicadeza. Mientras tragaba, su nuez subía y bajaba alternativamente.

Un estremecimiento de placer le recorrió la espalda, y tuvo que resistir el impulso de lanzarse a su cuello para besárselo y lamérselo... «Me he excitado sólo de verle la nuez a un hombre. ¿Se puede ser más patética?».

—Sabe a ambrosía —le comentó. Parecía haber recuperado el color. Reacio, dejó el vaso vacío sobre la encimera.

—No me importa hacerte más, si quieres...

—Sí, gracias —se apresuró a responder.

Si reaccionaba así a la limonada... ¿cómo reaccionaría al chocolate? ¿Tendría un orgasmo espontáneo? Ojalá hubiera tenido alguna barrita oculta por alguna parte... Pero se lo impedía su régimen.

Se bebió dos vasos seguidos de limonada. Todavía pidió un tercero, pero a Grace se le habían acabado los limones. Su decepción resultó palpable.

—Me preguntaste antes por los poderes de mi

medallón. Voy a enseñártelos ahora —le dijo—. Pero antes necesito conocer el apellido de tu hermano.

—Carlyle. Como el mío.

Darius arqueó una ceja.

—¿Eso es normal aquí? ¿Compartir nombres?

—Sí. ¿Tú no compartes tu nombre con los otros miembros de tu familia?

—No. ¿Por qué habríamos de hacerlo? Somos individuos independientes y cada uno tiene el suyo.

—¿De qué manera indicáis entonces vuestra relación familiar?

—Por la afiliación a una casa, Mi familia, por ejemplo, era la Casa de Py —Darius se quitó el medallón. Mientras lo sostenía en la palma, empezó a brillar con una extraña luz rojiza. Potente, cegadora—. Muéstrame a Alex Carlyle —pronunció.

Cuatro haces de color carmesí brotaron de los ojos de los pequeños dragones enlazados, formando un círculo en el aire que se fue ensanchando cada vez más. Grace contempló fascinada cómo el aire comenzaba a cristalizarse.

De repente, la imagen de Alex apareció en el centro del círculo. Grace se quedó boquiabierta de asombro. Estaba sucio y sudoroso, cubierto de arañazos. Sangraba. Estaba tan pálido que se le transparentaban las venas de la cara. Iba vestido únicamente con unos tejanos rotos, manchados de barro.

Tenía cerrados los ojos y estaba acurrucado en el suelo. Temblaba. ¿De frío? ¿De fiebre? ¿De miedo? La habitación en la que se encontraba apenas contenía un camastro y una desvencijada mesilla.

Estiró una mano hacia la imagen mientras se cubría la boca con la otra. Al igual que le había ocurrido en la cueva, sus dedos la atravesaron como si fuera un espejismo.

—Alex —pronunció con voz temblorosa—, ¿dónde estás?

—No puede oírte —le dijo Darius.

—Alex... —lo intentó de nuevo, decidida a llamar su atención de cualquier forma. ¿Cuándo habría comido por última vez? ¿Quién le habría hecho aquellos moratones y heridas? ¿Por qué estaba tan pálido?

—¿Reconoces ese lugar?

—No —Grace sacudió la cabeza, sin apartar la mirada de la imagen—. ¿Y tú?

—Tampoco.

—Parece una habitación de motel. Encuéntralo —le suplicó, viendo horrorizada cómo su hermano se volvía hacia un lado... y un par de heridas sangrientas, simétricas, aparecían en su cuello. ¿Vampiros? ¿De Atlantis?—. Dijiste que lo encontrarías...

—Ojalá fuera tan fácil, Grace.

Sólo entonces se volvió hacia él, lanzándole una mirada acusadora:

—A mí me encontraste.

—Estábamos conectados por el conjuro de la comprensión. Lo único que tuve que hacer fue seguir el rastro de mi propia magia. Con tu hermano, en cambio, nunca he tenido el menor contacto.

De repente, en la imagen, una mujer se acercó a Alex. Era la más bella que Grace había visto en su vida. Pequeña, delicada, con una melena rubia platino, rasgos de muñeca, piel de porcelana. Agachándose junto a él, lo sacudió suavemente de un hombro.

—¿Quién es ésa?

—Es Teira —respondió Darius, incrédulo—. La esposa de Javar.

—No me importa de quién sea esposa, mientras deje a mi hermano en paz… ¿Qué le está haciendo?

Con la misma rapidez con que apareció, la imagen se desvaneció por completo.

—¿Qué haces? Quiero verlos…

—El medallón sólo me proporciona una visión por un corto periodo de tiempo. Y nunca la misma persona más de una vez.

No. ¡No! Se dominó para no ponerse a gritar, a dar patadas, a gimotear. A llorar.

—Devuélveme a Alex.

—Ojalá pudiera, pero yo no conozco el mundo de la superficie.

—Has dicho que a mí sí que me encontraste porque estábamos conectados…. Puedo darte alguna pertenencia de Alex, una fotografía —al borde de la desesperación, se sacó la foto de Alex del bolsillo y se la entregó—. Puedes conectar con esto y encontrarlo…

—No es así como funcionan mis poderes, Grace —no había ya emoción alguna en su tono. Había vuelto el Darius indiferente, imperturbable, la parte de su ser que ella más detestaba. Sus ojos habían recuperado su color azul hielo. Hizo la foto a un lado.

—Tienes que ayudarme —una solitaria lágrima rodó por su mejilla. Aferrándose a su camisa, insistió—: Está enfermo. No sé cuánto tiempo más aguantará sin comida ni agua. Ni lo que esa mujer tiene planeado para él…

—Teira no le hará daño. Siempre ha sido una mujer dulce y cariñosa.

—Él me necesita.

—Te di mi palabra de que te ayudaría a encontrarlo mientras estuviera aquí. No dudes de ella.

—No dudo de que me ayudarás, Darius —repuso con voz quebrada. Se lo quedó mirando con los ojos anegados en lágrimas—. Es que no sé si podremos llegar a tiempo para...

En aquel momento, Darius era perfectamente consciente de que Grace no representaba para Atlantis ninguna amenaza. Sabía que ella sólo quería una cosa: volver a ver a su hermano sano y salvo. Sus emociones eran demasiado intensas. Reales.

Y se detestaba por ello porque no podía permitir que eso lo desviara de su misión. Podía odiar la clase de hombre en que se había convertido, la clase de hombre que era por voluntad propia, un asesino y un manipulador, pero eso no cambiaba nada.

Cuando Grace descubriera que la estaba ayudando sólo para destruir a Alex, y a ella también...

Se obligó a concentrarse en el asunto que tenía entre manos. ¿Por qué estaba Teira con un humano? ¿Dónde lo estaría reteniendo? Aquella celda parecía una morada de superficie, y sin embargo, Alex había sido mordido por un vampiro: un detalle que no pensaba contarle a Grace.

La presencia del dragón mujer añadía una nueva complicación. ¿Era prisionera o carcelera? No, una mujer tan dulce y generosa como Teira nunca podría ser una buena carcelera... Por otro lado, Javar jamás habría consentido que la secuestraran. Antes habrían tenido que pasar por encima de su cadáver.

Nuevamente estaba siguiendo el mismo rumbo de pensamientos que tanto lo inquietaba. Disponía, como máximo, de un día más antes de que tuviera que volver, y hasta el momento había avanzado muy poco en sus pesquisas.

—La clave está en el medallón. Tengo que descubrir qué ser humano podría estar especialmente interesado en poseerlo...

—No tiene por qué ser un humano —suspirando, Grace se sentó en uno de los taburetes de la cocina—. Cualquiera de las criaturas de Atlantis podría usarlo para meterse en tu palacio y robarlo. Posees una cantidad infinita de joyas, de todas clases y tamaños, ¿no?

Eso era exactamente lo que habían estado haciendo aquellos humanos en el palacio de Javar: robar las joyas, utilizando extraños ingenios de los dioses para arrancarlas de los muros.

—Los atlantes no tienen más que pedirnos las joyas para que las compartamos con ellos, No hay razón para robar nada.

—Sí que hay una razón: pura codicia. Y yo sé que la codicia es algo inherente a todas las razas, divinas y humanas. Todos nuestros mitos y leyendas cuentan historias de ese tipo.

Esa vez fue Darius quien suspiró.

—Son los humanos los responsables, estoy seguro. Ahora mismo incluso están en el palacio de mi amigo, blandiendo extrañas armas.

—¿Podrían los humanos haberse conchabado con ese amigo tuyo?

—Nunca —Darius jamás se plantearía esa posibilidad—. Javar odia a los humanos tanto como yo. Jamás ayudaría a ninguno de ellos.

Grace desvió la mirada, disimulando su expresión. Transcurrieron varios segundos hasta que volvió a hablar:

—¿Tú odias a todos los humanos? —un rastro de dolor se traslucía en su voz.

—No a todos —admitió, reacio. Le gustaba, por ejemplo, una mujer pequeña y menuda, terriblemente inteligente. Con una sedosa melena roja y sensuales curvas.

Una mujer con la que anhelaba acostarse. Cada vez más.

—Bueno, entonces… —dijo ella, irguiéndose— nos concentraremos en los humanos. Apostaría lo que fuera a que los que conquistaron ese palacio son los mismos sobre los que escribió Alex, Los que intentaron quitarle el medallón. Los que le robaron su libro.

—¿Escribió, dices? —repitió, sorprendido—. Yo creía que te lo había contado.

—Y me lo contó, pero en su diario. ¿Te gustaría leerlo?

—¿Dónde está?

—Te lo enseñaré —salió de la cocina y Darius la siguió de cerca.

Lo llevó por un corto y estrecho pasillo que olía a camomila. Entraron en su dormitorio y Darius sólo tuvo que lanzar una mirada a la cama para que se le encogiera el estómago. Grace se detuvo ante el escritorio y recogió un bote de laca para el pelo.

—¿Ves esto? Parece un simple bote de laca, ¿no? Pues mira —con movimientos rápidos y precisos, desenroscó la tapa y sacó una llave. Sus labios llenos, sensuales, dibujaron una deliciosa sonrisa.

Esa vez no se le encogió el estómago: más bien se le subió a la garganta. ¿Cómo una mujer podía ser tan sumamente bella?

Con un gesto tan gracioso como elegante, Grace

se recogió un mechón detrás de la oreja. Luego se agachó para insertar la llave debajo de la mesa.

—Llegó un momento en que mi padre estaba demasiado enfermo para trabajar. Por eso nos mudamos de Carolina del Sur a Nueva York, para que pudiera estar cerca del principal centro de oncología del país. El caso es que con el fin de pasar el rato y ganar al mismo tiempo algo de dinero, se dedicó a hacer muebles y venderlos. Éste me lo fabricó especialmente para mí.

—Siento lo de su muerte.

—Gracias —repuso ella en tono suave—. Mi padre también le hizo uno a Alex, aunque su compartimento secreto es diferente. De pequeños, solíamos robarnos las cosas. Nos quitábamos los diarios. Por eso papá nos hizo un mueble con un escondrijo secreto a cada uno, para que no pudiéramos robarnos nuestros tesoros.

La melancolía de su tono duró mucho después de que acabara de pronunciar las palabras. Darius estuvo a punto de arrodillarse ante ella para prometerle que nunca le haría el menor daño, ni a ella ni a su hermano... si se dignaba volver a sonreír. Pero se las arregló para dominar el impulso.

Dentro del compartimento secreto había un delgado libro negro encuadernado en piel. Grace lo acarició con la punta de los dedos, mordiéndose el labio inferior, antes de entregárselo.

Darius lo hojeó, ceñudo. Mientras que su conjuro de la comprensión le permitía entender perfectamente el lenguaje de Grace, no ocurría lo mismo con la escritura. Nunca le habían preocupado las opiniones que los demás pudieran tener de él, pero no quería que Grace percibiera debilidad alguna en su persona. Quería que lo viera como un hombre fuerte y capaz: todo lo que una mujer pudiera desear.

Así que le devolvió el diario, diciéndole:

—Léelo tú, por favor.

Agradecida, no hizo ningún comentario.

—Vayamos al salón. Estaremos más cómodos.

Una vez allí, se sentó en el sofá rojo, y Darius a su lado. Sabía que quizá debería haber ocupado el sillón, pero buscaba el contacto físico con ella y no veía razón alguna para reprimirse.

Le rozó un muslo con el suyo y advirtió que contenía el aliento, sobrecogida. ¿Pensaba rechazar aquel mínimo contacto? ¿Después de todo lo que se habían permitido? Apenas unas horas antes, aquella mujer lo había besado como si no pudiera vivir sin el sabor de su boca en los labios. Le había dejado que le lamiera los pezones, que le introdujera dos dedos en su sexo…

—¿Tienes que pegarte tanto a mí? —le preguntó ella.

—Sí —fue su única respuesta.

—¿Quieres decirme por qué?

—No.

—No me gusta —insistió, separándose de él.

Pero Darius volvió a acercarse.

—Empieza a leer, anda.

Grace se miró las uñas y fingió un bostezo.

—¿Qué estás haciendo? No tengo tiempo que perder. Empieza de una vez.

—Estoy esperando.

—¿A qué? —arqueó las cejas.

—A que te muevas.

Ceñudo, Darius se quedó donde estaba. Era una pequeña batalla de voluntades, pero no quería perderla. Y sin embargo… ¿le quedaba otro remedio? Muy a su pesar, se apartó ligeramente.

—Así está mejor —Grace se recostó en los cojines y abrió el diario. Mientras acariciaba la primera página, una expresión de tristeza se dibujó en su rostro. Y empezó a leer.

Darius juntó las manos detrás de la cabeza y cerró los ojos. Su melodiosa voz acariciaba sus oídos. Escucharla le trasmitía una extraña sensación de serenidad, como si pese a su tono triste, fuera al mismo tiempo la máxima expresión de la alegría, la risa y el amor. Y como si aquellas tres cosas estuvieran a su disposición y sólo tuviera que estirar una mano para tocarlas…

Pero sabía que eso era imposible: los guerreros como él estaban destinados a vagar solos. Era la única manera de mantener la cordura.

Un asesino como él requería un distanciamiento absoluto.

De repente, Grace cerró el diario y se volvió para mirarlo. Darius permanecía pensativo, rascándose la barbilla.

—Dime otra vez dónde robó tu hermano el medallón.

—En un festival benéfico organizado por los Argonautas.

Otra vez los Argonautas. Alex lo había robado, y después habían estado a punto de robárselo a él… De repente se le ocurrió algo.

—Si tú sabías que alguien estaba detrás del medallón… ¿por qué viajaste a Brasil?

—¿No has escuchado el último pasaje? A Alex le gustaba la aventura, el peligro. Y a mí también —alzó la barbilla, desafiante.

Furioso, se inclinó hacia ella, hasta quedar nariz contra nariz: sus alientos se mezclaron en una única esencia. Exactamente lo mismo que quería para sus cuerpos. Fue precisamente eso lo que trocó su furia en una nube de deseo.

La sangre de dragón le rugía en las venas, reclamándola. Suspirando por ella.

—Dime una cosa… ¿aún te sigue gustando el peligro? ¿La aventura? —le preguntó, amenazador—. No lo niegues, porque yo sé que sí —añadió al ver que abría la boca para protestar—. Percibo esa necesidad dentro de ti. Puedo sentirla latiendo en tus venas ahora mismo…

Grace tragó saliva, nerviosa. Darius podía leer la consternación en sus ojos, pero también el deseo: una tormenta de deseo. Aquella mujer nunca sería feliz llevando una vida normal, corriente. Necesitaba la aventura, necesitaba realizar sus más osadas fantasías. Y, aunque sabía que era algo irracional, quería ser él quien le ofreciera la oportunidad de hacerlo.

Bajó la mirada a sus labios. Y se sorprendió a sí mismo cerrando la distancia que los separaba, hasta que sus bocas quedaron a unos pocos centímetros. Fue entonces cuando ella se levantó y le dio la espalda.

—Lo siento —se llevó una mano a los labios. Darius no había llegado a besarla, pero la sensación era casi la misma. De todas las cosas que él le había hecho sentir, ésa era precisamente la que más temía: aquel abrasador deseo que le suscitaba.

Aquella necesidad que sentía por él, por su contacto, por sus caricias, que amenazaba con hacerle olvidar lo único que, en aquel momento, debería importarle: su hermano.

Pero…

Cuanto más tiempo pasaba con Darius, más lograba distinguir, bajo su fría y dura coraza, el corazón del hombre vulnerable que era en realidad. Y eso le hacía desearlo todavía más. Y la asustaba. Un deseo tan intenso rozaba la obsesión. Ningún hombre debería ser capaz de ejercer ese poder sobre ella. Ningún hombre debería ser capaz de ocupar hasta el último de sus pensamientos…

La mayor parte de las mujeres habrían soñado con tener un hombre tan fuerte y sensual a su lado. Una semana atrás, ella habría participado de aquel sueño. Pero, en aquel momento, se sentía demasiado expuesta. Demasiado vulnerable.

—No estoy preparada para esto —le dijo—. Ni para ti. La otra noche, en Atlantis, todo me pareció absurdo, surrealista. Esto, en cambio, no. Esto es real. Y no estoy preparada. Además, la oportunidad es la menos adecuada. Mi primera preocupación tiene que ser mi hermano. Y no… mis propios deseos.

Mientras ella le desgranaba las razones por las que no debería acostarse con él, Darius repasó mentalmente las razones por las que debería hacerlo. Y sólo una de ellas importaba. «Es mía», pensó. Sus instintos habían intentado advertírselo: se lo habían gritado, de hecho, la última vez que la besó. La innegable atracción que desde el principio había existido entre ellos no tenía trazas de desaparecer; a esas alturas no le quedaba otro remedio que admitirlo. No olvidaría su juramento, desde luego, pero poseería a aquella mujer. Estaba decidido.

Se haría a sí mismo un favor, reflexionó, si la tomaba y se liberaba por fin de aquella creciente necesidad. Quiso abrazarla, pero se dominó. La poseería, sí, pero cuando fuera ella la que estuviera desesperada por hacer el amor con él. Cerró los puños. Gotas de sudor le perlaban la frente.

Necesitado de una distracción, se levantó y le quitó el diario de las manos. Grace lo fulminó con la mirada. De repente, Darius dejó el librito en un cuenco y le prendió fuego… con la boca.

Le sorprendió ver lo rápidamente que se apagó el fuego: debería haber durado mucho más. Sus poderes debían de estar debilitándose más de lo que había imaginado.

—Has escupido fuego… —exclamó Grace, atónita—. Has lanzado fuego por la boca…

—Sí. Ya te dije que era un dragón.

—Ya, pero no esperaba que… —Darius era realmente un dragón. La mera idea resultaba cómica… o debería haber resultado cómica. Todo aquello debería haber resultado cómico: Atlantis, los portales de niebla, los dioses.

Sin embargo, aquel último detalle se le antojaba excesivo. Habría esperado que su cerebro le gritara: «esto es demasiado. Me niego a admitir más fantasías». Pero, para su sorpresa, su mente no reaccionó de esa manera. Al contrario.

Jugueteando con las puntas de su pelo, soltó un profundo suspiro. Cuando era niña, su padre le había leído un cuento cada noche. Su favorito había sido la historia de un príncipe que había rescatado a una princesa de un fiero dragón. A ella, en cambio, nunca le había gustado aquel cuento. Siempre había querido que el dragón derrotara al príncipe enclenque para que la princesa pudiera montar en su lomo y surcar los cielos.

Y ahora tenía un dragón de verdad sentado a su lado, en su propia casa…

—¿Qué más puedes hacer? —le preguntó con voz ronca.

Darius se limitó a arquear una ceja, irónico.

—¿Y bien?

—Cuando estés preparada para escuchar la respuesta, quizá te lo diga. Hasta entonces… —se encogió de hombros.

—Bueno, si no me hablas de tus habilidades, al menos dime por qué has quemado el diario de mi hermano. Yo tenía intención de devolvérselo.

—No puede quedar ningún recuerdo de Atlantis —mientras hablaba, sus ojos se tornaron nuevamente de un azul hielo, como el de la niebla que custodiaba—. Tenía que decidir entre destruirte a ti o el libro. Y no sé si me habré equivocado.

Grace prefería el otro Darius, el Darius de los ojos color miel. El hombre que sabía estimular sus más osadas fantasías.

—Tienes que conseguir los chalecos —le dijo él, cruzando las manos sobre el pecho.

—¿Qué chalecos?

—Los que me prometiste que comprarías en la cueva. Los que nos protegerán de sus armas.

Era cierto: se lo había prometido. Con un suspiro, se dirigió a su habitación y encendió el ordenador. Minutos después, con Darius todo el tiempo detrás de ella, apoyadas las manos en los brazos de su sillón, encontró un sitio web especializado en armas y otros equipos.

—Me gusta esto —dijo él—. El ordenador.

Teniéndolo tan cerca, le resultaba imposible concentrarse.

—Cada chaleco cuesta doscientos cincuenta dólares —le explicó, removiéndose en su asiento. Pensó que quizá debería conectar el aire acondicionado: de repente tenía la piel acalorada, ardiente—. ¿Quieres que compre uno?

—¿Uno? No, quiero veinte. Ahora mismo.

—¡Veinte! ¿De dónde sacarás el dinero?

—Tendrás que pagarlos tú.

«Por supuesto», se dijo, irónica.

—Los querrás de tamaño extra grande, supongo —aquello iba a llamar la atención del FBI, estaba segura. Pero Darius quería los chalecos, y sus deseos eran órdenes. De todas formas, se estaban ayudando el uno al otro. Formaban un equipo.

Grace pagó el encargo con su tarjeta de crédito. Pagó también doble tarifa para que recibieran los chalecos al día siguiente.

—Llegarán mañana por la mañana.

—Quiero visitar a los Argonautas. Después compraremos balas y me enseñarás a usarlas.

Parecía un dictador. Estúpidamente, se preguntó si se comportaría igual en la cama. Lo miró de reojo: no tenía la menor duda.

Tragando saliva, apagó el ordenador y giró el sillón para volverse hacia él.

—¿Crees que ellos me ocultaron algo?

—Quizá sí. Y quizá no.

Con lo cual se quedaba como estaba. Pero Grace tenía sus sospechas. Aquellos hombres no eran tan inocentes como parecían. No podían serlo, y se odió a sí misma por no haberse dado cuenta antes.

—Si nos marchamos ahora, quizá podamos estar allí dentro de una hora.

—Aún no —se inclinó sobre ella, apoyando las manos sobre los brazos del sillón. La miró de los pies a la cabeza, devorándola, como si pudiera ver su cuerpo a través de la ropa—. Primero te bañarás. Rápido.

Se ruborizó hasta la raíz del pelo.

—¿Me estás diciendo… —la vergüenza casi le impidió terminar la frase— que huelo mal?

—Tienes manchas de suciedad aquí… —le tocó una mejilla con un dedo— y aquí —le señaló el mentón—. Por muy hermosa que me parezcas tal como estás, pensé que tal vez te apetecería lavarte un poco.

¿La consideraba hermosa? ¿Lo era acaso? Grace casi se derritió en su asiento. La mayor parte de los hombres la encontraban demasiado regordeta. Y pecosa.

—No tardaré mucho —con las piernas temblorosas, se levantó para dirigirse a su dormitorio. Cerró de un portazo.

Sólo por si acaso Darius estuviera pensando en entrar y meterse con ella en la bañera, echó el cerrojo. Luego apoyó la espalda en la puerta, jadeando.

Tendría que rezar para que no se le ocurriera quemar la puerta con su aliento…

13

Alex Carlyle tenía frío y calor al mismo tiempo.

Un solo guardián lo empujó dentro de su nueva celda: no necesitó ayuda, porque estaba demasiado débil para resistirse. Las drogas que le habían inyectado sus captores seguían obrando su efecto. Lo dejaban quejumbroso, aturdido y dependiente. Incluso desinteresado por escapar.

O quizá fueran los vampiros los culpables de su debilidad: estaban autorizados a alimentarse de su sangre cada vez que quisieran, siempre y cuando no acabaran con su vida. Casi deseaba que lo hicieran de una vez...

Durante meses no había hecho otra cosa que respirar y vivir para Atlantis. Hasta que finalmente había conseguido la prueba de su existencia. Lo irónico era que, a esas alturas, ya no le importaba nada.

Se estremeció. La habitación estaba fría. ¿Por qué, entonces, le ardía la piel? Se sentó en el duro suelo. Un nuevo temblor le recorrió la espalda, como la caricia de unos dedos de uñas largas y afiladas.

Una mujer fue introducida de pronto en la celda. La puerta se cerró inmediatamente a su espalda.

Alex cerró los ojos, demasiado cansado para preocuparse por eso. Segundos después, unas manos pequeñas y delicadas lo sacudieron suavemente de los hombros. Abrió los ojos y se encontró con el rostro bellísimo y etéreo de Teira.

—¿Me necesitas? —le preguntó ella.

Había perdido las gafas, pero no las necesitaba para distinguir el brillo de preocupación de sus ojos castaños. Tenía las pestañas más largas que había visto en su vida. La melena rubia le llegaba hasta la cintura.

No era la primera vez que la veía. Teira insistía en que también ella era una prisionera, como él. Los dos habían sido «acompañados» a tantos lugares diferentes que Alex no tenía la menor idea de dónde se encontraban.

Aquella nueva celda estaba absolutamente desnuda, como si alguien hubiera arrancado hasta los revestimientos de las paredes.

—Estoy bien —mintió—. ¿Dónde estamos ahora?

—En mi casa.

Su casa. Suspiró profundamente. Algún lugar de Atlantis, entonces. Eso si acaso le estaba diciendo la verdad… Todavía no sabía si podía creer una sola palabra de las que salían de aquella preciosa boca…

Ya no sabía en quién podía confiar y en quién no.

Últimamente lo habían traicionado todos. Cada miembro de su equipo, por ejemplo, revelando tanto su localización como sus intenciones por unos pocos cientos de dólares. El hombre que había contratado para que lo guiara por el Amazonas había resultado ser un mercenario. Y ahora tenía que entendérselas con Teira.

Era una mujer hermosísima, pero la belleza solía esconder un cúmulo de mentiras. Y en ese momento estaba demasiado preocupada por él, se mostraba demasiado curiosa… Quizá la habían enviado para que le sonsacara información sobre el medallón, pensó irritado. ¿Por qué otra razón la habrían encerrado en la misma celda con él? Soltó una carcajada sin humor.

Por lo demás, Teira no era su tipo. Él prefería a las mujeres que se maquillaban mucho, que llevaban ropa ajustada y provocativa: mujeres que se marchaban justo después de hacer el amor, sin el menor escrúpulo. Y si no hablaba con ellas durante el acto, mejor todavía.

En cambio, las mujeres como Teira le daban miedo. En lugar de maquillaje y ropas ajustadas, lucían un aire de encanto e inocencia que lo enervaba.

Había pasado demasiados años cuidando a su padre enfermo, temeroso de abandonar la casa no fuera a necesitarlo para una emergencia. Se había apartado todo lo posible de las mujeres. Por ello, el simple pensamiento de permanecer atado a una le daba náuseas. Sus captores deberían haberlo encerrado con una morena de aspecto lascivo. Entonces sí que habría hablado…

Apretó la mandíbula. Nunca debió haberse apropiado de aquel medallón. ¿Qué habría hecho Grace con él? ¿Y por qué diablos se lo había enviado a ella? No había querido involucrarla: simplemente no había sido consciente de la gravedad del peligro hasta que ya había sido demasiado tarde. No sabría qué hacer si llegaba a resultar herida... Sólo había tres personas que verdaderamente le importaran, y Grace figuraba a la cabeza de la lista. Su madre y tía Sophie ocupaban los lugares segundo y tercero.

Teira volvió a sacudirlo suavemente. Tenía los dedos helados. Y le castañeaban los dientes.

—¿Qué es lo que quieres? —le espetó Alex.

La mujer se estremeció, pero no se apartó.

—¿Me necesitas? —volvió a preguntarle. Su melodiosa voz era como una risa de primavera.

—Estoy bien.

—Te ayudaré a entrar en calor.

—No necesito tu maldita ayuda. Retírate al otro lado de la celda y déjame en paz.

Sus inocentes rasgos palidecieron mientras se retiraba.

Alex experimentó una punzada de decepción. Nunca se lo diría, nunca lo admitiría en voz alta, pero le gustaba tenerla cerca. Su aroma, delicioso como una tormenta de verano, lo reconfortaba... aunque le asustaba al mismo tiempo. Ella no era su tipo, pero más de una vez se sorprendía a sí mismo mirándola, anhelando tocarla, abrazarla...

Como si hubiera percibido aquellos secretos anhelos, la mujer volvió a su lado y le acarició con dedos temblorosos la frente, el puente de la nariz, la mandíbula...

—¿Por qué no me dejas que te ayude?

Alex suspiró, saboreando su caricia aun a sabiendas de que debía detenerla. Probablemente había cámaras ocultas por alguna parte, y no quería que nadie pensara que había acabado cediendo a las seducciones de aquella mujer.

—¿Tienes alguna idea de lo que me están inyectando?

—No.

—Entonces no puedes ayudarme.

Con la punta de un dedo, Teira empezó a trazar extraños símbolos sobre la piel de su mejilla. Una intensa concentración nublaba sus rasgos.

Alex dejó poco a poco de temblar. Sentía cada vez menos frío. Sus músculos se relajaron.

—¿Te sientes mejor? —inquirió ella.

Se las arregló para encogerse de hombros, con gesto indiferente. ¿Qué símbolos le había dibujado sobre la piel? ¿Y cómo había podido ayudarlo con aquella simple caricia? Sin embargo, era demasiado testarudo para preguntárselo.

—¿Por qué no te gusto? —le susurró, mordiéndose el labio inferior.

—Claro que me gustas —no estaba dispuesto a reconocer que, sin su ayuda, habría podido morir.

Sus captores, los mismos que le habían perseguido por la jungla, le habían dado un trato brutal. Le habían golpeado y drogado; habían estado a punto de drenarle la sangre… Se estremecía de sólo recordarlo. Y siempre Teira había estado a su lado, esperándolo, consolándolo. Reconfortándolo con su tranquila fortaleza y dignidad.

—¿Cómo es que te han encerrado a ti también aquí? —le preguntó, para arrepentirse inmediatamente de sus palabras. No quería ver cómo el engaño afeaba su belleza mientras tejía una telaraña de mentiras. Sabía perfectamente por qué estaba allí. ¿O no?

Lentamente, Teira se tendió a su lado y le pasó un brazo por la cintura. Aquella mujer anhelaba el contacto físico con fruición, desesperadamente, como si se lo hubieran negado desde siempre. Y Alex mentiría si dijera que no le agradaba sentir su menudo cuerpo apretado contra el suyo...

—Ellos mataron a mi hombre y a todo su ejército. Yo intento... ¿cómo se dice? —frunció levemente el ceño mientras buscaba la palabra.

La miró fijamente a los ojos. Como siempre, no descubrió duplicidad alguna en ellos.

—¿Vencerlos?

—Sí. Quiero vencerlos. Derrotarlos.

Tanto si se creía su historia como si no, no le gustaba imaginársela atada a otro hombre. Y todavía le gustaba menos que aquello le importara tanto.

—No sabía que habías estado casada.

Teira desvió la mirada. Parecía irradiar tristeza y desesperación por todos los poros. Cuando volvió a hablar, su dolor era como una cosa viva.

—Nuestra unión terminó demasiado rápidamente.

Alex se sorprendió a sí mismo tomándole la mano por primera vez. Apretándosela en un gesto de consuelo.

—¿Por qué lo mataron?

—Para controlar el Portal de niebla que custodiaba y robarle sus riquezas. Incluso aquí, en esta celda, arrancaron las piedras preciosas de las paredes. Lo echo de menos —añadió en tono suave.

«Para controlar el Portal de niebla que custodiaba...». Alex había sabido desde el principio que Teira procedía de Atlantis... pero no que había sido esposa de un Guardián. Se sentía como un estúpido. Era lógico que la mantuvieran viva: ella debía de conocer secretos que nadie más debía saber.

En ese momento contempló el precioso rostro de Teira bajo una nueva luz.

—¿Cuánto hace que desapareció tu… —le costó pronunciar la palabra— marido?

—Semanas ya. Muchas semanas —alzó una mano para delinear con un dedo el dibujo de sus labios—. ¿Me ayudarás a escapar?

«Escapar». Qué bien sonaba aquella palabra. Había perdido toda noción del tiempo y ni siquiera sabía cuántos días llevaba encerrado. O cuántos meses.

Se tumbó de espaldas: el movimiento le arrancó un gemido de dolor. Teira no perdió el tiempo en apoyar la cabeza en el hueco de su hombro y cruzar una pierna sobre la suya.

—Tú estás tan solo como yo —dijo ella—. Lo sé.

Se adaptaba perfectamente a su cuerpo. Demasiado. Como si hubiera sido moldeado específicamente para adaptarse a cada curva, a cada ángulo del suyo. Y, ciertamente, se sentía solo. Permaneció durante un buen rato mirando al techo. ¿Qué iba a hacer con aquella mujer? ¿Sería una canalla despiadada que sólo quería su medallón y que estaba dispuesta a vender su cuerpo para conseguirlo? ¿O acaso era tan inocente como parecía?

—Háblame de ti.

Ella le había hecho la misma petición un millar de veces antes. Decidió que no perdería nada por darle alguna información sobre sí mismo. Nada importante. No le mencionaría a Grace, por supuesto. No se atrevería. Su amor por su hermana podría volverse en contra suya, y eso no estaba dispuesto a permitirlo.

—Tengo veintinueve años —le dijo a Teira. Apoyó una mano sobre su cabeza y hundió suavemente los dedos en su pelo—. Siempre me han gustado los coches rápidos —y las mujeres rápidas: pero eso prefirió no decírselo—. Nunca he estado casado y no tengo hijos. Vivo en un apartamento del Upper East Side, en Manhattan.

—Man-hat-tan —pronunció ella, como saboreando la palabra—. Sigue.

—A cualquier hora del día o de la noche, hay multitud de gente en las calles. Los edificios se elevan hasta el cielo. Las tiendas y las panaderías no cierran nunca. Es el lugar donde todos los deseos pueden ser satisfechos.

—Mi gente rara vez sube a la superficie, pero Manhattan parece un lugar que podría llegar a gustarme.

—Háblame de tu hogar.

Una expresión nostálgica asomó a los ojos de Teira: de dorados como eran, se tornaron de un cálido color chocolate. Se arrebujó aún más contra él.

—Estamos dentro de un palacio dragón, aunque nadie podría adivinarlo por el estado de esta celda… Está rodeado por completo de agua. Hay flores de todas clases. Y muchos templos de dioses —de repente cambió a su lengua nativa—. Lo que pasa es que la mayoría los hemos olvidado… Porque nos hemos olvidado de nosotros mismos, hemos sido olvidados.

—Lo siento, pero eso último no lo he comprendido…

—Oh, he dicho que me gustaría enseñarte mi mundo.

No, Alex sabía que había dicho otra cosa, pero lo dejó pasar. Qué fantástico sería poder viajar por

Atlantis. Si conociera a sus habitantes, estudiara sus hogares, paseara por sus calles y se empapara de su cultura, podría incluso escribir un libro sobre sus experiencias. Podría... se estremeció al darse cuenta de que estaba divagando de nuevo.

—Ojalá pudiera hacerte comprender mi lengua —dijo Teira—. Pero mis poderes no son lo suficientemente fuertes y no puedo lanzarte un conjuro —se interrumpió mientras deslizaba un dedo por su mandíbula—. ¿Quién es Grace?

Horrorizado, se apartó bruscamente de ella. Levantándose con esfuerzo, se acercó a la jarra de agua que había en una esquina y bebió. Sólo entonces se volvió para fulminarla con la mirada.

—¿Dónde has oído ese nombre?

Temblorosa, Teira se abrazó las rodillas.

—Lo dijiste tú mientras dormías.

—Pues no vuelvas a pronunciarlo. Nunca más. ¿Entendido?

—Lo siento. No quería molestarte. Yo sólo...

En ese momento se abrió la puerta.

Entraron tres hombres: uno llevaba una mesa pequeña, otro una silla y el tercero una bandeja de comida. Un cuarto se reunió con ellos, portando un rifle con el que apuntó a Alex.

Teira temblaba de miedo. Cada día, esos mismos hombres le llevaban a Alex la comida: un simple mendrugo de pan, queso y agua. Cada día la sacaban a ella fuera de la habitación, para que comiera solo. Y cada día ella luchaba contra ellos, forcejeaba, gritaba. Alex siempre había dado por supuesto que esa resistencia no era más que una simple actuación, que se la llevaban para preguntarle qué era lo que había logrado sonsacarle...

Pero, en ese momento, cuando la miró, lo que vio en sus ojos fue un brillo de puro terror.

La mesa ya estaba dispuesta para Alex. El guardián que acababa de montarla se volvió hacia Teira para agarrarla firmemente de un brazo. Esa vez no protestó: simplemente se quedó mirando a Alex, como suplicándole en silencio que la ayudara.

—Es hora de que te quedes sola por un rato, corazón —le dijo el hombre.

Tanto si Teira trabajaba o no para aquella gente, Alex tomó conciencia de que su miedo era1 real. Que no era fingido.

—Déjala en paz —le espetó al guardián, al tiempo que agarraba a Teira del otro brazo.

Otro de los guardias se apresuró a acercarse y Alex sintió un fuerte golpe en una sien. Se le nubló la vista. Le flaquearon las rodillas y cayó al suelo.

Teira soltó un grito e intentó ayudarlo, pero Alex contempló horrorizado cómo la abofeteaban. Vio que giraba bruscamente la cabeza hacia un lado, con un hilillo de sangre en los labios.

La furia se apoderó de él: una furia ciega que le hizo sacar fuerzas de flaqueza. Con un rugido, se abalanzó sobre el hombre que la había pegado. Los otros tres se lanzaron a su vez sobre él y lo redujeron.

—¡Alex! —gritó Teira.

«Levántate», le gritaba su cerebro. «¡Ayúdala!». Se estaba levantando cuando sintió un pinchazo en un brazo. Una familiar sensación de calor lo invadió: un calor tranquilizador, relajante. El dolor de huesos desapareció. De repente ya no sentía la boca tan seca. Cuando le soltaron, se derrumbó en el suelo sin gana alguna de luchar.

A Teira se la llevaron.

Cerró los ojos y dejó vagar la mente. Unos pasos resonaron en sus oídos, conforme los hombres fueron abandonando la habitación.

Fue entonces cuando escuchó un nuevo ruido de pasos. Acercándose.

—¿Has disfrutado de la mujer? —le preguntó una voz familiar.

Alex luchó contra la nube que envolvía su cerebro y parpadeó varias veces. Unos ojos castaños lo miraron: los mismos ojos castaños que pertenecían a su jefe, Jason Graves. Jason se daba un aire de importancia que resultaba casi palpable. Llevaba al cuello un medallón de dragón.

Entrecerró los ojos. Nunca había tenido a Jason por amigo, pero había sido un empleado fiel y de confianza durante los cuatro años que había trabajado para él. De repente experimentó el violento y amargo sabor de la traición…

De alguna forma lo había sospechado, pero la evidencia de aquella traición no dejó de sorprenderlo. «Nunca debí haber robado ese medallón», pronunció una vez más para sus adentros.

—No quiero que me acusen de ser poco hospitalario —dijo Jason, con un brillo de engreída superioridad en la mirada.

Sintió una renovada punzada de furia. El problema era que su cuerpo se negaba a colaborar.

—¿Qué le estás haciendo a Teira?

—Nada que no vaya a disfrutar, eso te lo aseguro.

Si hubiera tenido un arma a mano, lo habría matado en aquel preciso instante.

—Haz que vuelva —gruñó—. Ahora mismo.

—Primero tú y yo vamos a tener un *tête-à-tête*.

Alex cerró los ojos, impotente.

—¿Qué es exactamente lo que quieres de mí, Jason?

—Llámame «amo». Todo el mundo aquí lo hace —se sentó en la silla, frente a la mesa, y destapó la bandeja de comida.

Un sabroso aroma flotó en el aire, haciendo salivar a Alex. Aquello no era el pan y el queso que había esperado… ¿Cuánto tiempo había pasado desde la última vez que había comido algo tan delicioso?

De repente soltó una carcajada. ¿Qué importaba? Aquella comida no era para él.

—¿Y si en lugar de «amo» te llamo «canalla»?

—Hazlo y te estrangularé con tus propias tripas —replicó Jason en tono tranquilo—. Y después le haré lo mismo a Teira.

—Amo, entonces —«canalla», pronunció en silencio mientras se esforzaba por sentarse en el suelo y cruzaba los brazos sobre el pecho.

Jason hundió el tenedor en lo que parecía un plato de pasta.

—Hasta ahora te has mostrado muy cerrado con nosotros, Alex.

—¿Qué quieres decir?

—Tu hermana, Grace —Jason empezó a comer. Cerró los ojos y masticó lentamente, paladeando el sabor—. La foto que tienes en tu despacho es de una niña de diez años.

La inquietud de Alex se transformó en verdadero terror.

—¿Y qué? —fingió un tono indiferente.

—Encontramos a una tal Grace buscándote por la selva. Es guapa tu hermanita —comentó Jason mientras lamía la nata de su tenedor.

Alex intentó levantarse, cerrar los dedos en torno al cuello de Jason… Pero su cuerpo se negaba a colaborar. A medio camino, volvió a derrumbarse en el suelo.

—¿Dónde está? —jadeó—. ¿Le has hecho daño?

—Por supuesto que no —replicó Jason, haciéndose el ofendido—. ¿Qué clase de hombre crees que soy?

—No te gustaría que te lo dijera —se pasó una mano por la cara—. ¿Dónde está?

—No te preocupes. La dejamos que volase de vuelta a Nueva York. Está a salvo… por el momento. Le mandamos un e-mail de tu parte, confirmándole que te encontrabas bien. Y por el bien de ella, espero que se conforme con eso.

—Déjala en paz.

—Eso dependerá de ti —apoyando los codos sobre la mesa, se inclinó hacia él—. ¿Dónde está mi medallón, Alex? —su tono era cada vez más duro, más áspero.

—Ya se lo dije a tus hombres: lo perdí. No sé dónde está.

—Yo creo que mientes —sosteniendo una rodaja de piña con dos dedos, la mordió. El líquido empezó a resbalar por las comisuras de sus labios, hasta la barbilla. Luego se limpió delicadamente con la servilleta, en un exagerado gesto de aristócrata sureño.

—¿Para qué lo quieres, por cierto? Ya tienes uno nuevo.

—Los quiero todos.

—¿Por qué? No son de oro, ni de plata. Sólo de filigrana de metal. No tienen más que un valor decorativo.

Ambos sabían que mentía.

Jason se encogió de hombros.

—Esos medallones proporcionan a sus dueños un poder increíble… aunque todavía no hayamos descubierto la manera de aprovecharlo debidamente. Pero al tiempo —añadió, confiado—. Abren también cada puerta de este palacio, ofreciéndonos un verdadero festín de riquezas. Tú habrías podido participar de esto, ¿sabes? Al final habría acabado pidiéndote ayuda, pero escogiste trabajar contra mí.

—¿Crees acaso que puedes robar alegremente a toda esa gente y luego salir indemne? —resopló, incrédulo—. Son los hijos de los dioses. Yo, al menos, sólo quería estudiarlos.

—No, tú querías sacarlos a la luz. ¿Y crees que eso les habría reportado algún bien? ¿Crees que el mundo entero habría podido resistirse a venir aquí y robar toda esta sobreabundancia de tesoros? —esa vez fue Jason quien resopló—. Para responder a tu pregunta, yo no creo que pueda robarles alegremente todos esos tesoros. Yo sé que puedo. Porque lo he hecho. Y con mucha facilidad, además.

Alex sacudió la cabeza ante tamaña arrogancia.

—Supongo que vas a decirme cómo lo has hecho. Está claro que te mueres de ganas.

Jason le lanzó una mirada dura. Pero su presunción pudo más que su furia.

—Antes de penetrar en el portal de Florida, eché gas tóxico suficiente para dormir a un ejército. Luego envié a mis tropas. Hubo algunos muertos en nuestro bando: las bajas eran de prever. El Guardián de la Niebla era muy poderoso, pero nada pudo hacer contra el fuego de las ametralladoras.

—¿Qué pasó con sus hombres? Según el *Libro de Ra-Dracus*, cada Guardián cuenta con un ejército de dragones en su palacio.

—Ah, el *Libro de Ra-Dracus...* —con gesto arrogante, Jason levantó su copa y bebió un trago—. ¿Te he dado ya las gracias por la adquisición de ese libro? Me cambió la vida.

—Tú me lo robaste —lo acusó Alex, entrecerrando los ojos.

—Por supuesto. Al igual que tú me robaste a mí. Qué ironía, ¿verdad? —sonrió, engreído—. Cometiste el error de redactar tus notas en tu ordenador. Y yo vigilo a todos mis empleados. Cuando averigüé exactamente lo que tenías, decidí apoderarme de ello. Así que pagué a alguien para que me lo consiguiera.

—Yo te robé el medallón, sí, pero siempre tuve intención de devolvértelo. Pensaba que ni siquiera eras consciente de su valor.

—Oh, claro que lo sabía —se rió—. He estado vaciando lentamente este palacio de cada joya, de cada pieza de oro, de cada tela suntuosa... y vendiéndolo en la superficie. ¿Cómo te crees que me he podido permitir mis nuevas instalaciones? ¿O esta ropa que llevo ahora mismo? —se interrumpió, alzando la barbilla—. Y pienso hacer lo mismo con el otro palacio dragón. Pero nos estamos desviando del tema. ¿Que cómo conseguimos acabar con el ejército de dragones? De la misma manera que logramos encontrarlos. *Libro de Ra-Dracus.* Descubrimos que los debilitaba el frío y las balas. Rápido y sencillo.

—Eres un monstruo —susurró Alex, horrorizado por lo que había hecho Jason... y por todo lo que le quedaba por hacer.

—¿Un monstruo? Ni hablar. Ésos que moran en Atlantis sí que son monstruos. De hecho, déjame decirte una cosa sobre Teira, la dulce Teira que tanto quieres proteger. Es una dragón. Un engendro —lo vio palidecer y asintió con gesto satisfecho—. Veo que sabes de lo que estoy hablando.

—Yo he leído el Ra-Dracus en su integridad.

—Entonces sabrás lo que pasa cuando enfureces a un dragón... Se transforma en bestia. Una bestia asesina.

—Si Teira es un dragón, ¿por qué no ha cambiado? ¿Por qué no se ha liberado a sí misma? —se interrumpió—. ¿Y por qué no te ha matado a ti?

—Ella ha visto lo que nuestras armas le han hecho a su gente, y nos teme. El miedo convierte en sumisa a la más feroz criatura.

—O quizá no se rebele por el frío que tú mantienes aquí. La debilitas porque eres tú quien tiene miedo de ella.

Con los ojos entrecerrados, Jason replicó:

—Los dragones pueden pasar días, semanas sin comer. Hasta que de repente les acomete un hambre irrefrenable. ¿Sabes lo que comen cuando llega ese momento, Alex?

Tragó saliva. No lo sabía, pero podía adivinarlo.

—Comen lo primero que tienen a la vista —respondió el propio Jason, recostándose en la silla—. ¿Y sabes lo primero que verá Teira cuando le acometa esa ansia de comer? A ti, Alex. No tendrá que metamorfosearse en dragón. Sólo tendrá que empezar a morder.

Alex sacudió la cabeza, aturdido.

—Ella no me hará ningún daño —no sabía cuándo había empezado a considerar a Teira una aliada. Ni cuándo había empezado a perder su animosidad contra ella. Sólo sabía que la suya era la única ternura que había conocido durante aquellas últimas semanas.

—Eres tan confiado. Tan estúpido... —se rió Jason—. Yo conozco su naturaleza, y sé sin la menor duda que cuando llegue el momento, se dará un festín con tu cuerpo porque tú serás la única comida que tendrá a mano. Puede que ella misma no quiera, que se odie por ello, pero lo hará.

—¿Por qué estás haciendo todo esto? ¿Para qué tomarte tantas molestias? Mátame ya y terminemos de una vez.

—Dime dónde está el medallón y te dejaré en libertad. Me olvidaré de todo lo sucedido.

«Mentiroso», estuvo a punto de gritarle Alex. Se sentía cada vez más aletargado. Cerró los ojos.

—No sé dónde está —su propia voz le sonaba lejana, perdida.

—¿Necesito recordarte que puedo amenazar a tu madre? ¿A tu tía? ¿A tu hermana? A Patrick, uno de los hombres que encontraron a Grace, nada le gustaría más que abrirle las piernas antes de matarla...

Alex era incapaz de levantar los párpados: le pesaban demasiado. Dijo débilmente:

—Si alguien se atreve a tocar a un miembro de mi familia, yo...

—¿Tú qué? —le preguntó Jason, burlón,

No respondió. No podía hacer nada. Allí no, al menos, intoxicado por las drogas, debilitado por la pérdida de sangre. Dormir: sólo quería dormir.

—Ya hemos registrado tu casa, la de Grace e incluso la de tu madre. Nadie ha resultado herido. Pero eso puede cambiar en un instante, Alex. Se me está acabando la paciencia —Jason se levantó, rodeó la mesa y se puso en cuclillas delante de él. Agarrándolo del pelo, lo obligó a alzar la cabeza—. ¿Entiendes?

—Sí —susurró con voz ronca.

—Eres patético.

Le soltó. Alex cayó hacia atrás y se golpeó la cabeza contra el suelo. Perdió la conciencia.

¿Cuánto tiempo había pasado desde que la dulce fragancia del mar había invadido sus sentidos? No lo sabía. Pero cuando volvió a abrir los ojos, Teira estaba acurrucada a su lado, durmiendo plácidamente.

Instintivamente, se apartó cuando las palabras de Jason asaltaron su cerebro. «No tendrá que metamorfosearse en dragón. Sólo tendrá que empezar a morder».

De repente, vio que abría los ojos y esbozaba una soñolienta sonrisa... que no pudo por menos que conmoverlo.

Pero cuando estudió la expresión de Alex, la sonrisa se borró de sus labios.

—¿Qué pasa?

Mientras la miraba, su anterior temor desapareció. Teira tenía un moratón en la cara, apenas visible bajo una mancha de barro.

—Nada —alzó una mano para acariciarle tiernamente la mejilla—. ¿Cuánto tiempo he estado durmiendo?

Ella se encogió de hombros.

—¿Qué te han hecho? —le preguntó, bajando la mano hasta su mentón.

—No me han hecho nada —le aseguró—. Creo que tienen miedo de hacerse daño.

Alex se rió: un ronco rumor que reverberó en su pecho. Parecía tan dulce y delicada que resultaba difícil imaginársela como un terrorífico dragón...

—¿Cómo te sientes? —la preocupación brillaba en sus ojos dorados.

—Mejor —mucho mejor ahora que ella estaba allí. Pero sabía que los temblores volverían—. Teira —suspiró—. Siento haberte tratado tan mal —hijo como era de un impecable caballero sureño, se avergonzaba del comportamiento que había tenido hacia ella. Vivía en Nueva York, sí, pero como todo buen caballero, seguía cediendo el paso a las damas y nunca consentía que le pagaran una comida o una cena—. Creía que trabajabas para ellos, pero eso no es ninguna excusa.

—Me gusta estar contigo.

Su confesión lo agradó, le reconfortó como un cálido abrigo de invierno... Seguía sin ser su tipo, pero lo atraía igualmente. Una potente atracción que ya no podía disimular más. Ni quería.

—A mí también me gusta estar contigo —admitió.

Vacilando, Teira lo besó en los labios. Lo que no había sido nada más que un beso casto, de puro consuelo, Alex lo convirtió en otra cosa cuando la obligó a abrir la boca y deslizó la lengua en su dulce interior.

Al principio, ella se tensó. Pero cuando se relajó, fue como si enloqueciera de repente. Tomó a su vez la iniciativa y deslizó también la lengua en su boca, gimiendo, hundiendo los dedos en su pelo...

El aire entre ellos pareció crepitar, como sentía Alex crepitar la sangre en sus venas. El cuerpo de Teira se apretaba contra el suyo. Alegremente habría corrido a la muerte si hubiera podido morir con el sabor de aquella mujer en la boca: se deleitaba en su fragancia, dulce y sin culpa, como el más puro océano, diferente del de cualquier otra mujer que hubiera conocido.

Con un gemido, la agarró de la cintura y la sentó encima de él, a horcajadas. No le importó que pudiera haber cámaras observándolos. No le importó que no fuera la mujer adecuada para él. La necesidad que sentía por ella era demasiado grande. Profundizó el beso, continuando con la exploración de su boca. Permitió que sus dedos trazaran un ardiente sendero todo a lo largo de su espalda, hasta cerrarse sobre sus nalgas, que apretó contra su dura erección.

Jadeó su nombre, y en el instante en que lo hizo, ella pareció olvidarse de su apresuramiento. Se apartó para mirarlo. Sus miradas se enlazaron, ávidas: sus alientos se mezclaban.

—¿Alex?

Le temblaron las manos cuando le apartó tiernamente el cabello de la cara.

—Sí, Teira —«Dios mío, sí», pronunció para sus adentros. Su voz sonaba baja y ronca: en ello no tenían nada que ver las drogas, y todo la mujer que tenía en los brazos.

Teira se mordió el labio inferior antes de susurrarle al oído:

—Puedo llevarnos a los dos a la libertad.

Alex se interrumpió para asimilar sus palabras.

—¿Cómo?

Una irónica sonrisa se dibujó en sus labios.

—Yo robé el medallón.

Alex sonrió también. Y se echó a reír. Podrían escapar juntos. Lo que significaba que iba a pasar los próximos días con aquella mujer en la cama... que era lo único que le importaba en ese momento.

14

Darius no dejaba de mirar a su alrededor.

Edificios tan altos que se perdían en el cielo… un cielo que era ancho y abierto, lleno de nubes, no de cristal ni de agua. Colores, había tantos colores… brillaban en los carteles de publicidad, se mezclaban en las masas de gente que circulaban a su lado. Incluso el sol brillaba con todos los tonos de amarillo, naranja y oro. Pero lo que más le impresionaba era la multitud de aromas que impregnaba el aire.

Aquella sobrecarga de sus sentidos resultaba extrañamente reconfortante.

Aquel lugar no poseía la verde exuberancia de su hogar, pero Nueva York resultaba atractiva y cautivadora a su modo. Un lugar que parecía convocar a la bestia que habitaba dentro de él… al igual que Grace.

Cuando todo aquello terminara… Pero no, no podía pensar eso. No podía permitirse imaginar a Grace en su futuro. Debía poner fin a aquello.

Algunos de sus hombres habían rodeado el palacio de Javar, para impedir que los humanos pudieran extender su círculo de violencia. Aun así... cerró los puños. El simple hecho de que aún siguieran vivos resultaba ofensivo.

—Pronto estaremos allí —le dijo Grace, a su lado—. ¿Te encuentras bien? Estás pálido.

Se había cambiado de ropa después del baño: estaba como para comérsela. La blusa verde mar destacaba sus senos, y el pantalón azul celeste... Estaba absolutamente cautivadora, mágica. Como una ola del océano: habría podido ahogarse en ella y habría muerto feliz.

—No te preocupes por mí.

—Podrías teletransportarnos a donde están los Argonautas y ahorrarnos el paseo —le dijo ella—. Me muero de ganas de interrogarlos.

Darius también estaba ansioso por interrogarlos, pero no podía teletransportarse por la ciudad. Para ello, antes tenía que visualizar su objetivo. Y no conocía en absoluto aquella zona, pensó, mirando nuevamente a su alrededor. Tenía la frente perlada de sudor y se la secó una vez más.

El sol continuaba castigándolo, como si brillara más a cada paso que daba. Su cuerpo solía soportar bien el calor, pero en ese momento luchaba contra una creciente sensación de laxitud. Se tambaleó cuando su pie tropezó con un saliente de la acera. Esbozó una sonrisa irónica. Despreciaba la debilidad de cualquier tipo; especialmente la suya.

—A ti te pasa algo —observó Grace, cada vez más preocupada. Lo tomó del brazo.

Darius se liberó bruscamente y continuó andando en la dirección que ella le había señalado antes. La preocupación de una mujer era algo con lo que no sabía arreglárselas muy bien. O no podía.

Ceñudo, siguió andando. Quería recuperar su antigua y tranquila existencia, sin emociones ni sentimiento alguno. De repente sintió una punzada de dolor: el dolor más fuerte que había experimentado jamás. Se dobló sobre sí mismo, maldiciendo a los dioses…

—¡Darius! —gritó ella, agarrándolo nuevamente del brazo—. ¡Cuidado!

Sonó un bocinazo. Un coche pasó velozmente a su lado.

Un taxi estuvo a punto de atropellarlo; aterrada, Grace consiguió empujarlo por fin a la acera.

—Darius, háblame. Dime qué es lo que te pasa… —temerosa de soltarlo, lo obligó a que la mirara—. No nos moveremos de aquí hasta que me lo digas.

—Mi tiempo aquí se está acabando.

Lo observó detenidamente. Estaba tenso, con los labios crispados.

—Eso ya me lo habías dicho antes. ¿Qué podría pasarte si te quedaras demasiado tiempo?

Se encogió de hombros. Transcurrió un segundo tras otro, pero no se movió. No hablaba. Simplemente miraba a la gente que continuaba pasando a su lado. Hablando, riendo. Algunos discutiendo.

—Mírame, Darius. Por favor, mírame.

Bajó poco a poco la vista, desde los tejados de los edificios hasta los carteles de neón, para posarla finalmente en ella. Cuando sus miradas se anudaron, Grace se quedó asombrada. En sus ojos veía de repente tantas cosas… Cosas que le desgarraban el corazón. Veía dolor, y rastros de culpa y de tristeza. Y, debajo de todo ello… ¿desesperanza?

—Cuando volvimos de la cueva —le dijo—, estabas débil y pálido, pero después de beber la limonada te sentiste mejor. Si me esperas aquí, puedo conseguirte algo de comer.

La culpa brillaba en su mirada, y Grace se preguntó por su origen. Pero vio que asentía lentamente con la cabeza, y su preocupación por él se impuso a todo lo demás.

—Esperaré.

Grace entró corriendo en una panadería. Un delicioso aroma a grano de café recién molido impregnaba el aire. Ocupó su lugar en la cola. Cuando le llegó el turno, pidió una botella de agua y una barrita de cereales para ella, y un café con un sabroso bollo de chocolate para Darius.

Cargada con el vaso y la bolsa de papel, se reunió nuevamente con Darius. No se había movido del sitio donde lo había dejado. Seguía estando demasiado pálido.

—Toma —le entregó el bollo y el café—. Vamos. Comeremos mientras caminamos.

Darius echó a andar y bebió un sorbo de café. Recuperó parte de su color y su paso se hizo más fluido. En un determinado momento, se quedó mirando el bollo como si no supiera por dónde empezar a comerlo.

Ella lo observó mientras masticaba su insípida barrita de cereal.

—Cómetelo.

—Parece barro.

—¿Sabes? Sólo por lo que has dicho te mereces comerte lo que me estoy comiendo yo… —se le ha-

207

bía hecho la boca agua de mirar el chocolate. Le puso su barrita en la mano y le confiscó el bollo.

—Devuélvemelo.

—Ni muerta.

—Tengo hambre.

—Y yo.

Estaba a punto de darle el primer mordisco cuando Darius se lo quitó.

—Es mío —declaró y le devolvió la barrita—. Dime una cosa: si tanto te gusta… ¿por qué no te has comprado uno?

—Porque… —renunció a explicárselo y bebió un trago de agua.

—¿Todas las mujeres de la superficie hacen eso? ¿Rechazan comer aquello que más les apetece?

Grace volvió a tapar la botella.

—No pienso hablar contigo. Me has amenazado, me has maltratado, me has hechizado. Y ahora, además… —mientras pronunciaba las palabras, pestañeó asombrada.

¡Por supuesto! Un conjuro mágico era lo que explicaba aquel irrefrenable deseo que sentía por Darius... así como el hecho de que se sorprendiera a sí misma pensando en él cuando debería estar pensando en la manera de encontrar a su hermano. Tenía que haberle lanzado un nuevo conjuro: el del deseo.

Vio que una sonrisa de diversión asomaba lentamente a sus labios: la primera que había esbozado. Sus ojos se tornaron de un delicioso color dorado.

—¿Me deseas?

—No, no te deseo —gruñó. Le ardían las mejillas—. Ya sospechaba que eras capaz de tan despreciable hazaña…

Su mirada parecía proclamar que sabía exactamente lo que pensaba. Y lo que sentía por él.

—Si no tuviéramos tantas cosas que hacer hoy, te llevaría ahora mismo a tu casa, dulce Grace, y exploraríamos juntos ese conjuro que crees que te he lanzado. Muy, pero que muy meticulosamente…

Cuando terminó de hablar, mordió al fin su bollo… y se quedó quieto. Absolutamente inmóvil. Masticando lentamente, con los ojos cerrados. Cuando volvió a abrirlos, le brillaban con una sensación de gozo cercana al orgasmo.

—Sí, sí. Ya lo sé —rezongó Grace, que ya se había terminado la barrita—. No es barro.

El sabor resultaba asombroso, y le ayudó a recuperar parte de su vigor. ¿Cómo había llamado Grace a aquella especie de ambrosía? ¿Chocolate? Ciertamente no era tan deliciosa como la propia Grace, pero se acercaba…

Durante mucho tiempo no había saboreado nada, y ahora lo saboreaba todo. Sabía que Grace era la responsable de ello, la catalizadora; lo que no sabía era cómo. O por qué. Y no estaba mucho más cerca de la respuesta que al principio. Pero no le importaba. Le maravillaban todas aquellas nuevas experiencias.

Volvió a morder el bollo y advirtió que Grace tenía clavada la mirada en sus labios. Se le hizo un nudo en el estómago. ¿Querría saborearlo a él… o la comida que estaba comiendo? Probablemente la comida, pensó irónico. Había estado a punto de morderle la mano cuando le quitó aquella ambrosía. De repente le había recordado un dragón femenino después de una larga abstinencia…

—¿Te gustaría compartir esto conmigo? —le preguntó.

Grace gimió como si acabara de invitarla a hacer realidad sus sueños más preciados. Más secretos.

—No —el monosílabo sonó áspero, como si se lo hubieran arrancado de la garganta.

Obviamente quería probarlo, pero entonces… ¿por qué se reprimía? Antes de que pudiera apartarse, le acercó el bocado a los labios.

—Abre la boca —ordenó.

Obedeció automáticamente. Y luego se quedó sin aliento. Mientras lo masticaba, soltaba gemidos de placer… como si estuviera disfrutando en la cama. Darius sintió que se le calentaba la sangre, concentrándose en su sexo. Cuánto deseaba a aquella mujer… Sus reacciones a ella se estaban volviendo cada vez más rápidas, más automáticas. Y más intensas.

En lo que a Grace se refería, se comportaba como una verdadera fiera: primitivo, bestial. Tan pronto ansiaba hacerle el amor con lentitud, con ternura… como al momento siguiente deseaba todo lo contrario: violenta, frenéticamente.

Necesitaba saciarse en ella. Pronto.

Grace cerró los dedos sobre su mano, sosteniendo el resto del bollo.

—Oh, Dios mío… —pronunció con los ojos cerrados—. Está tan rico…

Al primer contacto de sus dedos, una especie de rayo recorrió su brazo. Se apartó bruscamente de ella. Anhelaba tomarla de la nuca para darle un beso duro, ávido, húmedo… Pero no lo hizo. Apretando los dientes, continuó andando. Cada vez más rápido.

No podía perder la concentración. Ya vencería sus resistencias después, una vez que hubiera aprendido lo máximo posible sobre ella y sobre los humanos. Maldijo para sus adentros.

—No vayas tan rápido —le pidió Grace al cabo de unos pocos minutos.

Lanzó una mirada sobre su hombro y descubrió que tenía una mancha de chocolate en el labio inferior. Antes de que pudiera evitarlo, estiró un brazo y se la limpió con un dedo. Lo retiró rápidamente: de haber prolongado el contacto, habría acabado desnudándola. Penetrándola.

—¿Quieres ir más despacio? —insistió ella. Tenía que correr para seguirle el paso—. Ya he hecho suficiente ejercicio físico durante estos últimos días.

—Podrás descansar cuando hayamos cumplido nuestra misión.

—Yo no soy uno de tus hombres. Y tampoco te seré de gran ayuda si me desmayo.

Darius aminoró el paso.

—Gracias. Ni siquiera ayer, cuando me pareció que me estaban siguiendo, me puse a andar tan rápido.

Darius se detuvo en seco.

—¿Te siguieron? ¿Quién? ¿Hombre o mujer? ¿Te hicieron algo?

—No estoy segura. Un hombre, creo, aunque no llegué a verlo. Y no, no me hizo nada.

—Entonces podrá vivir un día más.

Mirándolo, Grace se había quedado sin aliento por una razón que nada tenía que ver con el ejercicio físico. El sol doraba los rasgos de Darius. Cuando la miraba con aquella intensidad… sentía cosas raras en el estómago. Y en la cabeza. Le entraban ganas, por ejemplo, de lanzarse a sus brazos, de deslizar la lengua dentro de su boca, de frotarse contra él, contra todo él, y olvidarse del resto del mundo…

—Montaré guardia a tu lado —le dijo mientras

miraba a su alrededor, explorando la zona—. Si ese hombre vuelve a acercarse hoy a ti, lo eliminaré. No tendrás que preocuparte de nada.

Grace asintió, luchando contra un involuntario estremecimiento. A pesar de todo, o quizá precisamente por ello, sabía que Darius la protegería. Reanudaron la marcha y él continuó observándolo todo, empapándose de cada detalle.

Si a alguien se le ocurría seguirlos, Darius se daría cuenta. Y entonces…

Grace casi sentía lástima por el tipo, quienquiera que fuera.

15

Sólo transcurrieron dos minutos antes de que Darius la arrastrara hasta una tienda de recuerdos, empujando a la gente para abrirse paso.

—Lo siento, señora… —se disculpaba Grace—. Y usted también, perdone… —volviéndose hacia él, le preguntó en voz baja—: ¿Qué estás haciendo?

El fiero brillo de sus ojos azul hielo le provocó una punzada de aprensión.

—Tenías razón. Te están siguiendo —se volvió para mirar sobre su hombro—. Y aún te siguen.

—¿Qué? —exclamó Grace en el instante en que él la escondió detrás de una hilera de camisas. Ese día no había sentido ninguna presencia amenazadora.

—Me habría dado cuenta antes —explicó Darius, irónico, con la mirada clavada en la ventana—, pero mi mente no estaba en lo que tenía que estar.

—¿Qué hacemos? ¿Cómo es?

—Un humano. Bajo. Lleva una especie de abrigo, pese al calor del día.

Grace intentó distinguir algo, por encima del hombro de Darius.

—¿Puede vernos?

—No, pero nos está esperando en la puerta de la tienda.

—Salgamos por la puerta de atrás. No se enterará y...

—No —Darius hundió las manos en los bolsillos, giró las muñecas y sacó dos dagas. La anchura de sus antebrazos evitaba que el público viera las hojas, pero ella sabía que estaban ahí... —. Quiero tener una conversación con ese hombre,

Estupefacta, horrorizada, fue incapaz de pronunciar palabra.

«¡Dios mío!», exclamó para sus adentros. Aquello iba a ser un baño de sangre.

—No puedes matar a nadie —susurró, y miró a su alrededor, frenética. Los turistas los estaban mirando como si fueran la principal atracción de aquella mañana—. Por favor —añadió en tono suave—, esconde las dagas antes de que alguien las vea...

—No —replicó en tono frío.

—Tú no lo entiendes. Esto...

—No, Grace —la fulminó con la mirada—. Eres tú la que no lo entiende. Compra algo de la tienda. Ahora.

Demasiado nerviosa para pensar en lo que compraba, Grace eligió al azar una miniatura en plástico del edificio del Empire State. Después de pagarla, recogió la bolsa y acompañó a Darius hasta la puerta.

—Buena elección —comentó él—. Podrás usarlo como arma. Para clavárselo en los ojos, por ejemplo.

¿Clavárselo en los ojos? Grace se quedó sin aliento. No le importaba su spray: era un arma de autodefensa, por el amor de Dios. Pero usar una miniatura del Empire State para cegar a alguien...

«Yo sólo soy una asistente de vuelvo disfrutando de un permiso», pensó aturdida. «Yo no voy por ahí atacando a la gente...».

Darius debió de percibir su inquietud, porque se detuvo nada más salir de la tienda. Volviéndose hacia ella, le dijo:

—Te dejaría aquí si pudiera, pero el conjuro que nos une nos lo impide.

—¿Sabes? Creo que no es en absoluto necesario tener esa conversación con esa persona —la frase sonaba absurda incluso a sus propios oídos, y esbozó una mueca. Pero no quería que Darius resultara herido o tuviera problemas con la ley—. Ya he visto suficientes películas y leído suficientes novelas como para saber que la mejor decisión es la retirada y...

—Y a veces la mejor decisión es precisamente la equivocada.

—Cuando te pedí que me ayudaras a encontrar a Alex, nada más lejos de mi intención que ponerte en peligro...

La expresión de Darius se suavizó al oír aquello. Pero en seguida volvió la punzada de culpa.

—Puede que ese hombre tenga información sobre tu hermano. Tal vez fue él quien robó el medallón. ¿Realmente quieres que lo deje en paz?

—No —respondió en tono suave. Y añadió con mayor firmeza—: No.

—No me pasará nada. Y a ti tampoco.

—De todas formas, usaremos la violencia únicamente como último recurso, ¿de acuerdo?

—Como quieras —consintió, reacio—. Pero yo te impondré a mi vez otra condición: quiero que te quedes todo el tiempo detrás de mí. Y no vuelvas a hablar hasta que yo te dé permiso. De lo contrario, me distraerás.

Resistiendo el impulso de entrelazar los dedos con los suyos, lo siguió. Una cálida brisa les dio la bienvenida mientras caminaban. Al principio, Grace pensó que Darius querría disimular, pero se equivocaba: en realidad se dirigió directamente al hombre del abrigo marrón, que estaba contemplando un escaparate cercano.

El hombre debió de ver su reflejo en el cristal, porque echó a correr a toda velocidad.

—Corre, Grace —le ordenó Darius, y salió en persecución del hombre.

Una fuerza invisible pareció impulsarla detrás de Darius. Sus pies apenas tocaban el suelo, mientras volaba, literalmente volaba, detrás de él. ¡La culpa la tenía aquel maldito hechizo!

Darius persiguió al hombre sorteando coches, personas, mesas... Gruñidos irritados y exclamaciones de sorpresa resonaban en los oídos de Grace, confundidos con su propios jadeos, ¿Qué era eso? ¿Una sirena de policía? Le ardían los pulmones. Siguió corriendo mientras empuñaba la miniatura del Empire State.

Si seguía haciendo tanto ejercicio, quizá podría lucir una envidiable figura para finales de mes...

Finalmente, Darius agarró a su objetivo por el pescuezo. Luego, levantándolo en vilo con una sola mano, lo llevó a un callejón cercano. Una vez allí lo soltó de golpe y el hombre fue a aterrizar con el trasero en el suelo.

Darius se plantó delante, fulminándolo con la mirada.

Detrás de ellos, Grace se dobló sobre sí misma mientras se esforzaba por recuperar el aliento. Si sobrevivía a aquel día, pensaba recompensarse con un buen helado, o quizá con un donut bañado en chocolate… O quizá con ambos a la vez.

Cuando se incorporó, descubrió sorprendida a un grupo de hombres apiñados contra la pared. Vestían harapos, estaban sucios y asustados. Eran vagabundos, gentes sin hogar. ¿Pensarían acaso que Darius y su perseguido habían entrado en aquel callejón para atacarlos?

Forzando una sonrisa, entregó a uno de los hombres la miniatura del Empire State… ya que no pensaba clavárselo en los ojos a nadie… y acto seguido echó mano de su cartera. Sacó varios billetes. Nada más ver el dinero, los vagabundos perdieron todo interés por Darius.

—Para ustedes —murmuró mientras les entregaba los billetes a cambio de que se marcharan de allí.

Muy a su pesar, experimentó una punzada de emoción por la situación que estaba viviendo. Era increíble. Esquiar en Aspen no la había emocionado. Hacer parapente en México tampoco. No podía ser. Más bien, lo que debía de estar sintiendo en ese preciso momento era miedo. Miedo, por ejemplo de que la policía apareciera de un momento a otro para llevárselos a los dos.

—Si me tocas, gritaré —pronunció el hombre al tiempo que se levantaba del suelo.

Darius arqueó las cejas.

—¿Tan cobarde eres? ¿Primero te escondes y ahora te pones a gritar?

—Ponme una mano encima y te detendrá la policía.

Darius lo agarró por los hombros y, cruzando los brazos, acercó las puntas de las dagas a su cuello.

Fue entonces cuando Grace pudo mirar detenidamente al hombre… y lo reconoció. Se quedó estupefacta.

—¿Patrick? —dijo cuando al fin encontró la voz. Aquel hombre trabajaba para su hermano: incluso la había acompañado al barco—. ¿Qué es todo esto? ¿Por qué me estabas siguiendo?

Hubo un silencio.

—Responde a sus preguntas —exigió Darius. Al ver que seguía resistiéndose a hablar, incrementó la presión de sus dagas.

—No me matarás.

—Tienes razón. No te mataré. Con las dagas, al menos —las soltó y cerró las manos en torno a su cuello—. Morirías demasiado rápidamente…

—Yo… yo no la estaba siguiendo, lo juro —balbuceó, con el rostro cambiando lentamente del blanco al rojo, y por último al morado. Manoteaba y daba patadas, perdida su anterior altanería. Se ahogaba.

Grace miraba a uno y a otro, con los ojos desorbitados. La intimidación era una buena táctica para conseguir lo que querían, pero ella sabía que Darius estaba haciendo mucho más que eso. Realmente era capaz de matar a Patrick sin el menor escrúpulo.

—Estás mintiendo, y no me gustan los mentirosos —masculló Darius en tono rabioso—. Sé quién eres. Fuiste tú quien tocó a Grace mientras estaba durmiendo.

—No, no, yo no….

—Te vi hacerlo —le enseñó los dientes.

¿Y esos colmillos? Grace se estremeció al ver aquellos largos y puntiagudos incisivos. Sólo entonces registró el significado de lo que acababa de oír.

—¿Que me tocó? —con las manos en las caderas, le espetó a Patrick—. ¿Dónde me tocaste?

Estaba roja de furia.

—No pudiste haberme visto —le dijo Patrick a Darius—. Tú no estabas en el barco…

No, Darius no había estado en el barco, pero tampoco lo había necesitado. Grace se dio cuenta entonces de que había usado su medallón con ella, al igual que lo había hecho con Alex.

Patrick seguía forcejeando desesperado. Hasta que le flaquearon las piernas y dejó caer las manos a los costados.

—Yo no le hice ningún daño… tú lo sabes.

—Tocaste a mi mujer —un brillo de escamas verdes empezó a dibujarse en su piel—. Sólo por eso quiero matarte.

Grace sintió que se le detenía el corazón. Estaba tan sorprendida por aquellas escamas de dragón como por la frase que acababa de pronunciar. ¿Ella era su mujer?

Se obligó a concentrarse en Patrick: estaba moviendo los labios, pero de ellos no salía sonido alguno.

—Creo que está intentando decirnos algo, Darius.

Transcurrieron todavía unos segundos antes de que aflojara la presión de sus dedos.

—¿Tienes algo que decir?

—Yo… Sólo necesito respirar… un momento.

—Se suponía que estabais buscando a mi hermano —le dijo Grace—. ¿Cómo es que no estás en Brasil?

—Es posible que Alex esté muerto. Encontramos evidencias en ese sentido después de que tú te marcharas. Lo siento.

Si Darius no le hubiera mostrado la prueba de que Alex vivía, en ese momento se habría arrojado al suelo y se habría puesto a sollozar. No le preguntó a Patrick nada al respecto; tampoco le echó en cara que no la hubieran avisado. Estaba harta de mentiras. Entrecerró los ojos.

—Puedes matarlo si quieres.

Darius le lanzó una rápida y sorprendida mirada, como si no hubiera escuchado bien. Sonrió lentamente.

—Lo que esta mujer quiere… yo se lo daré.

—No puedo deciros nada. Si lo hago, lo perderé todo, maldita sea… ¡Todo!

—¿Entonces prefieres perder la vida?

Darius aumentó la presión de sus dedos. Patrick abrió y cerró la boca varias veces, sin aire. Grace, por su parte, se arrepintió de lo que acababa de hacer. Desear una muerte y ser testigo de ella eran cosas por completo diferentes.

Le puso una mano en el brazo a Darius:

—He cambiado de opinión. Démosle una oportunidad.

Miró su mano y luego la miró a los ojos, sin soltar a Patrick. El azul hielo de sus ojos se había vuelto casi blanco.

—Suéltalo, por favor —subió la mano por su hombro y le acarició la mejilla—. Hazlo por mí.

No sabía por qué había añadido aquellas últimas palabras, y tampoco si funcionarían. Sin embargo, el color volvió poco a poco a los ojos de Darius, tornándolos de un castaño dorado.

—Por favor… —insistió.

Justo en aquel momento, soltó a Patrick. El hombre se desplomó sobre el suelo de cemento, jadeando. Tenía el cuello rodeado de manchas rojizas, que se fueron volviendo moradas. Darius y Grace esperaron durante un rato, en silencio.

—¿Por qué estabas siguiendo a Grace? —le preguntó al fin Darius—. No te daré otra oportunidad de contestar, así que piensa bien lo que dices.

Patrick cerró los ojos y se apoyó en la pared, sin dejar de frotarse el cuello.

—El medallón —dijo con voz ronca, quebrada—. La seguía por el medallón.

—¿Por qué? —cada músculo del rostro de Darius estaba en tensión—. ¿Qué esperabas hacer con él?

—Mi jefe… él quiere vuestras joyas. Eso es todo.

Darius se tensó aún más.

—¿Cómo sabes que soy de Atlantis?

—Tú eres como los demás, los que… —se interrumpió en seco—. Mira, a mí sólo me encargaron vigilar a Grace, averiguar adónde iba y con quién hablaba. Pero no iba a hacerle ningún daño. Te lo juro.

—Danos un nombre —exigió Grace, aunque ya conocía la respuesta.

Patrick soltó una amarga carcajada, como si no pudiera creer que todo aquello estuviera sucediendo.

—Os lo daré, pero… ¿sabéis una cosa? Es mejor que os preparéis para lo peor. Ese tipo es el más codicioso que he conocido, y es capaz de hacer cualquier cosa, lo que sea, para conseguir lo que quiere.

—Su nombre —insistió ella.

—Jason Graves —se interrumpió, y añadió en tono gruñón—. El jefe de Alex. El propietario de Argonautas.

Grace se estremeció de temor: los Argonautas, Jason… Todo estaba empezando a encajar en su cerebro. Temblando por dentro, tomó a Patrick de la barbilla y lo obligó a que la mirara directamente a los ojos.

—¿Jason Graves tiene cautivo a Alex?

Patrick asintió reacio.

—¿Dónde? ¿Aquí, en los Estados Unidos? ¿En Brasil?

—En diferentes lugares. Nunca demasiado tiempo en un mismo lugar.

—¿Estaba en Brasil cuando yo estuve allí? ¿Era por eso por lo que teníais tanta prisa en mandarme de vuelta a casa? —se preguntó por qué no le habían hecho nada a ella. Tenía que haber una razón.

—No queríamos involucrarte en los asuntos de la compañía. Esperábamos que volvieras y te dedicaras a contar a todo el mundo que estábamos haciendo todo lo posible por encontrar a Alex. Aparte de eso, te juro que yo tengo tanta idea como tú de dónde puede estar tu hermano.

—¿Cuándo lo hicieron prisionero?

—Hará unas pocas semanas… Se suponía que tenías que encontrar el e-mail que te enviamos para que dejaras de buscarlo. ¿Por qué no lo hiciste?

Grace no se molestó en responderle. Hacía una semana que Alex le había enviado aquella postal.

222

Debió de escapar, pero seguramente después volvieron a capturarlo. ¡Su pobre hermano!

—¿Qué piensa Jason hacer con él? ¿Matarlo? ¿Liberarlo?

—¿Quién sabe? —replicó, pero la verdad estaba allí, en sus ojos. Alex no sería liberado. Vivo no, al menos—. Por lo último que he oído, estaba bien.

Grace se volvió hacia Darius.

—Tenemos que ir a la policía. Contarles lo que está pasando.

—¿La policía? ¿Qué es eso? —cuando ella se lo hubo explicado, sentenció, rotundo—: No. No meteremos a nadie más en esto.

—Pero ellos nos ayudarán. Nos…

—Sólo conseguirían entorpecer nuestra búsqueda. Yo no podría usar mis… habilidades especiales. Encontraré a tu hermano solo.

Le estaba pidiendo que confiara en él ciegamente, que pusiera la vida de su hermano en sus manos. ¿Podría? ¿Se atrevería?

Grace bajó la mirada al suelo.

—Dime una cosa… ¿qué harás con esa policía tuya? —le preguntó Darius—. ¿Les contarás que Atlantis no es ningún mito y que tu hermano confiaba en encontrarla? ¿Les confesarás que tú misma has viajado hasta allí? ¿Atraerás de esa forma a más gente a mi tierra, para que nos compliquen aún más la vida?

Grace cerró los ojos por un segundo, suspirando. ¿Se atrevería a confiar en él?, volvió a preguntarse. Sí. Ningún otro hombre habría sido más competente. Tenía poderes mágicos.

—Sí, confío en ti. No le contaré nada a la policía.

Se limitó a asentir con gesto indiferente, pero

ella detectó un brillo de alivio en sus ojos. Luego concentró su atención en Patrick.

—Aléjate de aquí, Grace. Espérame detrás del edificio. No dudes ni hagas preguntas, por favor. Simplemente haz lo que te digo.

Temblando, Grace obedeció. Nada más doblar la esquina, oyó un gruñido y un golpe sordo. Perdió el aliento, pero no miró. «Era necesario», se dijo. Las acciones de Darius eran necesarias.

Con los ojos otra vez de un azul hielo, Darius se reunió con ella. Se tambaleó por un instante, y Grace lo agarró para sujetarlo. Había vuelto a palidecer.

—Te di mi palabra —le dijo mientras la tomaba de la cintura—. Hagamos una visita a ese tal Jason Graves.

16

Los Argonautas estaban instalados en una alta torre de cristal y níquel. Mientras subía en el lujoso ascensor hasta el piso cuarenta y tres, Grace no pudo evitar pensar que todo aquel dinero estaba manchado de sangre.

¿De verdad creía Jason que podía secuestrar a su hermano y salir luego impune? Cerró los puños. Por debajo de su furia, sin embargo, latía el temor. Recordaba el aspecto tan terrible que había tenido Alex en aquella imagen que había visto, débil y aterido de frío…

—Estoy asustada, Darius —susurró.

Darius permanecía extrañamente silencioso. Aunque su rostro había recuperado algo de color, seguía lívido y tenía las mejillas levemente hundidas.

A Grace no le gustaba ver cómo se debilitaba por momentos aquel hombre tan extraordinariamente fuerte y capaz. Y no porque temiera que en esas condiciones fuera a serle de menor ayuda, sino porque se preocupaba por él: le importaba. De repente, verlo en aquel estado era todavía peor que si le hubiera sucedido a ella...

El descubrimiento la dejó consternada, porque eso quería decir que...

«Oh, Dios mío», exclamó para sus adentros. No era simplemente que se preocupara por él: lo amaba. Soltó un gruñido, y Darius le lanzó una penetrante mirada.

Forzó una media sonrisa: de todas las estupideces que habría podido cometer, enamorarse de aquel poderoso guerrero había sido la mayor de todas.

Cuando le dijo a Darius que no estaba preparada para él... no le había mentido. Era demasiado intenso. Demasiado testarudo. Demasiado todo. Pero entonces... ¿cómo podía haber sucedido todo aquello?

«No te preocupes por eso ahora mismo», se aconsejó. «Sólo aliméntalo. Haz que recobre su fuerza». Le temblaban las manos cuando sacó del bolso una caja de pastillas de menta. Procurando no mirarlo a la cara, ya que no quería que supiera lo que estaba pensando... le tomó una mano. Tenía la palma áspera y seca, dura y callosa.

Pero él rechazó bruscamente su contacto.

Acto seguido, sin embargo, antes de que ella tuviera tiempo de reaccionar, le agarró a su vez la mano y entrelazó los dedos con los suyos.

—No seas tan condescendiente conmigo —le espetó ella al tiempo que intentaba liberar la mano. Acababa de darse cuenta de que lo amaba, y no quería tocarlo—. Para tu información, no quería tomarte la mano. Sólo quería darte una pastilla de menta.

—Quieta.

—Suelta…

—Cierra la boca o te la cerraré yo. Con la mía.

Entrecerrando los ojos, Grace alzó su mano libre y le metió varias pastillas de menta en la boca. Al final había sido ella la que le había cerrado la boca a él. Vio que fruncía el ceño mientras las masticaba; pero, lejos de soltarle la mano, se la estaba apretando…

Alguien detrás de ellos soltó una risita: sólo entonces se acordó Grace de los dos hombres con aspecto de ejecutivos con los que compartían el ascensor. Se atrevió a mirarlos y les ofreció una forzada sonrisa de circunstancias.

—Cuando estemos allí, déjame que hable yo —le dijo a Darius en voz baja—. No quiero que nadie sepa que sabemos lo que está pasando.

—Dejaré que hables tú, ya que se trata de tu gente —dijo en voz alta, despreocupado de la presencia de los ejecutivos—. Pero si no contestan a mi satisfacción, me veré obligado a actuar.

—No puedes amenazar a cualquiera que se niegue a responder a tus preguntas —le reprochó ella, sin alzar la voz—. O terminarás en prisión, en una mazmorra… o como quiera que tú lo llames.

—A veces, dulce Grace, tu inocencia me divierte. Como si alguien pudiera mantenerme encerrado a mí —de repente frunció el ceño—. ¿Este aparato no puede ir más rápido? Ya hemos perdido suficiente tiempo —con su mano libre, pulsó todos los botones.

El ascensor se detuvo en el siguiente piso. Y en el siguiente… y en el siguiente.

—Las escaleras habrían sido más rápidas —masculló uno de los ejecutivos, irritado.

Grace volvió a lanzarle otra sonrisa, esa vez de disculpa.

El hombre la miró ceñudo: evidentemente, le estaba echando la culpa de lo sucedido.

Como si ella pudiera controlar a un guerrero de casi dos metros que... «Oh, Dios mío», exclamó para sus adentros. Darius ya estaba mostrando los colmillos al pobre e inocente ejecutivo...

Cuando el ascensor volvió a detenerse, ambos sujetos se apresuraron a escapar.

—¿Has visto eso? —inquirió uno de ellos—. Tenía los dientes de sable...

Una vez que se cerraron las puertas, se hizo un denso y ominoso silencio. El ascensor continuó deteniéndose en cada piso. Y cuando alguien intentaba entrar, Darius volvía a enseñarle los colmillos, con lógicos efectos disuasorios.

A la cuarta parada, Grace tuvo una náusea y salió del ascensor, tirando de Darius. Estaban en la vigésimo novena planta.

—Perdón —se dirigió a la primera persona con la que se encontró, una mujer mayor que llevaba una bandeja de cafés—. ¿Dónde están las escaleras?

—Al final del pasillo. La última puerta a la derecha.

Sólo cuando llegaron a la escalera vacía, Grace volvió a hablar.

—Supongo que éste es un buen momento para que me informes sobre tus peculiaridades como dragón... —se mordió el labio inferior, nerviosa—. Necesito estar preparada... Sólo por si acaso.

Mientras subían, continuó agarrándole con fuerza la mano. Él no le pidió que lo soltase, y ella se permitió imaginar que si no lo hacía, era precisamente porque necesitaba aquel contacto tanto como ella. Porque estaban vinculados de una manera intangible, y aquel contacto físico reforzaba aquel vínculo.

—Los dragones podemos volar —le dijo él, suspirando.

—¿Con alas?

—¿Es que existe otra manera?

—No te pongas irónico. No tienes bulto alguno en la espalda que delate la presencia de alas o de cualquier otro tipo de… —se interrumpió para buscar las palabras adecuadas— instrumentos de vuelo.

—Están ocultas bajo la piel. Cuando las alas emergen, la piel se retrae. Quizá decida enseñártelo. Más tarde. Cuando estemos solos.

En su voz se traslucía la promesa de algo excitante y eróticamente perverso a la vez. De repente se lo imaginó sin camisa, se imaginó sus propios dedos recorriendo los músculos de su espalda. Se estremeció. Su aroma escogió aquel momento para envolverla, sumergiéndola en una marea de necesidad…

Tenía que cambiar de tema antes de que pudiera cometer alguna estupidez, como por ejemplo ignorar el mundo exterior y sus responsabilidades y llevárselo en aquel preciso momento a su casa.

—¿Hay humanos en Atlantis? —le preguntó.

—Algunos. Los dioses solían castigar a los humanos enviándolos a nuestra tierra. Al poco tiempo, los vampiros se comían a la mayoría.

—Qué horror —lo miró de reojo antes de volver a clavar la mirada en las escaleras—. ¿Has… eh… has tenido relaciones alguna vez antes con humanas? No es que esté diciendo que las tengas ahora, por supuesto —se apresuró a precisar—. Sólo quería decir… —apretó los labios.

Darius, en cambio, fue al grano del asunto.

—¿Por relaciones te refieres a acostarse?

—Si la pregunta no te ofende... bueno, sí.

—¿Estás segura de que quieres oír la respuesta?

Sí. No. Suspiró. Realmente quería saberlo.

—Sí.

—Sólo existe una humana con la que me encantaría irme a la cama, Grace, y tengo planes en ese sentido —le acarició la palma de la mano con el pulgar.

Corrientes de placer atravesaron su cuerpo. Inconscientemente, se sonrió.

Para cuando llegaron al piso cuarenta y tres, le ardían los músculos por la fatiga. Siempre había soñado con tener una perfecta talla seis, pero el esfuerzo que se requería para ello era demasiado grande. Una tortura. El «ejercicio»... era una palabra que estaba aprendiendo a aborrecer. Era todavía peor que la dieta baja en calorías...

Darius le abrió la puerta y ella pasó primero. Estaban en Argonautas. La moqueta era de color rojo burdeos y en las paredes colgaban cuadros de Picasso, Monet y Renoir. Había vigilantes apostados en las esquinas y videocámaras vigilando todos los ángulos. Una fuente que semejaba una pequeña cascada ocupaba el centro de la sala de espera.

Aquel canalla... Grace no albergaba ninguna duda de que Jason Graves podía permitirse todos aquellos lujos. Sintió una punzada de rabia. Cuando Alex comenzó a trabajar para Argonautas, el sueldo apenas le había llegado para pagar su pequeño apartamento de Brooklyn. Pero durante los últimos meses había estado ganando mucho más; de hecho, había podido trasladarse a otro mucho más caro en el Upper East Side.

Los Argonautas también habían abandonado sus modestas oficinas de Brooklyn para ocupar la planta entera de aquel rascacielos.

En un principio había pensado que aquel éxito había sido fruto de sus últimas investigaciones y asesorías. Ahora sabía la verdad. Jason Graves podía permitirse todos aquellos lujos porque había saqueado Atlantis.

Se dirigió al mostrador de recepción. Tres mujeres se encargaban de atender los teléfonos. La primera tenía el pelo negro y corto y era muy atractiva. A Grace le soltó una mirada ceñuda e impaciente, pero cuando vio a Darius detrás de ella, su expresión cambió radicalmente… ¡Aquel maldito atractivo suyo!

—Un momento, por favor —pronunció por su micrófono, interrumpiendo la conversación con su interlocutor—. ¿En qué puedo ayudarlo? —le preguntó a Darius.

Grace cerró los puños de rabia.

—Queremos ver a Jason Graves ahora mismo.

—¿Cuál es su nombre, señor?

—Darius Kragin.

Los dedos de la mujer volaron sobre el teclado. Sin levantar la mirada, volvió a preguntar:

—¿A qué empresa representa?

—Me represento a mí mismo.

La recepcionista terminó de teclear, leyó algo en la pantalla y finalmente le dijo, sosteniéndole la mirada:

—El señor Graves no está en este momento. Ha salido de viaje.

Grace se pasó una mano por la cara. Estaba harta de perder el tiempo y se le estaba acabando la paciencia.

—¿Para cuándo esperan que vuelva? —inquirió con mayor brusquedad de lo que había pretendido.

—Para finales de esta semana, quizá a principios de la siguiente. Si me deja su nombre y su número de teléfono, me aseguraré de avisarles en cuanto llegue.

—¿Qué me dice de su ayudante? ¿Está aquí?

—Supongo que se refiere a Mitch Pierce —apoyando los codos sobre el mostrador, entrelazó los dedos—. Sí, él sí que está.

Mitch… otro Argonauta que la había ayudado en la jungla. Grace experimentó otra punzada de furia, pero procuró disimularla.

—Nos gustaría verlo. Ahora.

La mujer arqueó una ceja y esbozó una sonrisa de superioridad.

—¿Tienen cita?

Grace abrió la boca para responder que no, pero al final cambió de idea. Admitir que no tenían una cita era la mejor manera de que les señalaran la puerta. Y sin embargo, si respondía que sí, la sorprenderían en una mentira…

—Mire, me llamo Grace Carlyle. Si Mitch se entera de que me ha impedido verle… le aseguro que tendrá usted que buscarse otro empleo.

La recepcionista pareció pensárselo.

—Intentaré conseguirle esa cita.

Tecleó en el ordenador con una mano mientras con la otra marcaba una serie de números en un teléfono. Una vez consultada la agenda del señor Pierce, colgó y miró a Grace:

—Les recibirá dentro de una hora. Pueden esperar si quieren en la sala de la izquierda.

—Gracias —repuso Grace. Procurando disimular

con poco éxito su sensación de triunfo, guió a Darius a la sala de espera. Estaban solos. Una redonda mesa de cristal ocupaba el centro, llena de libros y revistas; en la pared del fondo había un sofá y varias sillas. Todo muy elegante y muy caro.

Durante la espera soportaron varias visitas rápidas de los vigilantes de seguridad, que apenas asomaron la cabeza, sin llegar a entrar. Grace se puso a hojear varias revistas. En una de ellas había un reportaje sobre Jason Graves, con sus recientes descubrimientos y su también reciente enriquecimiento. El artículo mencionaba que había adquirido un edificio entero de apartamentos en Upper East Side con la intención de alojar a sus empleados. Era allí donde había vivido Alex hasta que desapareció...

Darius, mientras tanto, parecía reposar en el sillón, con las manos detrás de la cabeza y los ojos cerrados. Grace sospechaba que estaba conservando su fuerza y preparándose mentalmente para el inminente enfrentamiento con Mitch... única razón por la que no había irrumpido en las oficinas, exigiendo verlo. O quizá había puesto a su espíritu a vagar por el edificio, observando, explorando...

Finalmente una mujer, algo mayor y menos hostil que la recepcionista, entró para decirles:

—El señor Pierce los recibirá ahora. Si hacen el favor de acompañarme...

Grace se levantó rápidamente, seguida de Darius. Caminaron por un pasillo y doblaron una esquina. La mujer se detuvo entonces y les señaló la última puerta a la derecha.

En su recorrido, Grace leyó las placas de cada puerta: ninguna era la de su hermano. Se preguntó dónde estaría su despacho.

—¿Sabes una cosa? —le dijo a Darius en un susurro—. Me entran ganas de asesinar a estos Argonautas.

—No sabía que te gustara tanto la sangre… —una sonrisa sincera asomó a sus labios—. Intenta reprimir esas ansias hasta que hayamos interrogado convenientemente a ese tal Mitch.

—No te preocupes.

Al final del pasillo, el nombre de Mitch Pierce podía leerse en la placa de la puerta.

—Es ésta —dijo Grace, algo nerviosa. No sabía muy bien qué decir o qué hacer cuando lo viera…

Darius no se molestó en llamar. Simplemente, empujó la puerta y entró.

Mitch estaba sentado ante un gran escritorio de caoba, vacío de papeles. Era tal como lo recordaba Grace: aspecto atractivo, de anchos hombros y cintura estrecha, con un pelo ligeramente gris que le daba un cierto aire de distinción. Sólo una cosa llamó su atención: tenía la frente bañada en sudor.

Estaba nervioso.

«Muy interesante», pensó Grace. Paseó la mirada por el despacho, impresionada por su lujosa decoración: cuadros, jarrones, antigüedades de todo tipo.

Forzando una actitud indiferente, Mitch juntó las manos y apoyó los codos sobre la mesa. Había algo en sus ojos, algo que Grace no había notado antes… No tenían brillo. Era la mirada de la codicia. Le dedicó una sonrisa tan agradable como falsa.

—Me alegro de volver a verte, Grace. Tienes buen aspecto después de la dura prueba que pasaste en la jungla.

—Gracias —«canalla», lo insultó en silencio. No se molestó en decirle lo mismo.

—Por favor, toma asiento… —lanzó una nerviosa mirada a Darius—. ¿De verdad te pareció necesario traer a un guardaespaldas?

—Es un amigo.

—Entiendo. Bueno, tomad asiento los dos, por favor…

Darius se quedó de pie, con los brazos cruzados sobre su amplio pecho, ceñudo. Mitch sacó un pañuelo blanco para enjugarse el sudor de la frente.

Grace tampoco se sentó y permaneció al lado de Darius: sólo esperaba que no se le ocurriera enseñarle los colmillos… Desde luego, no había esperado que aquella reunión empezara con Mitch orinándose de miedo en los pantalones. El único momento en que, tal vez, le gustaría ver esos colmillos sería en la cama. Cuando estuviera desnudo, mirándola, deseándola…

«Por el amor de Dios, concéntrate», se ordenó.

—Muy bien, como queráis. ¿En qué puedo ayudarte, Grace?

—Darius —le dijo ella, consciente de lo mucho que lo intimidaba con su presencia—, empieza tú, ¿quieres?

—¿Dónde está tu jefe, Jason Graves?

—Fuera del país. Aún sigue en Brasil, me temo. De todas formas, yo estoy más que dispuesto a ayudaros en todo lo que necesitéis… —se rió, nervioso.

—Quiero saber por qué ordenaste a uno de tus hombres que siguiera a Grace.

Tragando nervioso, Mitch se recostó en su sillón. Tenía tanto miedo que ni siquiera intentó negarlo.

—Supongo que lo acorralasteis… ¿Puedo preguntar qué fue lo que os dijo?

—No nos contó nada —mintió Darius—. Sólo que tú lo habías enviado.

Mitch se relajó visiblemente.

—Si enviamos a alguien para que siguiera a Grace, fue precisamente para protegerla. Temíamos que algo le había sucedido a Alex y no queríamos que le pasara lo mismo a ella.

—Has dicho «temíamos», en pasado —le señaló Grace—. ¿Quiere decir eso que ya sabes que no le ha sucedido nada?

—No, no... Como te dije, todavía tenemos hombres buscándolo, tanto en Brasil como aquí. Yo he vuelto porque alguien tenía que dirigir la compañía. Pero no te preocupes: lo encontraremos.

—Estoy segura de ello.

—¿Es a eso a lo que has venido? ¿A preguntar por el estado de nuestras pesquisas sobre Alex? Deberías haberme llamado. Os habríais ahorrado el viaje.

—Estoy aquí porque me gustaría registrar su despacho. Si es posible.

—Oh, me temo que eso no puede ser... La entrada en los despachos está prohibida a las personas ajenas a la empresa. Para respetar la confidencialidad de los clientes y todo eso —soltó una risita nerviosa, en un intento por bromear—. ¿Estás buscando empleo, Grace?

—¿Me estás ofreciendo tú uno, Mitch? —arqueó una ceja.

—Siempre andamos necesitados de buenos empleados.

«Probablemente porque termináis matándolos», pensó Grace. Sintió a Darius tensarse a su lado y se preguntó si no habría pronunciado las palabras en voz alta...

—Cuando salgas —añadió Mitch—, pídele a la

recepcionista una solicitud. Si muestras la misma actitud que Alex, estaremos encantados de tenerte con nosotros.

—Me aseguraré de hacerlo. Por cierto, dime una cosa… si sospecháis que algo malo ha podido sucederle a Alex… ¿cómo es que aún no habéis llamado a la policía?

—No queremos involucrar a las autoridades mientras no dispongamos de una información más concreta.

«¿Como un cadáver, por ejemplo?», replicó Grace para sus adentros.

—¿Y qué habéis hecho hasta ahora para localizarlo?

—Jason podrá darte más detalles sobre ello cuando vuelva. Quizá deberías llamar tú misma a la policía.

De repente se le ocurrió algo, Mitch parecía querer que ella alertara a las autoridades… ¿Por qué? ¿Qué bien podría reportarle eso a él? A no ser que… ¿quizá para que ella quedara como una loca, una trastornada, una mujer enloquecida de preocupación por su hermano? ¿O, peor aún… incluso culpable de un crimen? Claro: echar la culpa a la hermana. Ésa podría ser la razón por la que la habían dejado marcharse de Brasil, la razón por la que la habían mantenido viva…

—Todavía no —le dijo a Mitch—. Pero quizá lo haga.

—Creo que eso sería lo más prudente —por primera vez le salió una sonrisa sincera—. Posibilidades sigue habiendo muchas. Eh… ¿os apetece algo de beber?

Con cuánta facilidad había pasado a las cortesías…

De repente le entraron ganas de ponerse a gritar, de soltarle a la cara que sabía que tenían a su hermano encerrado en algún lugar. Le habría encantado saltar sobre su escritorio y golpearlo...

Pero no podía hacer nada de eso. Si llegaban a sospechar que sabía la verdad, podrían acabar matando a Alex. Nunca en toda su vida se había sentido tan impotente.

—No, gracias —declinó su ofrecimiento en un tono tranquilo que a ella misma la sorprendió—. Pero sí que me gustaría hacerte algunas preguntas más. ¿Cuándo fue la última vez que supiste algo de Alex? —pensó que si seguía haciéndole hablar, quizá se le escapara inadvertidamente alguna información fundamental.

—Creo que ya he respondido a esa pregunta tuya... Hace varias semanas. Nos llamó para decirnos que se internaba en la jungla.

—¿Cómo se llama el hombre que encontró vuestro equipo de exploradores, el que había visto a Alex por última vez? Cuando me desperté en el barco, ya se había marchado, de modo que no tuve oportunidad de hablar con él —ahora sabía el motivo.

Mitch tragó saliva, azorado.

—Yo, eh... no lo recuerdo.

—¿No recuerdas el nombre de uno de tus empleados? ¿Los Argonautas no financiaron el viaje de Alex? ¿No tenéis listados ni registros de los hombres que contratáis?

—Nosotros no financiamos el viaje —se apresuró a replicar. Con demasiada rapidez—. Quizá Jason pueda decirte el nombre de ese hombre cuando vuelva.

—En la jungla, yo quería quedarme para seguir buscando a Alex. Pero vosotros me dijisteis que mi hermano ya había comprado un billete de vuelta a casa. ¿Sabes qué agencia o qué línea aérea utilizó?

Mitch soltó una tensa carcajada.

—Seré sincero contigo, Grace… no sé dónde está. Ojalá pudiera ayudarte, pero… —se encogió de hombros—. Podría estar en cualquier parte.

—Ya. Otra cosa. Mientras estuvisteis en la jungla… ¿os tropezasteis casualmente con… extrañas criaturas? ¿De tierras míticas?

—Yo… yo no sé de qué estás hablando.

«¡Mentiroso!», ansiaba gritarle Grace. Miró a Darius: su expresión era fría, distante, y sin embargo, ella tenía la impresión de que deseaba saltar sobre Mitch y despedazarlo.

Mitch debió de percibir lo mismo, porque se removía nervioso en su sillón. Para su sorpresa, Darius se puso a pasear por el despacho, curioseando las antigüedades con indolente actitud, como si no le interesaran demasiado.

—¿Sabes? No me caes nada bien —le espetó de pronto mientras examinaba una copa forrada de piedras preciosas—. Me recuerdas a un vampiro sediento de sangre.

Mitch se alisó su corbata azul.

—Eh… no existen los vampiros.

—Y los dragones tampoco, claro.

El hombre se puso lívido. Su mirada asustada viajaba de Darius a la copa.

—Claro que no —dijo con voz quebrada al tiempo que estiraba una mano hacia la antigüedad, como temiendo que la dejara caer al suelo.

Darius chasqueó la lengua y lanzó la copa al aire, la recogió y volvió a lanzarla. Cuando la recogió por segunda vez, pronunció en tono tranquilo:

—Dado que eres un incrédulo, lógicamente no tendrás que preocuparte de que un dragón pueda comerte vivo... —arqueó una ceja—. ¿Verdad?

Mitch se levantó entonces del sillón y apoyó las dos manos sobre el escritorio.

—Vuelve por favor a dejar eso en su sitio, si no quieres que avise a seguridad. Lo único que he hecho ha sido ayudarte, Grace, y así es como me lo pagas... Voy a tener que pediros a los dos que salgáis de aquí.

—Estos objetos me recuerdan algo... creo que los he visto antes en alguna parte —comentó Darius sin soltar la copa.

—En alguna revista de arqueología, seguro —Mitch lanzó una desesperada mirada a Grace—. Y ahora, por favor...—añadió— tengo trabajo que hacer.

Después de dejar la copa en su sitio, Darius recogió un colorido jarrón con dibujos de dragones.

—¿Dónde encontraste esto?

Hubo un silencio. Y una ligera tosecilla.

—En Madrid. De verdad, necesito seguir trabajando y...

—Pues yo juraría que pertenecía a un amigo mío. Quizá hayas oído hablar de él. Se llama... o se llamaba... Javar ta'Arda. Le regaló a su esposa, Teira, un jarrón idéntico a éste la víspera de su matrimonio.

—Creo que deberías dejarlo donde estaba —Mitch se humedeció los labios, nervioso—. Antes hablaba en serio cuando te dije lo de avisar a seguridad. No quiero hacerlo, pero lo haré si es necesario.

Darius dejó el jarrón en su lugar, pero justo en el borde del estante, en precario equilibrio.

—Como te estaba diciendo hace un momento, no me caes bien. Pero Grace me ha pedido que utilice la violencia únicamente como último recurso. De todas formas, puedo asegurarte una cosa: volveremos a vernos las caras.

Y dicho eso, abandonó el despacho. «Ése es mi hombre», pensó Grace, orgullosa.

—Que tengas un buen día, Mitch —se volvió para lanzarle una última mirada. Estaba tan pálido que parecía un fantasma... o un vampiro. Se había levantado a toda prisa del sillón para evitar que el jarrón terminara cayendo al suelo.

Estaba siguiendo a Darius cuando oyó el estrépito de la porcelana al romperse, seguido de un aullido... No pudo reprimir una sonrisa.

Perdido en la intensidad de sus tumultuosas emociones, Darius caminaba decidido con la vista clavada al frente, hacia la casa de Grace.

—¿Crees que Alex se encuentra bien? —le preguntó ella.

—Por ahora sí. Tiene algo que ellos quieren. De lo contrario, hace tiempo que lo habrían matado.

—¿Dónde crees que pueden tenerlo retenido?

—En Atlantis.

Aquello la hizo detenerse en seco. Tuvo que correr para alcanzarlo.

—Pero tú lo comprobaste. Me dijiste que no estaba allí.

—Y no estaba. En aquel entonces. La visión de Alex nos confirmó que, efectivamente, estaba en la superficie. Pero después de haber conocido a Mitch, sospecho que lo han trasladado.

—¿Cómo podemos saber con seguridad si lo están reteniendo en Atlantis? ¿Interrogando a Mitch? ¿Entrando por la fuerza en Argonautas?

—No —respondió él—. Es más que probable que encontremos todo lo que necesitamos en la residencia de Jason Graves —pero, más que eso, allanar el hogar de Jason le proporcionaría una información que le resultaría muy necesaria cuando tuviera que luchar contra él.

Enfrentarse con Jason. La expectación crecía por momentos.

—Tienes razón… Y teniendo en cuenta que está fuera del país, supongo que hoy es el día perfecto para que entremos en su apartamento.

—Lo haremos esta noche, al amparo de las sombras.

—Después de eso... —vaciló por un momento— ¿volverás a Atlantis?

—Primero tengo que conseguir esos chalecos.

Ya estaban ante la puerta, y Grace sacó la llave.

—Quiero acompañarte cuando regreses a Atlantis.

—No. Rotundamente no —vio que se disponía a replicar algo—. Entra en casa. Vamos —la empujó suavemente—. Yo vendré luego: hay algo que tengo que hacer antes.

Una violenta tormenta parecía agitarse en su interior. Necesitaba algún tipo de liberación, necesitaba planificar su siguiente movimiento. Pero, sobre todo, necesitaba distanciarse de Grace y de sus propios sentimientos hacia ella.

No le dio tiempo a hacerle más preguntas. Simplemente le cerró la puerta en la cara.

Quizá fuera su imaginación, o quizá no, pero en

su pantalla mental la vio acariciar la madera de la puerta con la punta de los dedos, entristecida. Evidentemente, estaba preocupada. No era la primera vez que se preocupaba por él, pero cada vez que lo hacía, Darius se conmovía un poco más, como si se ablandara por dentro.

Esperó a oír el ruido del cerrojo antes de alejarse unos metros. Le habría gustado explorar Nueva York, pero el conjuro le impedía alejarse demasiado de ella. Se quedó en el pasillo, paseando de un extremo a otro. De vez en cuando alguien pasaba a su lado y lo miraba con curiosidad, pero ninguno se atrevió a detenerse y preguntarle nada.

«Quiero acompañarte», le había dicho Grace.

Palidecía sólo de pensar en llevársela a su hogar, por mucho que el corazón se le llenara de gozo al mismo tiempo. Qué no habría dado por haber podido tener a Grace en su cama, desnuda y dispuesta para él…

Al día siguiente tendría que marcharse. Tenía momentos de fuerza extraordinaria, y momentos de absoluta debilidad. Descubriera lo que descubriera, consiguiera lo que consiguiera, tendría que volver a su hogar por la mañana. En caso contrario, dudaba que le quedaran fuerzas suficientes para viajar a través de la niebla. Y aun así, todavía faltaba tanto que hacer…

Aún tenía que matar a Grace.

¿Podría hacerlo, sin embargo? ¿Podría hacerle daño?

Darius no tenía que pensar en ello. No. No podía.

La respuesta le rebanó el alma como si fuera la hoja de un cuchillo. No, de ninguna manera podría hacer daño alguno a la dulce e inocente Grace.

Lo cautivaba en tantos aspectos diferentes… Había llegado a depender de ella de una manera que antaño habría creído imposible. Sin Grace, era como si no estuviera del todo vivo.

La había visto enfrentarse y desafiar a aquel humano, Mitch, y había sentido una punzada de orgullo. No se había amilanado. Le había interrogado sin revelar su dolor, sin derrumbarse. Era una mujer de fortaleza y honor, de amor y confianza.

Su mujer.

Sus botas se hundían en la moqueta, silenciosamente. Aspiró el olor que parecía envolver todo aquel edificio, aquella ciudad, y dirigió luego su mente hacia su propio hogar. Javar y el resto de los dragones del otro palacio estaban muertos. Una enorme tristeza lo embargó mientras admitía por fin la verdad. Lo había sabido sin lugar a dudas desde el momento en que vio los ricos tesoros del palacio de Javar decorando los despachos de Argonautas.

Sus amigos estaban muertos, se repitió mentalmente. Habían caído ante las armas de fuego. Armas de fuego… y vampiros. Y quizá el *Libro de Ra-Dracus* les había servido de ayuda. En cualquier caso, fuera como fuese, se cobraría venganza.

Ésas eran las consecuencias de que los humanos descubrieran la existencia de Atlantis: ya se lo había advertido Javar.

De alguna manera, Javar siempre había sido como un padre para Darius. Se habían entendido perfectamente. Cuando Teira entró en su vida, el carácter de Javar se suavizó de algún modo y el vínculo entre mentor y alumno se hizo más estrecho. Qué muerte tan absurda había tenido… Darius no había vuelto a perder a un ser querido desde el asesinato de su familia. Y ahora era como si una multitud de gotas de dolor, pasado y presente, se juntaran de pronto para formar una ola que barriera todas sus defensas y destruyera su indiferencia, su impasibilidad.

«Niega tus lágrimas y guárdate tu dolor. Úsalo contra aquéllos que pretenden entrar en tu tierra. Mátalos con él». Eso era lo que siempre le había dicho Javar. El viejo no habría querido que Darius llorara su muerte, pero en aquel momento la estaba llorando: no podía evitarlo. Sabía que no habría podido sobrevivir durante aquellos primeros años sin Javar, sin el sentido de misión que su mentor le había inculcado.

Debería haber matado a aquel humano, el tal Mitch, pensó Darius desapasionadamente. Debería haberlos matado a los dos, a Mitch y a Patrick. Ambos habían descubierto el portal de niebla, de manera que muy probablemente habrían participado en la muerte de Javar. Pero si los hubiera matado, estaba seguro de que el hermano de Grace habría sido ejecutado en represalia. Así que se había limitado a dejar inconsciente a Patrick y se había resignado a no tocar a Mitch. ¿Qué diablos le había pasado?

Conocía la respuesta. En parte, al menos: no había querido que Grace lo viera como un asesino. Como un protector, sí. Y como un amante, desde luego. ¿Pero como un asesino despiadado? No. Ya no.

No podía ni imaginarse cómo reaccionaría Grace si alguna vez lograba ver a la verdadera bestia que habitaba en su interior. ¿Temblaría de miedo y de asco? ¿Huiría de él como si fuera un monstruo? No quería que le tuviera miedo.

Había estado muy cerca de perder el control con el tal Patrick: tanto que había necesitado de todo su control para tranquilizarse. Enfrentarse cara a cara con el hombre que había acariciado el cuerpo dormido de Grace lo había llenado de ira. Sólo él estaba autorizado a tocarla. Sólo él, Darius, estaba autorizado a contemplar su cuerpo e imaginársela desnuda, deseosa, dispuesta...

Grace le pertenecía.

Anhelaba darle el mundo, no quitárselo. Anhelaba llenar sus días de alegría y sus noches de pasión. Anhelaba protegerla, honrarla y consagrarse a sus deseos y necesidades. Ahora se daba cuenta de que no podía dejarla marchar. Nunca. La necesitaba porque era suya.

«Nunca seré capaz de hacerle el menor daño»: aquella revelación pareció cristalizar en su interior. Sus más profundos instintos masculinos lo habían sabido desde el principio. Aquella mujer formaba parte de su ser, la mejor parte de su persona, y haciéndole daño sólo conseguiría destruirse a sí mismo.

Pero tenía que haber una manera de tenerlo todo. Una manera de protegerla de todo daño, de quedarse con aquella mujer sin deshonrar al mismo tiempo su juramento.

Sólo tenía que averiguar cuál era.

17

Con el medallón robado en el bolsillo, Alex tomó la mano de Teira entre las suyas, agradecido por su calor, su suavidad y su fuerza.

Temblaba. No de frío ni por la pérdida de sangre, sino por la forzada dependencia de la droga. Ansiaba aquella maldita sustancia… Tenía la boca seca. La cabeza le latía con un sordo dolor que pronto se convertiría en un infierno de sufrimientos. Necesitaba aquellas malditas drogas y le sorprendía que una parte de su ser quisiera quedarse allí a la espera de otra dosis.

La otra parte, la parte sana, evocaba imágenes de su hermana y de su madre. En la siguiente imagen apareció la propia Teira alejada de su lado a la fuerza, maltratada de todas las maneras posibles. Esa imagen persistió durante unos segundos, encendiendo un chispazo de furia. Y esa furia se impuso al síndrome de abstinencia.

Se marcharía de allí esa noche.

Salvar a Teira era necesario para su propia tranquilidad de espíritu. Se lo debía. Estaban juntos en aquel barco; sólo se tenían el uno al otro.

—¿Estás preparada? —le preguntó. Habían esperado a que el palacio se quedara silencioso, y ahora un denso silencio los envolvía con su abrazo.

—Sí —respondió.

—Yo te cuidaré —le prometió, rezando para que fuera cierto.

—Y yo te cuidaré a ti —repuso ella, en un tono aún más convencido que el suyo.

¿Cómo había podido dudar de ella? Le apretó la mano.

—Vamos.

Nada más acercarse a la doble puerta, las pesadas hojas de marfil se abrieron silenciosamente. «Qué fácil», pensó Alex. «Llevas un medallón y entras y sales cuando quieres». Se apresuró a sacar a Teira de la celda. Procuraba no pisar fuerte para no hacer ruido, con el pulso atronándole los oídos.

Conforme se alejaban de la celda, más frío hacía. La niebla se enroscaba a su alrededor, densa. «Es hielo seco», pensó, recordando que Jason se había jactado de haber metido toneladas por el portal. La escarcha crujía bajo sus botas.

De todas formas, se alegraba de la niebla, ya que los mantenía ocultos. Se guiaba con su mano libre, deslizando los dedos por la pared.

De repente, Teira se estremeció, y Alex le soltó la mano para pasarle un brazo por la cintura y atraerla hacia sí. Estaba temblando de frío.

Su fragante aroma le calentaba la sangre. Alex deseó haber podido ver su rostro en aquel instante, con la niebla enmarcándolo como un halo, porque sabía más allá de toda duda que sería la más erótica visión que había visto en su vida.

—Estoy aquí —murmuró.

—El frío… me debilita —le confesó ella, tambaleándose.

—Yo te haré entrar en calor.

Mientras se internaban en el palacio, Alex esperó que saltaran las alarmas. Que de repente se vieran rodeados de hombres armados. Pero no. No había más que silencio.

La pared que iba siguiendo con los dedos terminó demasiado pronto. ¿Adónde irían? Aquella blancura fantasmal era demasiado densa, demasiado opaca. Protectora, sí, pero también amenazadora.

De repente una solitaria figura surcó la niebla.

Alex escondió a Teira detrás de él, esperando a que el hombre se acercase. Se le había erizado el vello de la nuca. La tensión crecía a cada segundo.

Cuando el guardia se acercó lo suficiente, Alex no se lo pensó dos veces: simplemente le estampó el puño en la tráquea, dejándolo sin respiración. El hombre cayó al suelo como un fardo.

Rápidamente le quitó el abrigo y se lo echó por los hombros a Teira. Luego buscó un arma, pero no tenía ninguna. Muy cerca, en el suelo, vio un extintor de incendios y se lo colgó a la espalda: no era precisamente un arma, pero de algo serviría.

—¿Por dónde se va al portal? —le preguntó a Teira.

—No puedes usar el portal aquí. Yo intenté escapar antes, cuando me separaron de ti. Demasiados guardias. Demasiadas armas.

Alex se pasó una mano por el pelo, suspirando de frustración. No había llegado tan lejos para detenerse ahora.

—Tendremos que sorprenderlos —le dijo, aunque ignoraba cómo iban a hacerlo...

—Hay otra manera —dijo ella—. Un segundo portal al otro lado de la isla. Darius Kragin es quien lo guarda y creo que podremos convencerlo de que te deje pasar. Él destruirá a esos hombres.

Una sonrisa de alivio se dibujó en los labios de Alex.

—Tú guías, cariño. Te seguiré a cualquier parte.

Teira le sonrió a su vez, pero con un aire de tristeza que lo dejó conmovido.

—Yo no quiero perderte. No quiero que te vayas.

—Entonces vente conmigo —al ver que abría la boca para protestar, la interrumpió—: No me des una respuesta ahora —se daba cuenta de que él tampoco quería perderla, y que lucharía con todas sus fuerzas para mantenerla a su lado. Después de tantos años aferrándose a su libertad, estaba dispuesto a sacrificarla por una relación estable con una mujer. Con aquella mujer—. Ya pensarás en ello. Ahora mismo lo que necesitamos es salir de aquí.

Volvió a tomarla de la mano y Teira lo guió por una escalera de caracol. La habitación en la que entraron a continuación era aún más fría, pero sin tanta niebla. Alex miró a su alrededor: no había muebles, y sin embargo, jamás en toda su vida había visto tanta riqueza. Los suelos eran de ébano, las paredes estaban forradas de joyas, bajo una bóveda de cristal. Su asombro lo hizo detenerse en seco.

«Esto es lo que quería Jason... Diablos, yo también lo quiero», pensó.

Experimentó una punzada de pura codicia. Tenía que haber una manera de que pudiera llevarse parte de aquel tesoro. Esconder quizá unas cuantas joyas debajo de la camisa. Llenarse los bolsillos. Él y su familia podrían llevar una vida de lujos durante el resto de sus vidas…

Pero el pensamiento de su familia lo anegó en una oleada de nostalgia. Jason le había dicho que no había sufrido daño alguno, pero Alex desconfiaba de aquel embustero asesino.

Alzó una mano y acarició con las yemas de los dedos una de las paredes cubiertas de joyas. Mientras lo hacía, un maravilloso aroma a jazmín, el de Teira, logró aflojar el nudo que sentía en la garganta y recordarle a la vez que ya tenía un tesoro a su lado: ella misma.

La miró, y Teira le sonrió: era una sonrisa de confianza.

Alex dejó caer la mano. La existencia de Atlantis tenía que permanecer en secreto. Hombres como Jason continuarían saqueándola, matando a hombres, mujeres y niños en el proceso. «Dios, qué estúpido he sido, qué obsesionado he estado con mis ansias de gloria y fama…», exclamó para sus adentros. Había puesto en peligro a toda su familia por aquello. Por prestigio y por dinero. Se le encogió el estómago de vergüenza.

—Vamos —dijo—. Salgamos de aquí.

—Sí.

Atravesaron cámaras y estancias vacías, cambiando cada vez de dirección: Alex tuvo la sensación de estar navegando por un laberinto. La mayor parte de las paredes estaban desnudas, con las joyas arrancadas. Había varios guardias apostados que no llegaron a descubrirlos, ya que en todo momento buscaron el amparo de la niebla y de las sombras.

Finalmente, llegaron ante unas altísimas puertas de marfil que se abrieron de par en par. Era noche cerrada. El rumor de las olas era relajante como una canción de cuna. La cálida brisa olía a mar y a sal. Teira se detuvo un momento para entrar en calor y reponer las fuerzas. El color había vuelto a sus mejillas.

Se quitó el abrigo y abrió los brazos.

Alex se embebió de aquella bellísima imagen de Teira frente a Atlantis. El verde exuberante de la vegetación aparecía nimbado de un resplandor rojizo. ¿Cómo podía una ciudad bajo el mar tener noche y día? No había sol, ni luna. En lo alto, una gigantesca bóveda de cristal se extendía interminable.

—Si seguimos el camino del bosque —dijo Teira en tono firme—, mañana podremos estar donde Darius.

—Entonces vamos.

Justo en ese momento, uno de los centinelas que montaban guardia en el bastión los descubrió:

—¡Allí abajo!

—¡Detenedlos! —gritó otro.

Las balas silbaron a su lado. Alex corrió todo lo que pudo, cargando con el extintor. En ningún momento soltó a Teira. Solamente aflojaron el paso cuando llegaron al bosque.

A Alex le gustaba pensar que se encontraba en buenas condiciones físicas, gracias a su afición al ejercicio. Pero en aquel momento estaba jadeando y el corazón le latía desbocado.

—Necesitas descansar —le dijo ella—. Aquí estamos a salvo. Podemos detenernos y…

—No. Nada de descansar. Sigamos.

Teira abrió la marcha, y él se obligó a seguirla; de repente los pies le pesaban como plomos. Intentó concentrarse en el presente, y no en las drogas que había dejado atrás. Teira se volvió para mirarlo con expresión preocupada.

—No te pares —le ordenó él.

Acababan de rodear un enorme olmo cuando un verdadero gigante surgió de las sombras, seguido de otro. Sus rasgos apenas resultaban visibles en la oscuridad, pero Alex casi podía sentir su furia.

Teira dio un grito.

Actuando instintivamente, Alex abrió el extintor y soltó el nitrógeno líquido, girando a la vez sobre sí mismo. Una densa espuma blanca envolvió a sus atacantes, cegándolos. Acto seguido arrojó la bombona al suelo y se internó con Teira en la espesura.

Corrieron. Corrieron esquivando árboles, arbustos, rocas. Vadearon dos arroyos cristalinos, siempre escuchando a su espalda los pasos de aquellos hombres fuertes, rápidos, decididos.

—¿Por dónde?

—Hacia el este —respondió Teira, jadeando—. Hay una… ciudad… cerca. Allí podremos escondernos.

Alex siguió por esa dirección, forzándose al límite. Cuanto más corría, más lejanos oía los pasos de sus perseguidores. O los habían perdido o se habían dado por vencidos. O quizá continuaran siguiéndolos, pero sigilosamente… de todas formas, no se confió. Sólo cuando Teira estuviera sana y salva en su apartamento, descansaría y se relajaría… eso sí, después de haberle hecho el amor. Varias veces.

Después de lo que les pareció una eternidad, llegaron a la ciudad. Tan pronto estaban rodeados por el bosque más espeso, cuando al momento siguiente suntuosos edificios de oro y plata se levantaban ante ellos. Alex aminoró el paso al encontrarse en medio de una bulliciosa calle empedrada, llena de gente… Pero no, no era gente: al menos no eran humanos. Hombres con alas, animales parecidos a toros y mujeres con cuernos. Y, entre ellos, altas criaturas con la piel del color de la nieve recién caída, que parecían flotar más que caminar.

Alex pudo sentir las ávidas miradas de aquellos seres clavándose en él, como si pudieran saborear su sangre… Vampiros. Se estremeció. Se movían con una gracia felina, meras pinceladas de piel blanca y ropajes oscuros. El único color de sus fisonomías era el de sus ojos, de un azul hipnótico.

En un gesto automático se frotó el cuello, cubriéndose las marcas de su último encuentro con un vampiro. El *Libro de Ra-Dracus* hablaba de una insaciable sed de sangre… eso lo sabía por experiencia.

—Por aquí —le dijo Teira, y lo hizo entrar en el edificio más cercano—. Nos esconderemos aquí de momento…

Una música estruendosa resonaba en todas direcciones. Voces y risas se mezclaban con la música mientras la gente hablaba, reía, bailaba. Se internaron en la multitud, intentando pasar desapercibidos. Al fondo descubrieron una mesa vacía.

Alex se dejó caer en el asiento, agotado. La adrenalina que había generado durante la persecución le había ayudado a disimular los efectos del síndrome de abstinencia, pero otra vez habían vuelto a temblarle las manos y a latirle las sienes.

Una mujer se acercó a ellos para dejar dos vasos sobre su mesa. Dos pequeños cuernos le brotaban de la frente. Esbozando una radiante sonrisa, les dijo algo en el mismo lenguaje que había utilizado Teira. Alex estaba empezando a familiarizarse con la pronunciación, así que no necesitó un intérprete para descifrar lo que les había dicho la camarera, antes de perderse de nuevo en la multitud:

—Bebeos esto y marchaos, o esta noche será la última de vuestras vidas.

—Hay muchos vampiros aquí —le dijo Teira, mirando a su alrededor—. Más de lo normal.

Una violenta mancha negra, una rápida descarga de electricidad y alguien apareció de pronto detrás de Teira, acariciándole un hombro. Las risas y la música se interrumpieron de golpe y todas las miradas se volvieron hacia ellos.

—Hueles bien, mi pequeña dragona —pronunció un vampiro con voz seductora, hipnótica—. Me pregunto a qué sabrás…

Alex tardó unos segundos en traducir las palabras. Cuando lo hizo, lo vio todo rojo. No le importaba lo muy fuertes que pudieran ser aquellos vampiros, ni que pudiera provocar una pelea con su actitud: simplemente no podía tolerar que amenazaran a Teira.

—Vete ahora mismo de aquí. O será tu sangre la que se derrame esta noche.

El vampiro soltó una carcajada de incredulidad.

—Mi sabor es el de la muerte —dijo al fin Teira—. Y ahora déjanos en paz. Nos marcharemos pronto.

—No, ni hablar. No hasta que haya probado tu sangre y la de tu humano.

Otro vampiro se reunió con ellos.

—No podemos hacer daño a los humanos, Aarlock. Lo sabes perfectamente.

—No lo mataré. A la dragona, sin embargo…

Todavía se acercó un vampiro más.

—Pero el humano no lleva la marca. Podemos matarlos a los dos, si queremos.

Los tres vampiros clavaron la mirada en el cuello de Alex. El tal Aarlock sonrió lentamente.

—Es verdad, no la lleva…

Alex se preguntó qué marca sería la que llevarían Jason y sus secuaces para evitar los ataques de vampiros. «Tengo que hacer algo», pensó, levantándose. Sin saber qué otra cosa podía hacer, alzó el puño. Pero antes de que tuviera tiempo de pestañear, el vampiro le agarró el brazo y se lo inmovilizó. Aquellos fantasmales ojos se clavaron en los suyos, desafiantes.

Una extraña letargia lo asaltó de pronto, como si acabaran de inyectarle un cóctel de deliciosas drogas. De repente sólo quería sentir aquellos colmillos hundiéndose en su cuello, entregarse a aquel ser tan poderoso…

Pero entonces, la dulce y delicada Teira soltó un aullido más animal que humano, se levantó de golpe y de sus dedos brotaron unas afiladas garras. Empujando al vampiro, lo derribó por encima de las mesas.

—No lo toques —gritó—. Es mío.

El resto de los vampiros se arremolinaron a su alrededor, algunos enseñando los colmillos, otros siseando. Alex salió por fin de su estupor cuando Teira estaba mostrando a su vez sus dientes, aún más largos que los de los vampiros. Se quedó anonadado. Había sabido que era una criatura relacionada con los dragones, pero no había esperado que su cuerpo pudiera cambiar tanto y transformarse en…

—Debemos irnos —le dijo ella, cambiando otra vez de idioma, pero sin apartar la mirada de las criaturas que los rodeaban—. Necesitaremos distraerlos.

Sudando, Alex miró a su alrededor: buscaba una lanza, una antorcha, algo… Luego desvió la mirada hacia la puerta trasera. Los vampiros habían formado un círculo en torno a ellos, con sus cuerpos casi traslúcidos, vibrantes de energía.

Su instinto protector se aguzó: tenía que hacer algo para distraer su atención. Nunca había luchado antes con un vampiro, lógicamente… pero siempre le habían gustado las experiencias nuevas.

—Yo los entretendré —tensó los músculos, dispuesto para el combate—. Corre, cariño, y no mires atrás.

—¡No, no!

—¡Hazlo!

La puerta principal se abrió entonces de golpe: tres verdaderos gigantes entraron en el local. Un aire de amenaza los envolvía, tan oscuro como sus ropas. Tenían los ojos enrojecidos, como irritados por algún tipo de toxina… Alex los reconoció inmediatamente como los colosos que los habían perseguido en el bosque.

Los vampiros retrocedieron de golpe, siseando.

Teira se asomó por encima del hombro de Alex para mirar a los recién llegados… y se llevó una alegría.

—¡Braun, Vorik, Coal! —sonriendo de alivio, los saludó con la mano—. Ellos nos ayudarán.

Los tres gigantes intercambiaron una mirada de complicidad, asintieron levemente con la cabeza y se prepararon para la lucha.

Alex todavía no había salido de su asombro.

—¿Los conoces?

—Son los hombres de Darius.

—¿Entonces por qué gritaste cuando se acercaron a nosotros en el bosque?

—No sabía que fueran ellos. Vamos.

Aunque agradecido por la ayuda, Alex se sintió extrañamente decepcionado. Había querido ser él quien salvara a Teira. Había querido llevarse él todo su agradecimiento, todas sus alabanzas... Qué estupidez, ya que ninguno de los dos habría vivido para contarlo...

Mientras Alex y Teira se escabullían hacia la puerta principal, vampiros y dragones se dividieron el local hasta quedar frente a frente.

—¿Qué estabas haciendo en el bosque, Teira? —le preguntó uno de los guerreros sin dejar de vigilar a sus enemigos.

—Escapar.

—¿Escapar? Ya me lo contarás después —dijo, y señaló a Alex con la cabeza—. ¿Y ese humano?

Teira miró a Alex. Efectivamente: «¿y ese humano?». La pregunta la había acosado durante las últimas semanas. Si Alex hubiera sido como los demás humanos, habría podido ignorarlo. Si no se hubiera sentido tan atraída por él... Era casi tan alto como un guerrero dragón, fuerte, musculoso. Su cabello corto y rizado, rojo, enmarcaba un rostro duro, de mandíbula cuadrada. Pero eran sus ojos lo que más la había cautivado de él. Eran grandes y verdes, cargados de promesas y de sueños...

—Es mi amigo —le dijo ella—. No debe sufrir daño alguno.

Habiendo escuchado la conversación, Braun se volvió hacia ella, furioso:

—¿Y qué le ha pasado a Javar?

Detestaba decírselo, sobre todo en aquel momento. Pero no podía mentirles.

—Está muerto.

—¡Muerto! —exclamaron los tres dragones a la vez.

La tristeza se dibujó en el rostro de Braun, pero sólo duró un instante: rápidamente se vio reemplazada por la más férrea determinación.

—Había otros humanos en el palacio. Portaban extrañas armas que disparaban proyectiles…

—Así es —confirmó Teira—. Pero es que además congelaron el palacio. Todo está cubierto de hielo. Nos atacaron con sus armas cuando más débiles estábamos —recordó la facilidad con que su gente había sido derrotada. Tan pronto estaban todos felices y contentos como, al momento siguiente, habían muerto todos.

Cerró los puños, clavándose las uñas en las palmas: apenas sintió el dolor. ¿Por qué los humanos le habían respetado la vida y mantenido cautiva? ¿Para amenazar a Alex, quizá? ¿Para canjearla como rehén? La habían debilitado por el frío, y el hambre… Y el miedo. Sobre todo el miedo.

No descansaría hasta destruir a aquellos intrusos.

Había amado a su marido, había sido feliz con él, pero nunca había experimentado una pasión por Javar como la que sentía por Alex, como si no pudiera vivir sin tenerlo cerca. Suspiró. ¿Qué iba a hacer con él? Quería que se quedara allí, con ella. Quería abrazarlo cada noche, quería que la despertara a besos cada mañana... Y si no se quedaba con ella, lo perdería para siempre. Porque ella nunca podría vivir en la superficie.

El sonido de una gutural maldición la sacó de su ensimismamiento.

—No sois bienvenidos aquí, dragones —gruñó un vampiro.

—Hemos venido a por estos dos —dijo Vorik en tono tranquilo, con la mano apoyada en la empuñadura de su espada. Una espada que fácilmente podía atravesar el pecho de un vampiro, además del veneno mortal con que estaba impregnada—. No queremos problemas.

—Nosotros los vimos primero. Nos pertenecen.

—Quizá prefiráis luchar por ellos —sonrió Coal.

—Ésa es una invitación que no podemos rechazar.

Los dragones eran más fuertes, pero los vampiros eran más rápidos. Años atrás, ambas razas se habían enfrentado y los dragones habían salido victoriosos. Pero unos y otros habían sufrido terriblemente.

Teira no estaba muy segura de cómo terminaría aquel combate: era más que probable que terminaran matándose entre sí.

—Dejadlos —dijo uno de los vampiros, sorprendiéndolos—. Esos dragones muy pronto se inclinarán ante nosotros.

—Eso no ocurrirá nunca —masculló Braun.

—Eso ya lo veremos.

Vorik arqueó una ceja.

—No, lo veremos... ahora mismo.

Y, sin emitir el menor sonido, los dragones se lanzaron contra los vampiros al tiempo que se transformaban de hombres en bestias. Soltaron sus armas, fiándose de sus propios reflejos.

Los vampiros, a su vez, se movieron rápidamente, trepando al techo para desde allí saltar sobre los dragones. Hubo gritos y aullidos de dolor. El sonido de la ropa desgarrada. El brillo cegador de las garras, el olor acre de la sangre.

—El olor a dragón apesta a kilómetros —gruñó uno de los vampiros.

—Dado que puedes olerme, Aarlock, también podrías probar mis llamas… —Vorik escupió un chorro de fuego que lo alcanzó en un costado.

Se oyó un aullido de dolor, mezclado con el siseo de la piel al quemarse… Con ojos desorbitados por el odio, el vampiro se giró, mostrando sus dientes. Antes de que Vorik tuviera tiempo para moverse, ambos rodaron por el suelo y Aarlock le clavó los colmillos en el cuello.

Vorik lo agarró entonces por el pescuezo y lo lanzó contra el suelo.

—¿Eso es todo lo que sabes hacer?

Y se enzarzaron de nuevo.

—Dame una daga —le pidió Alex a Teira. Nada más comenzar la pelea se había colocado delante de ella, para protegerla con su cuerpo.

No sabía si su ayuda serviría de algo, pero no podía dejar que aquellos dragones pelearan solos. Tenía que hacer algo.

—No —le dijo ella—. No debemos interferir. Sólo conseguiríamos distraerlos.

Alex no se dio por vencido y continuó buscando un arma, vigilando la pelea por el rabillo del ojo. Cada especie luchaba brutalmente, mordiendo, golpeando. Los dragones atacaban con los dientes, las garras y la cola, mientras que los vampiros se desplazaban rápidamente, mordían y se retiraban para volver a atacar. Procuraban inocularles su sangre, de un color marrón rojizo, que actuaba como un veneno.

Pero, al final, ni el veneno ni la velocidad fueron suficientes.

Los dragones, cuanto más fuego escupían por sus bocas, más poderosos se volvían. Incluso Teira parecía empaparse, alimentarse de aquel calor. El color había vuelto de golpe a sus mejillas. Alex, en cambio, estaba sudando.

Cuando la batalla terminó por fin, el suelo estaba tapizado de brasas y cenizas de vampiros. Braun, Vorik y Coal se mantenían en pie. Estaban cubiertos de sangre y heridas, pero habían sobrevivido.

Uno de los dragones, Braun, empujó a Alex fuera del local. Los demás los siguieron. Teira hizo las presentaciones.

Alex nunca había sido más consciente de la fragilidad del ser humano. Los hombres que conocía nada tenían que ver con aquellos guerreros sedientos de sangre.

—¿Qué es lo que quieren los humanos del palacio, Teira? —inquirió Vorik.

—Sus riquezas. Se las están llevando a la superficie.

—¡Malditos sean! —estalló Coal, fulminando a Alex con la mirada.

Alex retrocedió un paso, alzando las manos.

—Yo no estoy con ellos. Os ayudaré en todo lo que pueda.

—Era un prisionero suyo, como yo —les aseguró Teira—. ¿Hay más guerreros con vosotros? ¿Podremos reconquistar el palacio esta noche?

Braun negó con la cabeza.

—No podemos actuar hasta que vuelva Darius. Nuestras órdenes son rodear el palacio e interceptar a todo aquél que intente entrar o salir.

Vorik la miró ceñudo:

—La hora de la guerra llegará pronto, y entonces actuaremos. Por ahora no podemos hacer nada. ¿Entendido?

—¿Cuándo volverá Darius? —preguntó Teira—. Yo estoy deseosa de vengarme.

Ignorando su pregunta, Coal intercambió una mirada de preocupación con Braun.

—Nosotros también. Nosotros también.

Jason Graves estudió detenidamente el baluarte de los vampiros. Aunque aquella fortaleza carecía de las riquezas del palacio de los dragones, tenía también su interés. Aunque sólo fuera por sus paredes de plata y sus suelos de oro.

Quizá necesitara replantearse su alianza con los vampiros.

Los vampiros les habían proporcionado las herramientas necesarias para arrancar las joyas del palacio dragón, así como la localización de monedas y otros tesoros. Y, a cambio, Jason estaba acabando con los dragones. Era un buen trato, o al menos eso había pensado en un principio.

Porque estaba empezando a sospechar que en el momento en que los dragones fueran exterminados, los vampiros saciarían su sed con Jason y sus hombres, olvidada su antigua alianza. De ahí que estuviera acariciando la idea de golpear primero... De esa manera, no sólo salvaría su vida, sino que se embolsaría también las riquezas de los vampiros. Había oído que solamente ellos conocían la localización del mayor tesoro de todos: la Joya de Atlantis. Una piedra poderosa que garantizaba a su poseedor victorias inimaginables.

En aquel momento, sus aliados temporales sabían que a cualquier humano que llevara un medallón de dragón había que dejarlo en paz. Jason les había dejado claro desde el principio que si uno de los hombres era atacado, sólo uno, daría por rota su alianza y se pasarían al bando de los dragones.

Sólo que la amenaza dejaría de funcionar tan pronto como los dragones fueran exterminados.

—Has derrotado a Javar —le dijo Layel, el rey vampiro, mientras se acariciaba los labios rojos con sus blanquísimos dedos, recostado en su trono. Un trono hecho de huesos—. Es hora de que venzas también a Darius.

—Todavía no hemos terminado de saquear el primer palacio —repuso Jason. Estaba de pie en el centro de la sala y se removía nervioso. Siempre que pisaba aquella fortaleza, nunca se quedaba más tiempo del estrictamente necesario. El hecho de saber que sus hombres esperaban en la sala contigua, con sus armas preparadas, no lograba tranquilizarlo del todo. Layel habría podido degollarlo con sus colmillos antes de que hubiera tenido la oportunidad de gritar pidiendo ayuda.

—No importa. Quiero que mueran inmediatamente —el rey descargó un puñetazo en el brazo del trono... que parecía un fémur—. Los dragones son crueles, malvados asesinos. Tienen que perecer.

—Y perecerán. Pero nosotros necesitamos algo más de tiempo. No puedo dividir mis fuerzas. Y no abandonaré el primer palacio hasta que no esté completamente saqueado.

Un denso silencio siguió a sus palabras.

—¿Te atreves a decirme que no? —le preguntó Layel en tono suave.

—No, no exactamente. Simplemente te estoy pidiendo un poco de paciencia.

Layel deslizó lentamente la lengua por sus dientes afilados como hojas de afeitar.

—Sabía que eras codicioso, humano. Lo que no sabía era que fueras tan estúpido.

Jason frunció el ceño.

—Eres perfectamente libre para enfrentarte a los dragones tú solo —Jason ya no necesitaba a los vampiros: las herramientas ya estaban en su poder. Pero ambos sabían que Layel todavía lo necesitaba a él.

Una intensa furia brilló en los ojos del rey vampiro, de un azul fantasmal.

—¿Cuánto tiempo más necesitas? —gruñó.

—Una semana. Dos a lo sumo.

—¡Es demasiado! Si lograste derrotar a Javar fue precisamente porque lo sorprendiste. Sin el factor sorpresa, no vencerás a Darius —con un siseo de rabia, lanzó la copa que tenía en las manos directamente contra la cabeza de Jason.

Jason se agachó y la copa pasó volando a su lado. A punto estuvo de alcanzarlo.

—Él es más fuerte de lo que lo fue nunca su tutor —añadió Layel.

Jason lo miró airado, apretando los labios. Pero las puertas se abrieron antes de que pudiera pronunciar una palabra. Uno de sus hombres entró apresurado:

—Alex y la mujer han escapado.

—¿Qué? —exclamó Jason, volviéndose hacia él.

—Acaban de informarme hace unos segundos. Escaparon por el bosque.

—¡Maldita sea! Registradlo a fondo. Una hora. Quiero que me lo traigáis en una hora.

—¿Vivo?

—Si es posible, sí. Si no…

El hombre se retiró a toda prisa. Jason se quedó donde estaba, apretando los dientes. Por una parte, no le importaba que Alex hubiera escapado. Era más que probable que pereciera a manos de cualquiera de las fantásticas criaturas que habitaban Atlantis. Pero al mismo tiempo era consciente del gran perjuicio que podía ocasionar a sus planes. Podía, por ejemplo, llegar hasta Darius y alertarlo.

—Jason —le dijo Layel.

Sintió que se le erizaba el vello de la nuca. Sin necesidad de mirarlo, sabía que el vampiro se encontraba justo detrás de él. Se volvió lentamente.

—Arregla esto. Fállame y añadiré tus huesos a los de este trono.

18

Transcurrieron horas mientras Grace desgastaba la moqueta de su diminuto salón, de tanto pasear de un lado a otro.

El pasillo del edificio se había quedado en silencio media hora atrás. Cada vez que cerraba los ojos, se imaginaba a Darius sentado al otro lado de la puerta, meditabundo, intentando pensar en alguna manera de deshacerse de ella…

Frunció el ceño. Darius volvería a Atlantis por la mañana, pero no lo haría sin ella. Tanto si le gustaba como si no, estaba decidida a acompañarlo.

Suspirando, se frotó las sienes. «¿Qué voy a hacer ahora?», se preguntaba. Por debajo de su frustración con Darius latía un constante temor por Alex: sabía que su hermano era el verdadero catalizador de sus tumultuosas emociones. La impotencia la consumía porque sabía que no le quedaba otro remedio que esperar y rezar para que Alex estuviera bien.

Para que Jason lo mantuviera vivo, porque al parecer su hermano tenía algo que él quería…

El medallón.

Soltó una carcajada sin humor. Todo siempre volvía al medallón. Si hubiera sospechado desde el principio el valor de aquel maldito colgante, se habría esforzado por no perderlo… ¿Dónde diablos podía estar?

Necesitaba a Darius. Lo necesitaba a su lado. Necesitaba sentir sus fuertes brazos envolviéndola, escuchar sus palabras de aliento…

—Darius —exclamó, frustrada. ¿Qué estaría haciendo…?

De pronto una borrosa sombra se dibujó ante ella. Un susurro de calor, una vaharada de masculino aroma… y Darius se materializó ante sus ojos. Tenía una expresión tensa, preocupada.

—¿Qué te pasa?

—Pasa que te necesito —contestó ella—. Te necesito. Eso es todo.

Sus miradas parecieron anudarse. Más que tenso, Darius parecía… cambiado. Distinto. Más sexy que nunca. Deseoso. De ella.

Grace sintió que el corazón le daba un vuelco en el pecho. Darius no se parecía al hombre que había conocido en la cueva, blandiendo su espada, con la muerte en la mirada. Ni tampoco al hombre que había estado a punto de estrangular a Patrick. En aquel momento le recordaba al hombre que tanto había disfrutado con los colores y con el chocolate, el hombre que la había besado tiernamente en los labios, deleitándose con su sabor. El hombre que le había lamido las palmas de las manos, curándole las heridas.

Oh, Dios, cuánto lo deseaba…

Pero la culpa la asaeteó de inmediato: ¿cómo podía desearlo, disfrutar de él, cuando Alex estaba sufriendo?

—Ahora mismo no puedes ayudar a tu hermano —le dijo Darius, como si le hubiera adivinado el pensamiento.

—Lo sé —repuso en tono suave, deseándolo todavía más.

—Entonces ven aquí.

Sin pronunciar una palabra, Grace se lanzó a sus brazos. Darius la tomó a su vez de las nalgas y la acorraló contra la pared. Instantáneamente, le devoró los labios con un beso abrasador.

—Esta vez no me detendré —le advirtió.

—Bien —dijo ella—. Porque no pensaba dejar que lo hicieras.

Darius empezó a mordisquearle suavemente el lóbulo de una oreja. Había llegado el momento: la espera había terminado.

Acariciándole una mejilla con una mano y la espalda con la otra, Grace se apretó contra su erección. Un violento temblor la recorrió de los pies a la cabeza, dejándola todavía más excitada.

Él, a su vez, reclamó nuevamente sus labios. Era su mujer, y él su hombre. Deslizó la lengua dentro de su boca, y el deseo de Grace alcanzó el punto de no retorno. No, eso no era exactamente cierto. Había alcanzado el punto de no retorno desde la primera vez que lo vio…

Se estremeció con la fuerza de la necesidad, con la intensidad de su calor, con el ansia devoradora de llegar a conocerlo por fin. Todo él.

—Darius…

—Grace…

Darius nunca se había sentido tan lleno de vida como se sentía en aquel momento, con ella en sus brazos. Grace le había mostrado un mundo que había perdido la esperanza de volver a ver, un mundo de colores y de sabores… de emoción. Verdadera emoción.

Lenta, seductoramente, Grace deslizó los dedos por su pecho al tiempo que esbozaba una femenina sonrisa. La parte más profunda y primitiva de Darius la había reconocido desde el mismo momento en que la vio salir de la niebla: era su pareja, Su compañera.

La razón de su existencia.

La desposaría.

Mientras él continuaba mirándola, ella se lamió un dedo y trazó con saliva el dibujo de un corazón sobre su tetilla. Darius suspiró profundamente.

Al casarse con él, Grace pasaría a convertirse en ciudadana de Atlantis. Su juramento estipulaba que debía matar a todos aquellos viajeros que atravesaran el portal de niebla. Pero si ella fuera de Atlantis…. entonces todo cambiaba.

El alivio, la alegría, reverberaron en su interior como una tórrida lluvia.

Reclamó su boca con mayor ferocidad. Grace respondió hundiendo los dedos en su pelo y devolviéndole el beso. Se frotaba contra su erección, jadeando, tomando, entregándose. La barrera de la ropa sólo conseguía aumentar la fricción.

Darius cerró los dedos sobre la suave redondez de sus nalgas, acelerando su ritmo, y el beso se prolongó, primero duro y rápido, luego lento y tierno.

—Eres tan bella… —le dijo con voz quebrada.

—No, yo…

—Lo eres. Me quemas. Me haces arder…

Se derretía en sus brazos. Sus senos parecían fundirse con su pecho, con los pezones endurecidos, esperando. Saborearlos se le antojaba a Darius tan necesario como respirar. Con cualquier otra mujer se habría apresurado, habría complacido a su pareja y habría alcanzado él mismo satisfacción, pero no le habría ofrecido nada más.

Pero eso había acabado.

Quería recibir y dar. Entregarse.

La tumbó delicadamente sobre la moqueta. Tomándola suavemente de la barbilla, le dijo:

—Esto va a ser mucho más que sexo, mi dulce Grace. Me estoy entregando a ti. Por entero —se interrumpió y estudió sus rasgos—. ¿Entiendes?

Algo que no supo cómo interpretar brilló en sus ojos. ¿Incertidumbre? ¿O excitación? Vio que se mordía el labio inferior y sacudía la cabeza.

—Quiero que seas mía hoy y para siempre —explicó él.

—¿Quieres decir… casarnos?

—Más que eso. Emparejarnos para toda la vida.

—¿Hay alguna diferencia?

—No te la puedo explicar. Sólo puedo mostrártela.

—¿Y quieres hacer esto aquí? —Grace abrió mucho los ojos—. ¿Ahora?

Vio que asentía con la cabeza. No podía estar hablando en serio. Tenía que estar burlándose de ella. Pero su expresión tensa, a la vez que vulnerable, le decía lo contrario.

Le había dicho la verdad.

Y ella no sabía cómo reaccionar.

«Grace Kragin», le susurró una voz interior.

Aunque no entendía lo que había podido llevarlo a tomar una decisión semejante, la perspectiva le resultó absolutamente tentadora. Ya había admitido que lo amaba. ¿Por qué negar ahora sus sentimientos? «Yo quiero ser su mujer», pensó. Así era. Ahora y siempre, como había dicho él.

Qué maravilloso sería poder acostarse con Darius cada noche, sentir cada noche su aliento en la nuca, sus susurros de amor en los oídos… Qué maravilloso sería poder tener hijos con él. Su mente conjuró la imagen de un delicioso bebé. Su bebé.

—Tú viste la violencia de mi pasado —le dijo Darius, malinterpretando su silencio—. Sabes las cosas que he hecho y puedes imaginar perfectamente las que haré. Pese a todo ello, te estoy pidiendo que me aceptes. Si puedes hacerlo, yo te entregaré mi vida, mis riquezas y la promesa de que te protegeré siempre —las últimas palabras abandonaron sus labios con toda su desesperación. Todo su anhelo. Toda su necesidad.

La expresión de Grace se suavizó.

—Yo no necesito tus riquezas. Sólo a ti.

Al escuchar aquellas palabras, el instinto de posesión que siempre había sentido por Grace afloró a la superficie. Un deseo crudo, primario, lo abrasó por dentro. Todo en su interior clamaba por ella. No sólo parte de su ser, sino su esencia entera.

Entrelazó los dedos con los suyos. Acto seguido, como temiendo que pudiera cambiar de idea, pronunció:

—Te pertenezco. Mi corazón sólo por ti late —la miraba intensamente—. Nadie más me tentará, a partir de este día y para siempre. Te pertenezco.

Mientras hablaba, los lugares donde sus cuerpos estaban en contacto empezaron a arder, a brillar. Grace sintió una extraña sensación en la boca del estómago, como si algo se estuviera liberando y desenredando por dentro, haciéndola estremecerse de la cabeza a los pies.

—Pronuncia tú las palabras —le pidió él con voz ronca.

Sí. Sí.

—Te pertenezco. Mi corazón sólo por ti late —mientras hablaba, veía cómo se iban acercando sus labios—. Nadie más me tentará, a partir de este día y para siempre. Te pertenezco.

En el instante en que la última palabra abandonó su boca, Darius la besó. Cerró los ojos con fuerza mientras todo su cuerpo se tensaba.

Grace sintió que una parte de su alma abandonaba su cuerpo para entrar en el de él. Instantáneamente el vacío resultante se llenó con su esencia, que la barrió por dentro como un fuego arrasador. El intercambio fue potentísimo, salvajemente erótico.

—¿Qué ha pasado? —le preguntó, entre jadeos.

—Nos hemos unido.

No necesitó que le dijera más para entenderlo. Estaban unidos, no físicamente, eso aún no, sino de una manera todavía más tangible. Innegable. Ignoraba qué explicación podía tener, pero ya no eran dos entidades separadas: eran uno. Antes lo había necesitado, pero ahora sabía que moriría sin él. Lo percibía, lo sabía en lo más profundo de su alma.

—No soy nada sin ti —le dijo Darius, haciéndose eco de sus pensamientos—. ¿Sientes lo mucho que te deseo?

Lo sentía. Sí que lo sentía. Su deseo se confundía con el suyo, ronroneando en sus venas.

—Tú eres para mí más importante que el aire —le dijo él—. Más importante que el agua. Tú, Grace, mi única necesidad.

—Te amo —pronunció ella, ofreciéndole por fin las palabras que habían resonado una y otra vez en su corazón. Mientras hablaba, la felicidad que había perseguido en vano durante toda su vida apareció de repente ante sus ojos, al alcance de la mano. Y se lanzó a abrazarla al mismo tiempo que abrazaba a Darius. Aquel hombre representaba todo lo que había echado de menos en su vida: peligro, aventura, pasión.

Se incorporó de repente para quitarse la camiseta.

—Voy a darte todo lo que ansías, mi dulce Grace —sonrió—. Todo.

Un estremecimiento de anticipación la recorrió. Deslizó las palmas de las manos por su ancho pecho, por sus tetillas. Los tatuajes estaban como apagados, no tan rojos y brillantes como antes, pero seguían allí, tan sensuales como siempre. Se le hacía la boca agua sólo de pensar en saborearlos.

Le pidió que se tumbara bocarriba. Luego, inclinándose, empezó a lamer el dibujo de las alas del dragón, saboreando su piel ligeramente salada. Pudo sentir la tensión de sus músculos bajo su lengua.

Darius, a su vez, deslizó una mano entre sus piernas: la tela de sus tejanos creaba una deliciosa fricción. Grace empezó a gemir, deleitada con sus caricias. Todo en su interior parecía volver a la vida. Lugares de su cuerpo que hasta el momento ni siquiera había sabido que existían suspiraban ahora por sus atenciones.

Él afirmaba haber hecho cosas horribles, pero, en lo más profundo de su ser, Grace ansiaba aquella parte tan fiera de su naturaleza. El peligro. Había intentado negarlo, pero siempre había sabido la verdad. Darius resumía todas sus fantasías: su sola presencia le garantizaba más excitación que cualquier desafío o aventura. Cuando estaba con él, se sentía completa. Se sentía viva.

Se sentía vital.

—Te quiero desnuda —Darius no esperó su respuesta, no podía. Impaciente como siempre le ocurría cada vez que estaba con ella, le rasgó la camisa. Debajo descubrió su sujetador de encaje verde esmeralda, su sensual piercing y un pequeño tatuaje con la figura de un dragón.

—Mira —le dijo.

Perdida como estaba en aquel mar de sensaciones, tardó unos segundos en reaccionar. Cuando lo hizo, se quedó sin aliento.

—¿Qué…? No lo entiendo. Tengo un tatuaje… —se lo quedó mirando, estupefacta—. ¡Y yo no me he hecho un tatuaje en mi vida!

—Llevas mi marca. Formo parte de ti para siempre.

A continuación le desgarró el sujetador por el centro, tal y como había hecho con la camisa. La vista de sus exuberantes senos le hizo temblar como si fuera un chiquillo… Empezó a acariciárselos, disfrutando al ver cómo se arqueaba con los ojos cerrados, animándolo a continuar… Se inclinó para capturar un pezón con los labios. Y la oyó susurrar su nombre como si rezara una oración.

Se lo succionó con fuerza.

—Oh, Dios… —gimió ella.

Le rodeó la cintura con las piernas al tiempo que hundía los dedos en su pelo. Darius continuaba acariciándole un seno, con el pezón de perla entre sus dedos, mientras le lamía y succionaba el otro: sus pezones eran dulces y rosados como frambuesas. De repente una de sus manos bajó hasta su vientre, buscando el delicado piercing de plata.

Debilitada su resolución de conducirse con lentitud, empezó a acariciarla entre las piernas. Grace se frotaba lascivamente contra él, con él… Cuando la tuvo jadeante, suplicante, la descalzó y la despojó con rapidez del pantalón. La vista de su cuerpo, cubierto únicamente por la pequeña braga color esmeralda, casi le provocó un ataque. Semejante belleza… Su belleza.

Deslizó los dejos debajo del fino encaje y encontró su sedoso calor: estaba húmeda, caliente. Dispuesta. La deseaba desesperadamente. Con la punta de la lengua, empezó a lamer la humedad de aquellos finísimos pliegues…

—Sí —murmuró Grace, arqueándose hacia él—. Sí, tócame ahí…

Darius deslizó un dedo en su interior, y luego otro.

—¿Quieres más? —tenía la frente perlada de sudor. Le mordió el cuello, y acto seguido se lo lamió mientras imprimía un delicioso ritmo a sus dedos.

Grace gritó, alzando las caderas. Darius se moría de ganas de entrar en ella, pero introdujo otro dedo. Le encantaba sentirla por dentro: la tensión de sus músculos, su húmedo calor… Suaves gemidos escaparon de sus labios cuando comenzó a frotarle el clítoris con el pulgar.

—Estoy lista…—le dijo—. Te prometo que estoy lista.

Con un gruñido, Darius cerró los labios sobre su boca y se embebió de ella. No se la merecía, pero los dioses se la habían entregado y pensaba hacer todo lo que estaba en su mano para hacerla feliz.

—Quiero besarte aquí —le dijo, rodeando suavemente con el pulgar el centro de su humedad.

Grace cerró los ojos. Generosa como era, no se contentaba solamente con recibir placer: también insistía en devolvérselo.

—Yo… quiero besarte… aquí —jadeó, deslizando una mano entre sus piernas y cerrando la mano sobre su grueso falo.

En pocos segundos, Darius se desnudó y la despojó de la braga, de manera que ambos quedaron completamente desnudos. Después se tendió de espaldas: sólo de imaginarse su roja melena acariciándole el vientre, cerniéndose sobre sus caderas y su miembro, se excitaba insoportablemente, al borde del orgasmo…

—Siéntate encima —le pidió, sorprendido él mismo de que aún le quedara voz—. Pero no mirando hacia mí. Hacia el otro lado.

Con los pezones tensos y endurecidos, lo miró con expresión anhelante. Lentamente, hizo lo que le pedía. Su espalda era larga y esbelta, perfectamente proporcionada. Darius deslizó un dedo todo a lo largo de su columna, viendo cómo se le erizaba la piel.

Luego la aferró de las caderas.

—Ahora, inclínate.

Con sensual languidez, Grace acercó la boca a su dura erección. Su cálido aliento le acarició los testículos cuando él alzó la cabeza para saborear su dulce sexo.

Al primer contacto, Grace gritó de placer. No fue

un orgasmo, pero casi. Se aferró a las caderas de Darius. Él continuaba lamiéndola, y ella se apoderó de la punta de su poderoso falo con los labios… y a punto estuvo de gritar de nuevo. El erotismo de tener su miembro dentro de su boca mientras Darius saboreaba su más íntima esencia resultó abrumador.

Alcanzó rápidamente el clímax. Su cuerpo tembló y se convulsionó mientras un millar de luces estallaban en su mente. Para entonces, debería haberse sentido saciada, completamente satisfecha. Pero no. Lo quería profundamente enterrado en su interior.

Desesperado, Darius se incorporó y cambió de posición, tumbándola de espaldas.

—¿Y ahora? —pronunció con voz ronca, deseosa. Frenética. Necesitaba entrar en ella.

Grace abrió las piernas y guió su falo hacia su sexo, al borde de la penetración.

—Siempre estaré lista para ti.

—Eres mi mujer. Dilo.

—Soy tuya. Ahora. Siempre.

—Y yo soy tuyo —le devoró los labios en el preciso instante en que la penetró. Gritó de gozo, de felicidad: su alegría fue tan intensa que las alas de dragón le brotaron bruscamente de la espalda. Aquellas majestuosas alas permanecieron desplegadas en el aire durante un instante mágico, hasta que se cerraron sobre sus cuerpos como un capullo iridiscente.

La miró, impresionado. Tenía los ojos cerrados y los labios apretados. En lugar de gritar de dolor, murmuró unas palabras de rendición, de entrega.

Para Grace, la punzada de dolor de la virginidad desapareció con la misma rapidez con que había surgido.

—Tú eres… ésta es… yo soy tu primer amante

—le dijo Darius, cuando tomó conciencia de lo que acababa de suceder—. Tu único amante.

—No te detengas. Mmmm…

—Tu única pareja… —añadió, sobrecogido por el descubrimiento. Se movió lentamente al principio, pero eso no pareció bastarle a Grace, porque lo agarró de las caderas para hundirlo más profundamente en su interior.

Darius no necesitó más estímulos. Aferrándola de las nalgas, empujó una y otra vez. Sus besos se tornaron más frenéticos, en sintonía con sus poderosos embates. La exquisita tensión se fue prolongando hasta que de repente explotó, regalándole a Grace la más asombrosa gratificación que había experimentado en su vida. Se estremeció, tembló, jadeó y gritó.

—Por los dioses, qué dulce eres… —pronunció Darius con los dientes apretados. Después de apoyarle bien las piernas sobre sus hombros para hundirse hasta el fondo, aceleró los embates y alcanzó el clímax, gritando su nombre.

Para su sorpresa, Grace volvió a tener otro orgasmo.

Darius llevó a Grace a la cama y ninguno de los dos volvió a levantarse en horas.

Quería pasar el resto de su vida allí mismo, en sus brazos, pero sabía que no podía ser.

Era medianoche. La luz de la luna entraba por las ventanas, con sus dedos de plata surcando la oscuridad. La ciudad latía de vida, pese a lo tardío de la hora. Había llegado el momento de marcharse. Sin embargo…

Se permitió unos minutos más de serena lujuria, del placer de seguir abrazando a Grace. Su aroma embriagador lo envolvía, su calor se le infiltraba en los huesos. Virgen. Aquella mujer hermosa y sensual le había entregado lo que no le había dado a ningún otro hombre.

—¿Darius? —suspiró, acurrucándose contra él.

—¿Mmmm?

—¿Estamos casados? Quiero decir, no hemos firmado nada ni…

—Estamos unidos. Juntos.

—Me alegro —incorporándose sobre un codo, le regaló una satisfecha sonrisa.

—Y yo.

—Lo que hemos hecho… creo que no existen palabras para describirlo.

—Yo quería ir despacio, esposa mía, quería saborearte…

—Dilo otra vez.

—Yo quería ir…

—No. La parte en que me has llamado tu esposa. La abrazó con fuerza.

—Nos pertenecemos el uno al otro, esposa mía.

—¿Sabes una cosa? —sonrió—. Que me ha gustado mucho lo que me has dado, esposo mío.

Su miembro no debería haberse despertado en horas, quizá en días, pero mientras la miraba, una violenta necesidad volvió a asaltarlo. Si no se levantaban rápidamente de la cama, volvería a poseerla… y sabía que entonces sí que no tendría fuerza de voluntad para marcharse.

—Vístete —le dijo, dándole una palmadita en el trasero—. Es hora de que visitemos a Jason Graves.

Grace perdió su expresión soñadora. Aquella

sensual tregua había terminado con la irrupción del mundo real. Se levantó para dirigirse tambaleante al cuarto de baño. Tomó una rápida ducha y se vistió con un pantalón negro y una camiseta a juego, de manga corta.

Cuando alzó la mirada, Darius estaba en la puerta del baño, mirándola fijamente con sus ojos dorados… ¡Dorados! El corazón se le aceleró al ritmo de un único pensamiento: «¡es mi marido!».

Se sorprendió a sí misma dando un paso hacia él, dispuesta a deslizar las manos debajo de la cintura de su pantalón y… interrumpió el rumbo de sus pensamientos antes de que fuera demasiado tarde. Antes de que se perdiera nuevamente en él.

Darius no parecía en absoluto excitado. Parecía… sufrir, como si aquella extraña debilidad lo hubiera asaltado de nuevo. Pero, orgulloso como era, no dijo una sola palabra.

—Ven —le dijo ella, y lo llevó a la cocina.

Una vez allí, le preparó apresuradamente un bocadillo. Nada más terminar de comerlo, Darius se sentó en el sillón, cansado. La comida no parecía haberle devuelto las fuerzas. ¿Por qué? Frunciendo el ceño, le tomó la mano para comprobar si tenía fiebre.

Pero mientras le sostenía la mano, vio que el color volvía a su rostro. Sólo entonces se dio cuenta de que no era la comida lo que le daba fuerzas, sino ella. Su contacto.

—Tienes que decirme qué es lo que te pasa —le pidió, apretándole con fuerza la mano—. ¿Qué es lo que te pone tan enfermo? —al ver que se quedaba callado, insistió—. Dímelo.

Darius suspiró.

—Cuando los dioses nos desterraron a Atlantis, nos encadenaron irrevocablemente a esa tierra. Aquéllos que intentan abandonarla mueren.

Se le encogió el estómago de terror. Si para Darius quedarse allí significaba la muerte... ella quería que se marchara.

—Tienes que volver a casa. Ahora —volcó toda su preocupación en su tono de voz, toda su angustia ante el pensamiento de perderlo.

—Volveré por la mañana, tal como planeamos.

—Yo registraré sola la casa de Jason y luego volaré a Brasil. Dentro de un par de días podré estar en Atlantis.

—Sola, no. La registraremos juntos.

—Pero...

—No, Grace.

Tenía que convencerlo de que se marchara. ¿Pero cómo? Lo soltó y se puso a fregar los platos, de espaldas a él. Segundos después estaba detrás de ella, abrazándola por la cintura.

—Te has enfadado.

—Tengo miedo por ti. Por Alex. Quiero que todo esto termine de una vez.

—Terminará pronto —una latente amenaza parecía traslucirse en su tono—. Muy pronto.

19

Luces de neón brillaban en los edificios cercanos. Grace aspiró profundamente antes de mirar a derecha e izquierda. «Estoy a punto de cometer un delito. Voy a allanar una propiedad privada», pensó. Con los labios apretados, dominó un estremecimiento. Nunca lo admitiría en voz alta, pero acechando tras su nerviosismo sentía correr por sus venas una maravillosa corriente de adrenalina.

Darius y ella estaban en la puerta del suntuoso edificio de apartamentos de Jason. Pegándose al muro de piedra, lanzó otra mirada a su derecha. Desafortunadamente, Darius no podía teletransportarlos dentro. Para eso tenía que visualizar primero una habitación, y nunca había estado en la casa de Jason. Se preguntó, sin embargo, cómo planeaba entrar sin que los descubrieran.

—¿Y si desactivamos las alarmas? —le preguntó en voz baja.

—No.

—Los vigilantes tienen cámaras en cada pasillo, quizá incluso en cada habitación.

—No importa. Pronunciaré un conjuro para que nos proteja antes de que pongamos un pie dentro. ¿Lista?

Con un nudo en la garganta, Grace asintió.

—Agárrate a mí. Fuerte.

Tras una breve vacilación, Grace le echó los brazos al cuello y se apretó contra su pecho.

—Podemos meternos en serios problemas por esto —le dijo— No sé por qué te lo sugerí, yo...

Oyó el sonido de una tela al rasgarse una fracción de segundo antes de que la camiseta de Darius, o más bien sus jirones, cayera al suelo. Sus largas y anchas alas se desplegaron en toda su majestuosidad. De repente perdió pie: el suelo se alejaba.

—¿Qué pasa? —preguntó, aunque sabía la respuesta—. Darius, esto es…

—No te asustes. Lo único que tienes que hacer es agarrarte con fuerza a mí.

—No estoy asustada —se rió, nerviosa—. Estoy eufórica. Estamos volando con el Darius Expreso…

Se movían rápida, sigilosamente, ganando cada vez mayor altura.

Darius soltó una carcajada, sacudiendo la cabeza.

—Esperaba que tuvieras miedo. ¿Es que nunca dejarás de sorprenderme, mi dulce Grace?

—Espero que no —miró hacia abajo, maravillada ante la vista de los coches y de la gente como puntos diminutos.

La luna parecía cada vez más grande, más cercana, hasta que tuvo la sensación de que se perdían en su resplandor. Darius recitó algo entre susurros: una extraña reverberación que empezó como un ligero temblor, pero que creció hasta hacer vibrar el edificio entero. Sin embargo, nadie pareció notarlo.

El temblor cesó.

—Ya estamos seguros —le informó.

Accedieron directamente a la terraza de Jason. Darius la posó firmemente en el suelo al tiempo que plegaba sus alas. Al hacerlo soltó un gruñido, y Grace se volvió para mirarlo preocupada. Estaba pálido. Vio que desviaba la mirada, suspirando.

—Te sientes débil otra vez. Quizá deberías volver a casa y…

—Estoy bien —la irritación, ¿con ella o consigo mismo?, se advertía en su tono.

—Démonos prisa, entonces.

Unas cortinas de gasa blanca colgaban sobre la puerta de la terraza. Grace las apartó y agarró el picaporte. Estaba cerrada.

Darius la hizo entonces a un lado, se plantó ante la puerta y escupió un chorro de fuego. La madera se chamuscó y los cristales cayeron al suelo en pedazos.

—Gracias —fue la primera en entrar, agitando una mano para ventilar el humo—. Esto está muy oscuro…

—Ya se te acostumbrarán los ojos.

Era cierto. De repente fue capaz de distinguir los objetos que aparecían ante ella: una tumbona, una mesa baja de cristal…

—¿Qué pasa con los sensores de movimiento y las cámaras de seguridad? —preguntó—. ¿Estamos protegidos al cien por cien?

—Sí. El conjuro los ha desactivado.

Ya más relajada, paseó por el salón, acariciando

con las yemas de los dedos las pinturas y las... joyas, sí, joyas, que colgaban en las paredes.

—Cuánta riqueza. Y nada de esto le pertenece a Jason. Es casi como si estuviéramos en Atlantis.

Darius se quedó en el umbral, contemplando airado todos aquellos despojos del saqueo de Atlantis.

—Sé que eres descendiente de dioses —le dijo ella con la intención de distraerlo de su furia—, pero técnicamente no eres un dios. ¿De dónde procede entonces tu magia?

—De mi padre —respondió, algo más tranquilo, y entró en la casa—. Practicaba las antiguas artes.

La imagen de los cuerpos sin vida de sus padres volvió a relampaguear en la mente de Grace, tan nítida como cuando le lanzó el hechizo que la encadenó a él. Y volvió a sentir una punzada de compasión por el niño que había sido, el niño que había sido testigo de la muerte de su familia. No podía ni imaginarse lo mucho que debía de haber sufrido... y que seguía sufriendo.

—Lo siento. Siento... lo de tu familia.

Darius se volvió para mirarla.

—¿Cómo lo sabes?

—Porque los vi. En tu mente. Cuando lanzaste el conjuro que me encadenó a ti.

Darius irguió los hombros. La sorpresa brilló por un instante en sus ojos.

—Eran toda mi vida.

—Lo sé.

—Quizá un día te hable de ellos...

—Me encantaría.

Asintió, tenso.

—Bueno, ahora mismo lo que tenemos que hacer

es buscar cualquier información que Jason pueda tener de Atlantis y de tu hermano.

—Yo buscaré en la biblioteca el *Libro de Ra-Dracus* —miró a su alrededor—. Estoy segura de que fue él quien se lo robó a mi hermano.

—Yo registraré el resto de la casa.

Se separaron. Los suelos eran de caoba encerada, y la decoración parecía copiada de una antigua casa medieval. En el piso superior, Grace no tardó en encontrar el estudio. Había montones de libros apilados en cada esquina, muchos de ellos de aspecto antiguo. Hojeando algunos, encontró referencias de dragones, conjuros de magia y vampiros, pero ninguno era el *Libro de Ra-Dracus*. Un gran escritorio de madera de castaño dominaba la habitación, con un globo terráqueo que parecía hecho de… ¿qué? Algún tipo de piedra preciosa, quizá. Era violeta, como la amatista, pero a la vez parecía de cristal. Lo examinó de cerca. En el centro, se veía una cascada que rodeaba una especie de isla: Atlantis.

Registró los papeles que había sobre el escritorio. Al no encontrar nada interesante, tomó un abrecartas y forzó las cerraduras de los cajones. En el inferior descubrió fotos que la dejaron sorprendida a la vez que asqueada. Eran imágenes de guerreros dragones y humanos cubiertos por una espuma blanca, sangrando por múltiples heridas de bala. En algunas reconoció a Alex y a Teira: los dos estaban tendidos en una celda tapizada de joyas. En otras aparecían altas y pálidas criaturas, de fantasmales ojos azules, devorando los cuerpos de los dragones vencidos. Y los humanos estaban a un lado observándolo todo, con expresiones mezcladas de miedo, asco y entusiasmo.

¿Por qué habría tomado Jason fotos de sus crímenes? ¿Como simple recuerdo? ¿Para demostrar la existencia de Atlantis? ¿O acaso querría escribir un libro con el título *Cómo me gusta matar*? Frunció el ceño.

Evocó la imagen de su hermano que le había proporcionado el medallón de Darius. La habitación de la foto no coincidía: ésta era diferente, estaba radicada en Atlantis. Las paredes tapizadas de joyas eran muy parecidas a las que ella misma había visto en el palacio de Darius.

Cuando su marido volviera a su casa, Grace lo acompañaría. Su decisión se había fortalecido aún más.

Quizá Darius debió de percibir su agitación interior, porque de repente apareció detrás de ella.

—¿Qué estás…? —muy lentamente, le quitó las fotos de las manos—. Son Javar y sus hombres… y éstos son vampiros.

Vampiros. Grace se estremeció.

—Lo siento…

Lo miró a los ojos: los tenía entrecerrados, pero podía distinguir bien las pupilas de color azul hielo.

—¿Qué más has encontrado? —dejó las fotos a un lado con un gesto perfectamente tranquilo.

—Nada. ¿Y tú?

—Más despojos de Atlantis. Jason Graves se merece mucho más que morir. Se merece sufrir.

Otro estremecimiento la recorrió, porque sabía que Darius haría todo cuanto estuviera en su poder para vengarse de Jason.

Y ella planeaba ayudarlo.

A Grace le entraban ganas de darse de cabezazos contra la pared.

Hacía unas pocas horas que Darius y ella habían vuelto a casa, y todavía seguía tenso, rígido. Se negaba a hablar.

Detestaba la inmensa tristeza que parecía irradiar. Allí estaba, sentado en el sofá, con los ojos cerrados. Sin saber qué hacer, se le acercó.

—Quiero enseñarte algo.

Darius abrió los ojos, reacio.

—Por favor…

Ni una palabra salió de sus labios, pero al menos se levantó. Grace lo tomó de la mano y lo llevó al cuarto de baño. No le explicó sus acciones: simplemente se desnudó, y luego lo desnudó a él. Sabía que necesitaba amor… y ella iba a dárselo. Todo el amor del mundo.

Después de abrir los grifos del agua caliente, se metió en la bañera y obligó a Darius a acompañarla. Seguía sin hablar. El agua caía en cascada sobre sus cuerpos desnudos. Grace empezó a enjabonarle el pecho.

—Voy a contarte un chiste de dragones.

Darius frunció el ceño. Pero ella no se desanimó.

—¿Qué dijo el dragón cuando vio a un caballero de brillante armadura acercándose a él? «¡Oh, no! Otra vez carne en lata…».

Lenta, muy lentamente, sus labios se curvaron en una sonrisa.

«Lo conseguí», pensó Grace con una punzada de orgullo. «Le he hecho sonreír». La sonrisa se fue ampliando hasta iluminar toda la cara. El color de sus ojos se oscureció, adquiriendo aquella tonalidad castaño dorada que tanto amaba.

—Cuéntame otro —le pidió, delineándole un pómulo con la punta de un dedo.

Estuvo a punto de arrodillarse de puro alivio sólo de escuchar su voz ronca y vibrante. Sonriendo de felicidad, se colocó detrás y se dedicó a enjabonarle la espalda.

—Es un poco largo.

—Mejor todavía —volviéndose hacia ella, empezó a mordisquearle delicadamente el lóbulo de una oreja.

—Érase una vez un dragón que estaba obsesionado con los senos de una reina... —murmuró, casi sin aliento—. El dragón sabía que el castigo por tocarla era la muerte, pero aun así reveló su secreto deseo al médico del rey. El médico le aseguró que podía arreglarlo todo de manera que viera complacido su deseo, pero que eso le costaría mil monedas de oro —le enjabonó las tetillas y luego los brazos—. Aunque no tenía el dinero, el dragón aceptó sin vacilar.

—Grace... —gimió Darius, con su erección empujando contra su vientre.

Grace disimuló una sonrisa, consciente del poder que ejercía sobre aquel hombre tan fuerte.

—Al día siguiente, el médico elaboró unos polvos picantes y espolvoreó con ellos el sujetador de la reina, aprovechando que se estaba bañando. Nada más vestirse, la reina se puso a estornudar sin cesar. El médico fue convocado a los aposentos reales e informó al rey y a la reina que únicamente una saliva especial, aplicada durante varias horas, podría calmar aquel tipo de picor. Y que sólo un dragón poseía aquella saliva tan peculiar... —se interrumpió, jadeando.

—Continúa —la abrazaba con tanta fuerza que casi le cortaba la respiración. Le ardía la piel, aún más caliente que el agua que caía sobre ellos.

—¿Seguro?

—Continúa.

—Bueno, el rey convocó al dragón. Mientras tanto, el médico le dio al dragón un antídoto contra el poder irritante de los polvos, que se metió en la boca, y durante las siguientes horas… el dragón lamió apasionadamente los senos de la reina. Así que al fin… —continuó mientras le enjabonaba las nalgas— el picor de la reina desapareció y el dragón quedó satisfecho y convertido en héroe.

—A mí eso no me parece un chiste…

—Espera un poco… Cuando el médico demandó sus honorarios, el ya satisfecho dragón se negó a pagarle las monedas de oro: sabía bien que el médico nunca le revelaría al rey lo que había ocurrido. De modo que, al día siguiente, el médico espolvoreó con una dosis doble la ropa interior del rey. Y el rey inmediatamente llamó al dragón.

Darius echó la cabeza hacia atrás y soltó una carcajada. Grace nunca había oído un sonido tan precioso, porque sabía lo rara que era para él cualquier diversión. Esperaba y confiaba que experimentara esa misma gozosa alegría cada día que estuvieran juntos…

Cuando dejó de reír, un brillo sensual asomaba a sus ojos.

—Me intriga sobre todo el detalle del festín de los senos… —susurró, frotándole la nariz con la suya.

—A mí también. ¿Sabes? Tengo un picor aquí…

—Permíteme ayudarte… —se apoderó de sus labios en un lento y delicioso beso.

Su sabor, su calor, su virilidad nunca cesaban de cautivarla. Deseosa, desesperada, le echó los brazos al cuello.

Darius trazó con las palmas de las manos un resbaladizo sendero todo a lo largo de su espalda.

—Voy a poseerte otra vez.

—Sí, sí.

—Dime que me deseas.

—Te deseo.

—Dime que me necesitas.

—Tanto que moriría sin ti.

—Dime que me amas.

—Te amo. Bésame... Y no te detengas nunca...

Hizo algo más que besarla. La mordisqueó y lamió con exquisita delicadeza. Invadió sus sentidos de tal forma que llegó un momento en que lo único que pudo ver, sentir o saborear era él.

De repente se detuvo.

—Ayúdame a olvidar el pasado —le susurró con voz quebrada.

Grace deslizó una mano por su musculoso abdomen. Cuando cerró los dedos sobre su dura erección, lo oyó suspirar. No se detuvo allí mucho tiempo: sólo una caricia hacia arriba y hacia abajo. Luego lo soltó, juguetona, tentándolo insoportablemente antes de apoderarse del pesado saco de sus testículos.

Mientras seguía acariciándolo, se concentró en lamerle las tetillas.

Darius, a su vez, hundió los dedos en su melena, y a continuación le masajeó el cuello... y los senos. La vista de sus manos fuertes y morenas contrastando con su piel blanca se reveló como la imagen más erótica que había visto en toda su vida. Una vez más, cerró los dedos en torno a su falo. Estaba tan caliente y tan duro... Se concentró en acariciárselo con movimientos rápidos, arriba y abajo.

Ansiaba con tanta desesperación llenar sus días

de felicidad, hacerle «olvidar» su dolor, como él mismo había dicho… No, no olvidar, sino curar. Haría lo que fuera necesario para darle la paz que tanto ansiaba.

—¿Cuál es tu mayor fantasía? —murmuró contra su cuello. Le mordió, lo suficiente para dejarle marca—. Quizá yo pueda hacerla realidad…

—Tú eres mi fantasía, Grace —la tomó de la barbilla para obligarla a alzar la mirada—. Sólo tú.

—Yo tengo una —susurró—. ¿Quieres oírla?

Deslizando las manos por su espalda, la agarró de las nalgas para atraerla con mayor fuerza hacia sí.

—Cuéntamela.

—Me gusta leer libros sobre grandes y fuertes guerreros que aman tan fieramente como luchan. Siempre he querido tener uno para mí sola.

—Ahora ya lo tienes.

—Oh, sí.

El agua caliente seguía resbalando sobre sus cuerpos mientras se frotaba contra él, acariciándole el pecho con los pezones, dejando que la gruesa cabeza de su pene se acoplara entre sus piernas.

—La fantasía consiste en que mi bravo guerrero me levanta en vilo y me penetra bajo la ducha.

Dicho y hecho: Darius la alzó, la apoyó contra la pared de azulejos y entró profundamente en ella. El vapor envolvía sus cuerpos. Grace estaba maravillada: aquello era más excitante que escalar una montaña o hacer puenting…

Percutía con sus caderas, mientras ella lo abrazaba. La mordió en el cuello, arrancándole un estremecimiento. Empujó con mayor fuerza. Ella jadeó su nombre. Gimió su nombre.

—Grace —gruñó—. Eres mía.

Y lo fue. Completamente.

Grace dormía plácidamente en sus brazos.

Aquella mujer poseía una gran fortaleza interior, un corazón generoso y una profunda capacidad de amor. Su risa lo curaba. De hecho, lo había curado.

Tendido en la cama, bañado por la luz de la luna, se sentía débil y saciado a la vez. Recuerdos durante largo tiempo olvidados surgieron a la superficie, retazos de su pasado, piezas que había creído enterradas para siempre. No luchó contra ellos. Cerró los ojos y vio a su madre sonriendo con una sonrisa tan dulce y hermosa como las aguas cristalinas que envolvían la ciudad. Sus ojos dorados brillaban de alegría.

Lo había sorprendido con la espada de su padre, blandiendo el arma en una teatral y aparatosa finta, intentando imitarlo.

—Un día —le dijo con su melodiosa voz—, tu fuerza será superior a la de tu padre —le pidió la espada y la dejó apoyada contra la pared más cercana—. Lucharás a su lado y protegerás a los demás de todo mal.

Pero ese día nunca llegó.

Vio a su padre, fuerte, orgulloso y leal, subiendo la ladera que llevaba a su casa. Acababa de batallar con los formorianos, se había lavado la sangre, pero en su ropa todavía quedaban algunos restos. De repente sonrió y abrió los brazos. Un Darius de siete años corría gozoso a su encuentro.

—Solamente llevo fuera tres semanas, y mira cómo has crecido —le dijo su padre, abrazándolo con fuerza—. Dioses, te he echado de menos.

—Yo también —intentaba contener las lágrimas.

—Vamos, hijo —a su fuerte y valeroso padre también le brillaban los ojos—. Vayamos a saludar a tu madre y a tus hermanas.

Entraron juntos en la pequeña casa. Sus hermanas bailaban en torno a un fuego, riendo y cantando, haciendo ondear sus largas melenas. Las tres eran prácticamente idénticas, con sus mejillas regordetas y una conmovedora expresión de inocencia.

—Darius —nada más verlo, corrieron hacia él. Compartían un vínculo especial que el propio Darius no sabía explicar. Siempre había estado allí, y nunca desaparecería.

Las abrazó con fuerza, aspirando su dulce aroma.

—Padre ha vuelto. Saludadlo.

Sus rostros se encendieron de alegría mientras se lanzaban a los brazos del guerrero.

—Mis preciosas polluelas… —dijo, riendo entre lágrimas.

Su madre escuchó los gritos de alegría y entró apresurada en la cámara. Pasaron el resto del día juntos, la familia al completo.

Qué felices habían sido.

En aquel momento, una solitaria lágrima resbaló por la mejilla de Darius.

Sintonizada como estaba con él, Grace se despertó.

—¿Darius? —lo miró preocupada—. No pasa nada. Sea lo que sea, todo se arreglará.

Siguió otra lágrima, y otra. No podía evitarlo, y tampoco quería.

—Los echo tanto de menos —pronunció con voz quebrada—. Eran toda mi vida.

Grace comprendió inmediatamente.

—Háblame de ellos. Háblame de los viejos tiempos.

—Mis hermanas eran como la luz del sol, la luna y las estrellas —sus imágenes volvieron a asaltar su mente, y esa vez estuvo a punto de sollozar de dolor. Y sin embargo… el dolor no se comportó como el agente destructor que tanto había temido: fue solamente un recordatorio de que vivía y amaba—. Cada noche encendían un pequeño fuego y bailaban alrededor de las llamas. Estaban muy orgullosas de su habilidad y soñaban con encender un día la mayor fogata que había visto Atlantis.

—¿No tenían miedo de quemarse?

—Los dragones toleramos esas altas temperaturas. Nos dan fuerza. Ojalá hubieras podido verlas.

—¿Cómo se llamaban? —le preguntó en tono suave.

—Katha, Kandace y Kallia —con un gruñido animal, descargó un puñetazo en el colchón—. ¿Por qué tuvieron que morir? Los viajeros torturaron y asesinaron a mis hermanas…

Grace apoyó la cabeza sobre su pecho. Sabía que no había nada que pudiera decir o hacer para aliviar su angustia, así que se contentó con abrazarlo con mayor fuerza.

Darius se frotó los ojos, que le escocían.

—No se merecían una muerte así. No se merecían sufrir tanto.

—Lo sé, lo sé.

Darius hundió el rostro en su cuello y lloró.

Al fin estaba haciendo el duelo.

20

Grace examinó la caja de chalecos antibalas que había recogido en el piso de abajo. Arrodillado al otro lado, Darius levantó uno con dos dedos y esbozó una mueca de disgusto.

Lo observó. Sus ojos castaños dorados brillaban de vitalidad, de contento. Desde la noche anterior todavía no habían cambiado: no se habían tornado azules. Las arrugas alrededor de sus ojos y de su boca también se habían relajado.

Seguía poseyendo aquella aura de peligro, desde luego. El peligro siempre había formado parte de su persona. Pero la frialdad, la desesperación, habían desaparecido.

Lo amaba tanto…

Frunciendo el ceño, Darius se puso el chaleco. Ella se inclinó para cerrarle el velcro.

—Está demasiado ajustado.

—Tiene que estarlo.

—¿Servirá de algo?

—Lo entenderás una vez que te haya enseñado cómo funciona un arma de fuego —corrió a la cocina y sacó el arma que solía guardar en uno de los cajones. Dos veces se aseguró de que no quedaba ninguna bala en el tambor—. Esto es un revólver —le explicó. Colocándose detrás de él, le puso las manos sobre la pistola—. Agárralo así.

No le pasó desapercibido el temblor de sus dedos. Darius la miró por encima del hombro.

—¿Quién te enseñó a manejar esto?

—Alex. Me dijo que una mujer debía aprender a protegerse a sí misma —luchando contra una oleada de tristeza, le sujetó con fuerza las muñecas, para que no le temblaran. Estaba mucho más tranquilo y relajado que antes, pero seguía batallando contra aquella maldita debilidad, y eso no le gustaba. Las únicas ocasiones en que parecía recuperar toda su fuerza era cuando se excitaba sexualmente.

Humedeciéndose los labios con la punta de la lengua, apretó deliberadamente los senos contra los duros músculos de su espalda.

—Tienes que mantener el dedo en el gatillo y elegir un objetivo. El que sea. ¿Ya lo tienes?

—Oh, sí…

Su voz se hizo más profunda, más ronca. Grace sabía que si en ese momento hubiera deslizado la mano dentro de su pantalón, lo habría encontrado duro y excitado.

—Bien. Apunta con la mirilla del cañón.

Hubo un silencio.

—¿Qué?

—Que apuntes con la mirilla del cañón…

Otro silencio.

—¿Cómo puedo concentrarme cuando te estás apretando tanto contra mí?

A modo de respuesta, deslizó las manos todo a lo largo de sus brazos. Si la excitación sexual era lo que lo mantenía fuerte, haría todo cuanto estuviera en su poder para excitarlo.

—¿Quieres aprender a disparar o no?

—Sí —gruñó.

—¿Has elegido ya algún objetivo?

Darius podía sentir su calor reverberando por todo su cuerpo… Sí, ya tenía su objetivo a la vista. El sofá: allí era donde quería tenerla, desnuda y dispuesta…

Desvió la mirada a la ventana. Hacía varias horas que había salido el sol: debería haber partido ya para su tierra. Tenía todo lo que necesitaba de la superficie. Atlantis lo reclamaba.

Pero todavía no estaba preparado para despedirse de Grace.

No podía llevársela consigo. Estaría más segura allí, y su bienestar le importaba más que todo lo demás.

Cuando acabara con aquel asunto de los Argonautas, volvería a buscarla. Volvería a por su esposa… qué bien le sonaba esa palabra… y se la llevaría a Atlantis. Se quedarían en la cama durante días, semanas, quizá meses, y harían el amor de todas las maneras imaginables. E inventarían otras nuevas.

—Objetivo a la vista —dijo.

—Aprieta el gatillo.

Fácilmente recordó cómo lo había acariciado, de qué manera había deslizado sus inquietos dedos por debajo de su camisa para acariciarle el abdomen…

—¿Darius?

—¿Mmmm?

—Aprieta el gatillo —le acarició la oreja con su aliento.

Apretó. Oyó un clic.

—Si el sofá hubiera sido un humano, y el revólver hubiera estado cargado, habrías disparado un proyectil que lo habría herido gravemente. El material de que están fabricados estos chalecos resiste el impacto de las balas.

Darius se volvió entonces hacia ella, soltando el arma.

—¿Sabes? Tengo otro objetivo en mente.

Y mantuvo ocupado a su «objetivo» durante la siguiente hora.

Después de volver a vestirse, Grace se metió el revólver en la cintura de sus tejanos, se llenó los bolsillos de balas y ayudó a Darius a recoger los chalecos. Cuando terminaron, se quedaron de pie el uno junto al otro. Ninguno se movió.

—Es hora de marcharse —dijo Darius.

—Estoy lista —repuso ella, con falsa confianza. Alzó la barbilla, desafiante.

—Tú te quedas aquí, Grace.

Frunció el ceño. Había adivinado que le haría eso. Pero el hecho de saberlo no le ahorró el dolor, ni la furia.

—Ni hablar. Alex es mi hermano y yo pienso ayudarlo.

—Tu seguridad es lo primero.

—Contigo estoy segura —entrecerró los ojos, irritada—. Además, soy tu esposa. A donde tú vayas, yo voy.

—Regresaré a por ti y te devolveré a tu hermano.

Grace lo agarró de la camisa, acercándolo hacia sí.

—Puedo ayudarte, y ambos lo sabemos.

Un brillo de dolor asomó a los ojos de Darius, pero desapareció rápidamente, sustituido por otro de determinación.

—No hay otro remedio. Debo guiar a mis dragones a la guerra, y no quiero a mi esposa en el campo de batalla.

—¿Qué pasa con el conjuro que me vincula a ti? ¡Ja! No podemos separarnos.

—El conjuro acabó nada más ocultarse la luna.

Desesperada, se devanó los sesos buscando algo que pudiera hacerle cambiar de idea. Cuando lo encontró, esbozó una lenta sonrisa.

—Creo que te olvidas de los Argonautas. De que me estuvieron siguiendo.

Arqueando una ceja, cruzó los brazos sobre el pecho.

—¿Qué quieres decir?

—Que podrían volver a seguirme. Y esta vez podrían incluso atacarme.

Se frotó la mandíbula mientras reflexionaba sobre sus palabras.

—Tienes razón —admitió en tono sombrío.

Grace se relajó, pensando que finalmente lo había convencido… hasta que él volvió a abrir la boca.

—Entonces te encerraré a cal y canto en mi palacio.

—¿Sabes? Me gusta esa vena de macho que tienes… —le clavó un dedo en el pecho, ceñuda—. Pero no la soporto. No lo consentiré.

Sin pronunciar una palabra, Darius le agarró la

muñeca al tiempo que recogía el maletín con la otra mano. El aire empezó a crepitar entre ellos. Saltaron chispas de brillantes colores. La temperatura no varió, no se levantó brisa alguna, pero de repente... estaban en la cueva.

Darius se internó con ella en la niebla. En el instante en que Grace se dio cuenta de dónde estaba, se lanzó a sus brazos.

—Tranquila.

El sonido de su voz tranquilizó su corazón desbocado. Al cabo de un par de minutos, Darius se separó, le dio un rápido beso y la hizo entrar en otra cueva.

Grace miró a su alrededor. Un hombre, Brand, según recordaba, se hallaba cerca de ella. Blandía una espada sobre la cabeza y tenía un brillo asesino en los ojos.

Rápidamente, Darius la protegió con su cuerpo.

Al oír su voz, Brand bajó la espada.

—¿Cómo es que esa mujer sigue viva?

—Tócala y te mataré.

—Es de la superficie.

—Es mi esposa.

—¿Qué?

—Que es mi esposa —repitió—. Y por tanto, uno de nosotros.

Grace sintió el infantil impulso de sacarle la lengua a Brand. No se había olvidado de que la había llamado «meretriz».

El guerrero registró sus palabras y su fiera expresión se suavizó. Sonrió incluso.

—¿Qué es lo que has averiguado?

—Convoca a los hombres para una reunión.

Brand asintió con la cabeza y, después de lanzar una última mirada a Grace, se marchó.

—Me alegro de haber vuelto a casa —dijo Darius. Había recobrado su fortaleza desde el instante en que puso un pie dentro de la niebla, y en ese momento se llenaba los pulmones de aquella esencia tan familiar—. Necesito que les enseñes a mis guerreros el funcionamiento del arma y de los chalecos.

La llevó al inmenso comedor. Los dragones ya estaban alrededor de la mesa, de pie. Cuando la vieron, todos y cada uno se volvieron hacia Brand, que sonreía como diciendo: «ya os lo había dicho yo».

El más joven del grupo le dedicó una sonrisa. Eso si enseñar los dientes podía considerarse una sonrisa... Grace se removió, nerviosa. Darius le apretó la mano.

—Tranquila —le dijo, y a continuación miró a todos los presentes—. No te tocarán un solo pelo de la cabeza.

Al momento siguiente, todos lo acribillaron a preguntas. ¿Por qué se había desposado con una humana? ¿Cuándo? ¿Qué le había sucedido a Javar?

—Dadle un respiro, ¿queréis? —dijo Grace.

Darius se sonrió y la besó tiernamente en los labios.

Madox se quedó impresionado:

—¿Habéis visto eso?

—Sí que lo he visto —repuso Grayley, consternado.

—Una mujer humana ha tenido éxito en aquello en lo que todos fracasamos —concluyó Renard—. Ha hecho sonreír a Darius.

—Y también le he hecho reír —añadió ella.

Darius puso los ojos en blanco.

—Enséñales lo que hemos traído.

Grace hizo lo que le pedía.

303

—Esto es un chaleco antibalas —explicó, y les enseñó cómo funcionaban los broches de velcro.

—Debéis conservar vuestra forma humana para llevarlos —les advirtió Darius—. Vuestras alas quedarán atrapadas. Sin embargo, os protegerán el pecho contra las armas de nuestros enemigos.

—Yo tengo una parte más importante que proteger… —sonrió Brittan.

Un coro de carcajadas jaleó la broma.

—Y ahora enséñales cómo funciona el arma.

Grace se sacó el revólver de la cintura de los tejanos.

—Esto dispara balas, proyectiles, y estos proyectiles atraviesan la ropa, la piel y el hueso. No se ven, pero dejan un agujero en el cuerpo y la víctima empieza a sangrar. Si queréis sobrevivir, debéis protegeros con los chalecos.

Todo el mundo la escuchaba con atención. Después de asegurarse de que no tenía balas, Grace les entregó el revólver para que lo examinaran.

—Tienen armas de diversas clases, algunas mucho más grandes que ésta, así que estad preparados.

Una vez que todo el mundo hubo examinado el revólver, Darius se lo devolvió.

—Con armas como éstas lograron destruir a Javar y a su ejército.

Algunos guerreros soltaron exclamaciones. Otros maldijeron entre dientes, o pestañearon asombrados.

—¿De modo que están… muertos? —inquirió Madox.

—Sí. Humanos y vampiros tomaron el palacio.

La furia de los dragones casi se podía palpar.

—¿Y por qué nos has hecho esperar tanto? Hace días que deberíamos haber masacrado a esos vampiros —gritó Tagart.

—Si os hubierais acercado a ellos, ahora mismo estaríais muertos —respondió, rotundo—. Los vampiros ya eran poderosos, pero con la ayuda de los humanos lo son mucho más.

Aquello logró convencer a Tagart, que asintió con la cabeza.

—Un ejército entero de dragones ha sido destruido —dijo el más alto—. Cuesta creerlo.

—Hoy mismo nos cobraremos venganza —dijo Darius—. Recuperaremos Atlantis, nuestro hogar. ¡Iremos a la guerra! —su grito fue acogido con una ovación—. Recoged todo lo necesario. Salimos dentro de una hora.

—¡Esperad! —era Grace. Para entonces los guerreros ya estaban abandonando la sala. Todo el mundo se detuvo para mirarla—. Hay un hombre, un humano pelirrojo… Es mi hermano. No le hagáis nada, por favor.

Los hombres miraron a Darius, que asintió con la cabeza.

—Sí, ese hombre ha de ser protegido. Traedlo ante mí.

Los dragones se marcharon: solamente quedó Brand.

—Los hombres necesitan que los guíes. Yo me quedaré aquí a custodiar el portal de la niebla.

—Gracias —Darius le dio una palmadita en el hombro—. Eres un verdadero amigo.

Una vez que estuvieron solos, se volvió hacia Grace:

—Vamos.

No protestó mientras se dejaba guiar hacia su cámara.

—Darius...

—Grace —la besó. Deslizó la lengua en el dulce interior de su boca, reclamándola. Ella le echó los brazos al cuello, anhelante.

Para cuando volvieron a separarse, los dos estaban jadeando.

—Darius... —susurró de nuevo.

—Te amo. Dime tú ahora lo que tanto deseo oír.

—Yo también te amo —suspiró— Toma mi arma.

Darius ya tenía las balas: la aceptó y le dio un último beso. Luego, sin pronunciar otra palabra, la dejó en su cámara. Sola. La puerta se cerró firmemente a su espalda, y Grace se miró las manos. Le temblaban, pero no de deseo, sino de miedo. Miedo por Darius. Por su hermano.

Había pensado en robarle el medallón, pero había cambiado de idea en el último momento. Esperar sería difícil, pero lo haría. Por Darius. Rezaría para que lograran derrotar a los vampiros y a los Argonautas.

Que Dios ayudara a los ciudadanos de Atlantis.

21

Darius se hallaba en el bosque, contemplando aquella carnicería. Había volado hasta allí a la velocidad de la luz, sólo para descubrir que el escuadrón que había enviado a vigilar el palacio de Javar había sido masacrado. Los cadáveres estaban cubiertos por una fina película blanca y por la sangre que manaba de las heridas de bala. Algunos estaban vivos, pero la mayoría habían muerto. Plegó las alas, con su chaleco antibalas en la mano. Tenía que detener a aquellos humanos a toda costa.

—Encontrad a los supervivientes —ordenó.

Maldijo en silencio. ¿Cuántos más tenían que morir antes de que todo aquello terminara? Frunciendo el ceño, se arrodilló al lado de Vorik, que yacía bocabajo, inmóvil.

Vorik abrió lentamente los ojos y Darius soltó un suspiro de alivio. Desenvainó la espada que llevaba a la espalda y escupió fuego sobre la hoja. Una vez que la tuvo al rojo vivo, empezó a extraerle los proyectiles, tal y como le había aconsejado Grace.

Vorik esbozó una mueca de dolor.

—Háblame del ataque —le pidió Darius, para distraerlo.

—Sus armas... son extrañas.

Renard se acercó también y se arrodilló justo cuando Vorik se desmayaba.

—¿Qué les ha pasado? —tocó la fina película blanca que cubría su cuerpo—. ¿Qué clase de sustancia es ésta?

—No lo sé.

Aquel escenario le recordó el día en que había encontrado a su familia masacrada, y apenas pudo reprimir un gemido. Si no hubiera desahogado antes su dolor con Grace, en aquel instante habría caído fulminado. Con manos temblorosas, continuó examinando los cuerpos. El poder curativo de la sangre de dragón ayudaba a cicatrizar las heridas desde el momento en que eran retiradas las balas. Si Javar hubiera sabido eso... ¿cuántos de sus guerreros habrían podido salvar la vida?

Cuando terminó, Darius se miró las manos empapadas de sangre. Se había manchado antes de sangre, y nunca le había importado. Pero esa vez sí que le afectaba. ¿Cuánta más tendría que ver antes de que aquel día terminara?

Conocía la respuesta: para cuando terminara aquel día, correría un río de sangre. Sólo podía rezar para que fuera la de sus enemigos, y no la de sus hombres.

Se incorporó, con la mano en la empuñadura de su espada.

—Debemos reclamar lo que nos pertenece —gritó—. ¿Quién luchará conmigo?

—¡Yo!

—¡Y yo!

Cada guerrero quería su oportunidad de vengarse.

—Que los dioses sean con nosotros —murmuró mientras desplegaba sus alas. Recogió su chaleco y alzó el vuelo.

Fue ganando velocidad, seguido de su ejército. Podía escuchar el potente batido de sus alas, sentir la intensidad de su determinación.

Centinelas humanos montaban guardia en las almenas del palacio de Javar. Cuando vieron a Darius, dieron la voz de alarma, apuntaron e hicieron fuego. En el aire, esquivó los proyectiles y escupió una vaharada de fuego.

Sus hombres hicieron lo mismo, abrasando a los humanos. En un determinado momento, uno de sus guerreros soltó un grito y cayó al suelo. Darius no se detuvo a ver quién era, sino que continuó luchando y escupiendo fuego.

De repente sonó un gong.

Los humanos de las almenas no vivieron lo suficiente para oírlo. Para entonces sus cuerpos abrasados se habían convertido en cenizas que se llevaba el viento. Darius se posó en el suelo de cristal: plegó las alas y se puso inmediatamente su chaleco. Después de asegurarse de que todos sus guerreros estaban adecuadamente protegidos, blandiendo la espada en una mano y el revólver en la otra, se aproximó a la cúpula de vidrio que ocupaba toda la parte alta del palacio.

Inclinándose, se tocó el medallón y la bóveda de cristal se abrió en dos. No pudo distinguir a nadie dentro, ya que todo estaba envuelto en una espesa niebla. Sí que oyó el rumor de unos pasos nerviosos, y el murmullo de su miedo…

Habría preferido volar hacia lo desconocido, pero el chaleco no se lo permitía.

Así que saltó.

Sus hombres se apresuraron a seguirlo.

Cayó muchos metros. Cuando sus pies tocaron el suelo, su cuerpo entero reverberó del impacto. Gruñó. Los humanos se apartaban de su camino: el factor sorpresa retardaba su reacción, y Darius no desaprovechó aquella ventaja. Alzó su espada y se cobró su primera víctima. El humano gritó de dolor, agarrándose el pecho, y cayó como un saco.

A su espalda, sus guerreros luchaban valientemente, escupiendo fuego. Siempre escupiendo fuego. Sin detenerse, avanzó hacia su siguiente objetivo.

Una expresión de puro terror se dibujó en los rasgos del joven humano cuando se dio cuenta de que Darius se dirigía hacia él. El tipo alzó su arma, apuntó contra su pecho y disparó. Una bala tras otra se fue estrellando en su chaleco, sin causarle más que ligeras punzadas de dolor por la fuerza del impacto.

Darius se rió. Con los ojos desorbitados, el hombre soltó su arma y empuñó un grueso tubo conectado a una bombona roja que llevaba a la espalda. De su boca salió una espuma blanca con la que cubrió la piel de Darius, tan fría que casi le congeló la sangre en las venas.

Pero Darius soltó otra carcajada. Un Guardián de la Niebla como él soportaba bien el frío. Alzó su revólver, apuntó a la cabeza y disparó. El hombre cayó sin vida a sus pies.

Las alarmas sonaban por doquier, atronando sus oídos: muy pronto se mezcló con el fragor de los disparos. Darius sintió una punzada de dolor en un muslo, bajó la mirada y vio sangre manando por el agujero que le había hecho la bala. Sin detenerse, blandió la espada para dar muerte a otro enemigo.

Minutos después recorría la sala con la mirada, buscando enemigos: ya había dado buena cuenta de todos. Fue entonces cuando observó con horror cómo se derrumbaba Madox, cubierto su cuerpo por una espuma blanca, ensangrentado por sus numerosas heridas. Darius vació su revólver sobre el humano que se alejaba a la carrera.

No sabía si su amigo vivía o había muerto, y se le encogió el corazón. Con un rugido de pura rabia, echó a correr y escupió una vaharada de fuego que abrasó al último de sus enemigos. Sus gritos de horror resonaban en las paredes y el olor a carne quemada flotaba en el aire. Soltó su revólver.

Terminada la batalla, contó los guerreros que seguían en pie: sólo tres habían caído. Sacó a Madox fuera de la fortaleza y lo tendió en el suelo. Los demás lo siguieron, algunos cojeando. Renard corrió a su lado a examinar a Madox y lo ayudó a extraerle los proyectiles.

—Vivirá —anunció Renard, aliviado.

Darius empuñó entonces su propia daga y procedió a sacarse el proyectil del muslo. Gruñó de dolor, pero lo resistió bien. Para cuando terminó, sus hombres estaban entonando un canto de victoria. Y sin embargo, él no experimentaba sentimiento alguno de alegría o de gozo.

—¿Qué hacemos ahora? —le preguntó Renard, sentado a su lado.

—No lo sé. Su líder, Jason, no estaba aquí.

—¿Cómo lo sabes?

—Ese maldito cobarde… —Darius no terminó la frase. Algo se removió en su alma, algo oscuro: sintió de repente que Grace estaba en peligro. Se arrancó su medallón y lo sostuvo en la palma de la mano. Como no conseguía conjurar la imagen de Grace, pronunció—: Muéstrame a Jason Graves.

Los dos pares de ojos proyectaron sendos rayos rojizos que se cruzaron en una imagen: Jason estaba delante de Grace… que se hallaba encadenada a un muro. Ambos estaban rodeados de vampiros, que miraban a Grace ávidamente.

—¿Qué le has hecho a mi hermano? —gritaba ella, forcejeando con sus cadenas.

—Volví a capturarlo, a él y a esa mujerzuela dragona suya. Y si no cierras la boca ahora mismo, lo mataré delante de tus ojos —esbozó una cruel sonrisa—. Mitch me contó lo muy encariñado que está Darius contigo.

—No le metas a él en esto —le espetó Grace.

Tenía la cara y la ropa sucias, y los labios hinchados. Una ira inmensa arrasó a Darius por dentro. Una rabia fría y calculada contra Jason, una rabia sedienta de sangre. Habían logrado penetrar en su casa y habían secuestrado a Grace. Pagarían por ello.

Se obligó a estudiar el resto de la escena, buscando pistas que lo ayudaran a identificar el lugar donde la mantenían prisionera. Cuando vio a Layel, el rey de los vampiros, lo supo… y su miedo por Grace creció todavía más.

La visión desapareció con demasiada rapidez.

Cerró los dedos sobre el medallón.

—Los que estén bien, que me acompañen. Volaremos para hacer la guerra a los vampiros. Ahora.

Se despojó del chaleco y desplegó las alas. Lo mismo hicieron todos los hombres que quedaban en pie. Sintió una punzada de orgullo: sus guerreros estaban heridos, cansados, pero permanecían fielmente a su lado. Lucharían… y morirían si era necesario.

El bastión de los vampiros apareció en el horizonte.

La piedra negra daba al enorme edificio un aire lúgubre, tenebroso. Incluso las ventanas eran oscuras. Ninguna vegetación crecía allí, todo hablaba de decadencia y destrucción. Había cadáveres colgando de picas y lanzas, como recordatorio de la muerte que esperaba a quien osara entrar.

Y Grace estaba dentro.

Sobreponiéndose a su miedo, Darius voló hasta la ventana más alta seguido de sus guerreros. La barandilla era demasiado fina para que pudiera posarse sobre ella, así que permaneció flotando, Un sudor frío le corría por la frente. Era un hombre acostumbrado a esperar y a estudiar a su enemigo antes de atacarlo.

Pero esa vez no podía esperar. Sus hombres lo observaban, flotando en silencio. No podía ver nada a través del cristal ennegrecido, pero sí que podía escuchar voces…

Oyó un grito de mujer. ¡Grace!

Dio inmediatamente la señal. Entraron reventando el cristal. Vampiros y humanos se aprestaron a la lucha. Sin la protección de sus chalecos antibalas, los dragones eran vulnerables… y lo sabían.

Escupiendo fuego, Darius se abrió paso hacia Grace. Cuando ella lo vio, se puso a tirar frenéticamente de sus cadenas.

—¡Darius! —lo llamó. Su voz sonaba débil, vacía.

Jason Graves se hallaba ante ella, con expresión mezclada de rabia y asombro. Nada más ver a Darius, acercó el cañón de su pistola a la sien de Grace.

Darius no se permitió mirar el rostro de su esposa: si lo hubiera hecho, se habría desmoronado, y tenía que permanecer fuerte.

—Ambos sabemos que hoy morirás —le dijo Jason a Grace en un tono engañosamente tranquilo—. De ti depende que sea una muerte rápida... o lenta.

A Jason le temblaba la mano mientras miraba a Darius y la batalla que se desarrollaba al fondo. Los dragones escupían fuego, abrasando a humanos y vampiros. Gritos y aullidos se mezclaban en una sinfonía de muerte y dolor.

—Mátame —pronunció Jason, desesperado— , y nunca recuperarás el *Libro de Ra-Dracus*.

Concentrado únicamente en salvar a Grace, Darius se acercó a él.

—A mí no me importa el libro.

—Un paso más y la mataré. ¿Me has oído? —chilló—. ¡La mataré!

Darius se quedó completamente inmóvil. Y sin embargo, una violenta furia le hervía en la sangre... tan intensa que terminó transformándose en dragón. Rugió ante aquella súbita transformación, mientras su cuerpo se cubría de escamas y espinas. Sus dientes se alargaron y afilaron. Sus uñas se transformaron en garras.

Jason se lo quedó mirando con ojos desorbitados.

—Oh, Dios mío —lo apuntó con su arma y apretó el gatillo.

Darius absorbió el impacto de cada bala y se lanzó contra él. Con un brusco giro, alcanzó al humano en la cara con su cola. El canalla gritó y cayó al suelo sangrando, con las joyas cayendo de sus bolsillos.

Darius se disponía a rematarlo cuando una bala se hundió en su brazo y se volvió para abrasar a su atacante. Tenía que proteger a Grace: ella era lo primero.

Jason se incorporó entonces de repente y se apresuró a recoger las joyas; tanta era su codicia que parecía haberse olvidado de la batalla. Acababa de levantar la mirada cuando se encontró con la de Darius: el terror contra la determinación. No transcurrió ni una fracción de segundo, porque Darius le mordió en el cuello y, acto seguido, lo despedazó con su cola y lo lanzó contra la pared. Cayó el cuerpo al suelo como un saco, sin vida, desmadejado.

—Grace… —corrió hacia ella. Las escamas desaparecieron bajo su piel. Los dientes recuperaron su aspecto normal. Sus alas se replegaron en la espalda. La liberó rápidamente.

—Darius —murmuró, dejándose caer en sus brazos. Tenía los ojos cerrados y estaba muy pálida.

La tumbó delicadamente en el suelo y se arrodilló a su lado. Como si hubiera percibido su vulnerabilidad, el rey de los vampiros se acercó de pronto a él, con sus relampagueantes ojos azules. Mostraba sus agudos colmillos, presto a morder.

Darius sintió el impulso de incorporarse y atacarlo a su vez, pero lo resistió. No se arriesgaría a que Grace sufriera más daño.

Layel dio un salto y Darius se encogió, protegiendo con su cuerpo el de Grace. El vampiro le hundió los colmillos en un hombro, pero con la misma rapidez con que había atacado, se retiró de nuevo.

—Lucha contra mí, cobarde —gruñó Layel—. Terminemos de una vez.

Darius lo fulminó con la mirada.

—No conseguirás provocarme. La vida de esta mujer es mucho más importante, y no pienso ponerla en peligro. Ni siquiera para librar al mundo de tu existencia.

La sangre resbalaba por la boca del vampiro, contrastando con su piel blanquísima. Por un momento pareció como si quisiera volver a atacarlo, pero en lugar de ello, le preguntó:

—¿Qué me ofreces a cambio de respetar la vida de esa humana?

—Diles a tus vampiros que se retiren y no incendiaré tu fortaleza.

—Incendia este bastión y me aseguraré de que tu mujer se queme con él.

Grace soltó un débil gemido. Darius le acarició la frente y le susurró al oído unas palabras de ánimo, sin apartar la mirada de Layel.

—Mis guerreros se retirarán tan pronto como la mujer quede a salvo.

—Me alegro de que hayan venido tus guerreros. Así me resultará más fácil matarlos —de repente, una expresión extraña se dibujó en los ojos del vampiro. Algo… casi humano—. ¿La amas?

—Por supuesto.

—Yo también amé una vez —le confesó, como si no hubiera podido evitarlo.

—Entonces lo entenderás.

El rey de los vampiros asintió levemente con la cabeza y cerró los ojos, permaneciendo pensativo durante un buen rato.

—Para salvar a la mujer, dejaré que tú y los tuyos abandonéis mi bastión en paz. Pero no siempre habrá una mujer interponiéndose entre tú y yo. Volveremos a luchar, Darius. Te lo prometo.

—Esperaré ansioso ese día.

Layel se envolvió en su capa, dispuesto a marcharse. Pero no antes de pronunciar una última amenaza:

—Ahora poseo muchos medallones de dragón. No tardaré en conquistar tu palacio —sonrió.

Antes de que Darius pudiera responder, Layel desapareció en una nube de humo. Los demás vampiros se desvanecieron del mismo modo. En la sala sólo quedaron los dragones, buscando en vano a sus enemigos.

—Registrad las mazmorras —ordenó Darius, que seguía meciendo en sus brazos a Grace, como si quisiera transmitirle su fuerza.

Momentos después, Renard se presentó con un humano. Teira corría a su lado, gritándole que no le hiciera daño. Era Alex, el hermano de Grace.

—¡Grace! —gritó el joven nada más verla, luchando por liberarse. Renard no lo soltó.

—Estos dos estaban en una mazmorra. ¿Éste es el humano del que nos hablaste?

—Sí. Suéltalo.

En el instante en que recuperó su libertad, corrió hacia su hermana.

—¿Qué te han hecho? —intentó quitársela a Darius.

—Esta mujer es mi esposa. Que tú seas su hermano es la única razón por la que aún sigues vivo.

—¿Tu esposa? ¿Ella…?

—Vive. Sólo está algo débil por la pérdida de sangre.

—Está muy pálida…

—Dale tiempo —bajando la mirada a la mujer que tanto amaba, le acarició el puente de la nariz con la punta de un dedo.

—Estoy despierta —dijo de repente ella en voz baja—. Siento que me capturaran. Intenté resistirme, pero…

Una inmensa oleada de alivio barrió a Darius. No pudo evitar pronunciar las siguientes palabras:

—Te amo, Grace Carlyle.

—Soy Grace Kragin. Y yo también te amo —abriendo los ojos, sonrió lentamente.

Darius no sabía dónde estaba el medallón de Javar, ni de cuántos medallones se habría apoderado Layel. Tampoco sabía dónde estaba el *Libro de Ra-Dracus*, pero había recuperado a Grace, y eso era lo único que importaba.

—He pasado tanto miedo…

—Sshh —le acunó el rostro entre las manos—. Todo está bien. Tu hermano está aquí.

—Así es, hermanita —se acercó para que pudiera verlo.

—Oh, gracias a Dios —con una mueca de dolor, se sentó en el suelo y lo abrazó—. Te he echado tanto de menos… —segundos después, se volvió de nuevo hacia Darius—. ¿Qué vamos a hacer ahora?

—Quiero que vivas aquí, conmigo, Podemos construir una vida juntos, fundar una familia…

—Sí. Sí —le brillaban los ojos por las lágrimas.

Riendo, Darius le apartó el pelo de la cara y la besó en la nariz, los labios, la barbilla…

—Y creo que tu hermano también querrá quedarse.

—¿De veras? —miró a Alex con curiosidad.

Alex se limitó a arquear las cejas mientras le señalaba a la atractiva rubia que lo acompañaba.

—Se refiere… —le pasó un brazo a Teira por los hombros— a que yo también he encontrado el amor, Grace. Te presento a mi futura esposa, Teira.

Las dos mujeres intercambiaron una sonrisa de complicidad. Luego Grace se volvió hacia Darius:

—No podemos dejar a mi madre y a mi tía Sophie en la superficie sin nosotros.

—Estoy seguro de que Layel tiene espacio para ellas…

—¡No!

Darius le sonrió. Con una sonrisa sincera, genuina.

—Era una broma, Grace.

Frunció el ceño, asombrada. ¿Darius, bromeando? Increíble.

—Espero que sepas aceptar una broma, mi dulce Grace.

—Por supuesto. Es que no me lo esperaba de ti…

Un brillo de ternura asomó a sus ojos dorados.

—¿Pensabas que no tenía sentido del humor?

—Bueno, sí —admitió. Aspirando su aroma masculino, cerró los ojos para saborearlo mejor—. Pero te amo de todas formas. Y estoy segura de que te encantará tener a mi madre y a mi tía con nosotros.

Darius hizo una mueca.

—No sé si mis hombres estarán preparados… —repuso, haciendo otra broma—. Pero por ti haré lo que sea.

—Te amo —dijo Grace de nuevo—. ¿Te he contado alguna vez el chiste del dragón que no sabía decir que no?